밤에 피는 꽃

2

밤에 피는 꽃 2

복면파부
이중생활

이샘 · 정명인 대본집

니들북

2023년, 유난히 비가 많이 내렸던 여름이었습니다. 야외 촬영이 많은 데다 여건상 8월 초까지 일정들을 마무리 지어야 했기에 변덕스러운 날씨를 원망(?) 하며 현장과 작업실 모두가 긴장했던 기억이 납니다. 경험치가 없던 신인 작가의 대본으로 100명이 넘는 스태프와 배우들은 더위와 사투를 벌이며 한 씬, 한 씬 공들여 작업해주셨고, 모두의 수고와 노력 덕분에 〈밤에 피는 꽃〉은 많은 분들에게 사랑 받은 작품으로 기억되었습니다. 대본집 제안을 받고 드라마에 대한 이야기를 쓸까 고민하다, 이 작품이 온전히 작가의 것만은 아니기 때문에 고마운 분들의 이름을 적어볼까 합니다.

모든 것이 '여화' 그 자체였던 아름다운 배우, 이하느님. 수호처럼 모든 것에 열심이었던 이종원님. 사대부의 나라라는 자신의 신념을 지키고자 했던 석지성, 김상중님. 소중한 사람들의 곁을 끝까지 지켰던 윤학, 이기우님. 여화의 꿈이자 기적이었던 연선, 박세현님. 자신의 잘못을 기꺼이 인정할 줄 아는 왕, 이소의 허정도님. 여화에게 유일한 가족이었던 금옥, 김미경님. 여화와 다른 가치관으로 대척점에 있던 난경, 서이숙님. 악하지만 가장 불쌍한 인생이었던 필직, 조재윤님. 여화의 든든한 조력자이자 명도각 직관 1열 소운, 윤사봉님. 극에 활력을 불어넣었던 석정, 오의식님. 살아 숨 쉬듯 대사가 나왔던 치달, 김광규님. 작가의 머릿속에 잔망대던 미담바라기 비찬, 정용주님. 듬직하지만 감수성이 풍부했던 활유, 이우제님. 작가 또한 송구했던 만식, 우강민님. 사랑스러운 이경 그 자체, 이루비님. 겉바속촉이었던 재이, 정소리님. '밤피꽃' 귀요미 담당 봉말댁, 남권아님. 똑 부러지는 우리 꽃님이, 예나까지. 그리고 3회부터 죽음이 계속 밀려 결국 5회에 떠나셨던 염홍집, 김형묵님과 열녀로서 고된 삶을 잘 표현해준 어린여화, 문승유님. 끝까지 작가가 삶과 죽음에서 고민했던 조성후의 박성우님. 백씨부인 최유화님, 용덕 이강민님, 병조판서 김정학님, 이판부인 하민님까지. 그 외에 열거하지 못한 배우님들께 감사드립니다.

이 드라마를 아름다운 영상으로 남겨주신 장태유 감독님, 그리고 최정인 감독님, 이창우 감독님 고생 많으셨습니다. 신인 작가를 믿어주신 남궁성우 EP님과 이월연 PD님, 양소영 PD님 외에 현장에서 작품을 위해 헌신해주셨던 〈밤에 피는 꽃〉의 모든 스태프분들께 감사드립니다.

무엇보다 3년 가까이 동고동락하며 아낌없는 지지를 해주었던 베이스스토리 김정미 대표님과 박수영 본부장님, 표희선 PD님 덕분에 이 드라마가 빛을 발할 수 있었습니다.

저의 은사님이신 이경희 작가님, 밤새 전화를 받아주며 작가의 온갖 투정을 감내했던 남혜지 작가님과 이재은 작가님. 끝까지 갈 수 있다 응원해주셨던 박그로 작가님, 박신영 작가님. 기도해주신 가족과 세움교회 식구들. 이렇게 쓰고 나니 참 많은 사람들의 도움으로 〈밤에 피는 꽃〉이 활짝 피었었네요. 마지막으로 저의 유일한 공동 작가로 함께 울고 웃었던 전우, 정명인 작가님과 우리 집 1호 박원경 보조작가님에게 감사의 말을 전합니다. 함께여서 감사했고 행복했습니다.

작가는 다음으로 넘어가기 위해 다시 책상 앞으로 갑니다.

〈밤에 피는 꽃〉을 사랑해주신 시청자 여러분들께 감사드리며 모든 날이 '꽃' 같이 아름답기를.

2024년 4월
작가 이샘

마지막 12화 원고를 마치고 몇 달이 지난 후, 〈밤에 피는 꽃〉 티저가 나왔을 때도 전혀 현실감이 들지 않았습니다. 그런데 방송이 다 끝나고 대본집에 실릴 작가의 말을 쓰고 있으니, 드디어 제가 이 드라마를 잘 마쳤다는 느낌이 듭니다.

어린 시절부터 글 쓰는 걸 좋아했지만, 작가가 아닌 의사의 길을 선택했고 오랜 시간 동안 진료실에서 환자를 돌보는 일에 큰 보람을 느끼고 있었습니다. 그러다 우연히 누구나 자유롭게 글을 올릴 수 있는 웹소설 사이트를 발견하고 첫 사극 소설 1화를 써서 올렸던 그날 저녁에도, 다른 무언가가 되고 싶다거나 될 수 있다고 믿었던 것은 아니었습니다. 그저 혼자 상상해오던 이야기를 누군가와 나눌 수 있다는 것이 마냥 행복했습니다.

그렇게 퇴근 후엔 글을 쓰며 7년이 흐른 어느 날, 놀랍게도 드라마 제작사 베이스스토리에서 드라마 집필 제안이 왔고, 떨리는 마음으로 〈밤에 피는 꽃〉을 시작한 지 2년 7개월 만에 컴퓨터 화면 창에 무수히 쓰고 또 썼던 여화, 수호, 지성, 윤학, 금옥, 난경, 이소, 연선, 필직, 치달, 석정, 소운, 비찬, 활유, 만식, 봉말댁, 이경, 홍집, 성후, 재이, 꽃님, 병판, 이판부인, 백씨부인, 용덕 등 모든 인물들이 드디어 생명을 얻고 살아 움직이는 영상이 되어 방송되었던 모든 순간이 제겐 기적과도 같은 시간들이었습니다.

멋진 제작사에서 일할 수 있는 행운이 있었고, MBC 방송국에서 감사하게도 선택을 해주셨고, 평소 선망하던 감독님들을 만났고, 감히 상상조차 할 수 없었던 훌륭한 배우분들이 출연을 해주셨고, 존경스러운 스태프분들과 함께할 수 있었던 모든 일이 꿈만 같습니다. 이 드라마가 좋은 작품이 될 수 있었던 것은 이 모든 분 덕분입니다. 고개 숙여 깊은 감사를 드립니다.

이 드라마가 좋은 작품이 될 수 있었던 것은, 이 드라마에 헌신한 모든 분 덕분입니다. 고개 숙여 깊은 감사를 드립니다.

힘든 시간 함께 울고 웃었던 동료 이샘 작가님, 탁월했던 보조작가 박원경 작가님, 긴 시간 노고와 헌신을 다했던 표희선 PD님, 양소영 PD님, 박수영 제작본부장님, 이월연 PD님. 그분들 아니었으면 저는 끝까지 이 일을 잘 마치지 못했을 겁니다.

낙담될 때 다독여준 박신영 PD님, 박그로 작가님, 늘 힘이 되어주는 후배 선미, 오랜 친구인 이경, 은영, 지수, 수복, 혜원, 미송씨, 다정한 이모들과 외삼촌, 그리고 지금도 묵묵히 필수 의료에 헌신하고 계신 페드넷의 동료 소아과 선생님들, 서울영동교회의 정현구 목사님과 교우분들께 특별한 감사를 드리고, 집필 기간 동안 제가 맡은 진료 시간을 배려해주신 유민정 선생님, 조정일 원장님께도 깊은 감사를 드립니다

신인 작가의 작품에게 기회를 주신 MBC 남궁성우 EP님께 고개 숙여 감사를 드리고, 존경하는 장태유 감독님, 최정인 감독님, 이창우 감독님, 함께 일할 수 있어서 정말 영광이었습니다.

검증되지 않은 신인 작가를 과감히 발탁해주시고, 굳은 신뢰를 주신 김정미 대표님! 대표님 덕분에 저는 드라마 작가가 될 수 있었습니다.

마지막으로 항상 지지해주고 튼튼한 버팀목이 되어주는 사랑하는 동생 준원이, 올케 혜경이와 기쁨을 함께하고 싶고, 하늘나라에 계신 어머니, 아버지께 이 대본집을 자랑스럽게 보여드리고 싶습니다. 엄마! 너무나 그립고 늘 사랑해요.

이 모든 것이 주님의 은혜였습니다.

〈밤에 피는 꽃〉을 사랑해주신 모든 분께 감사를 드립니다.

2024년 4월
작가 정명인

이 책의 편집은 이샘·정명인 작가의 집필 방식을 따랐습니다.

대사는 글말이 아닌 입말임을 감안해 한글 맞춤법과 어긋나더라도 표현을 살렸습니다. 지문은 한글 맞춤법을 따르되 어감을 살리기 위해 고치지 않고 그대로 둔 경우도 있습니다.

대사에 은어나 비속어, 표준어가 아닌 말이 포함되어 있습니다.

대사와 지문에 등장하는 말줄임표, 쉼표, 느낌표, 마침표 같은 문장 부호는 작가의 집필 의도를 살리기 위해 그대로 실었습니다.

이 책은 작가의 최종 대본으로서 방영된 내용과 다를 수 있습니다.

"지엄한 국법이 힘없는 백성을 구할 수 없다면
내가 그들을 구하면 되지 않습니까."

여기, 조선 최고의 명문가에 시집왔지만
초례도 치러보지 못하고
수절 과부가 되었다-는 뻔한 사연의 여인이 있었으니
그 여인, 밤이면 밤마다 은장도로 허벅지를 찌르는 것이 아니라
창포검 들고 밤바람을 가르며 온갖 잡놈들 혼쭐을 내주는데!

그야말로 휘영청 밝은 달! 복면 쓰고, 지붕 위를 나는
조선판 과부 히어로물이 되시겠다.

"부인의 정체가 밝혀진다 해도
두렵지 않은 것입니까."

그리고 여기, 공사 구분 확실하고 국법, 예법, 도리까지 칼같이 충실한
융통성 빼고 다 갖춘 종사관 나으리가 있었으니
그 사내, 복면 쓴 자를 잡겠다 밤낮으로 쫓아다니는데!

쫓고 있는 것은 복면 쓴 무뢰배인가, 내 마음을 훔친 여인인가.
내 마음을 훔친 자는 백성을 구하는 영웅인가, 소복 입은 과부인가.

그야말로, 잘생긴 종사관 나리의 로맨스물 되시겠다.

여인은 일생에 한 사내를 따라야 하는 일부종사(一夫從事)가 도리요,
남편 죽으면 따라 죽는 것이 미덕이자 온전한 삶이라 여겼던 시대.
불쌍한 이는 돕고, 나쁜 놈은 잡는 것이 도리요,
죽을 때 죽더라도 할 일은 해야 온전한 삶이라 여긴 수절 과부 여화와
그녀를 만나 기억 속에 묻힌 사건의 진실을 찾아가게 되는 종사관 수호의
담 넘고 선 넘는 아슬아슬한 공조 한판.

여기, 나를 위해 밤마다 피운 꽃이
힘겨운 백성들을 위해 활짝 피었구나.

'심쿵'과
'동맹'
그 어디쯤...?

자상한
시아버님

조여화
이하늬
15년 차 수절 과부

박수호 / 임현제
이종원
금위영 종사관

석지성
김상중
여화의 시아버지,
좌의정

이런 아이는
처음이야
썸 탈 예정?

연선
박세현
여화의 오른팔

조력

박윤학
이기우
좌부승지

이소
허정도
조선의 임금

유금옥
김미경
여화의 시어머니

서정
오의식
여화의 남편

서재이
정소리
여화의 시누이

봉말댁
남권아
석지성댁 찬모

금위영 (수호의 사람들)

비찬
정용주
수호의 오른팔

황치달
김광규
금위대장

명도각 (여화의 사람들)

장소운
윤사봉
화연 상단 단주, 운종가 대행수

황이경
이루비
치달의 막내딸

활유
이우제
소운의 오른팔

꽃님
정예나
여화가 구한 아이

윤종가 대표 상단 / 라이벌

사대부집

오난경
서이숙
염흥집의 처

영흥집
김형묵
호조판서

강필직 상단

강필직
조재윤
지전상과
'필'여각 운영

만식
우강민
강필직의 수하

조여화

낮져밤이 본캐와 부캐 사이를 아슬아슬하게 넘나드는 15년 차 수절 과부

"이래도 죽고, 저래도 죽는 거네.
과부 되고 싶어 된 사람이 어딨다고 !"

좌의정댁 맏며느리, 15년 차 수절 과부. 혼례 당일 신랑마저 죽어 초례도 치러보지 못한 채 망문 과부가 되었다. 대문 밖 세상은 언감생심이요, 죽은 지아비를 위해 곡을 하거나 내훈과 삼강행실도를 한 자, 한 자 필사하는 일 외에 그림처럼 앉아 있는 것이 일상이다. 이런 그녀에게 은밀하고 위험한 비밀이 한 가지 있으니, 밤이 되면 복면을 쓴 채 도움이 필요한 자들을 찾아 담을 넘는다는 것! 쌀이 없는 자에게 쌀을! 병을 앓고 있는 자에게 약첩을! 컴컴한 밤, 도성 안을 누비며 '전설의 미담'으로 불리는 그녀의 이중생활은 완벽했다. 답답하리만치 융통성 하나 없는 금위영 종사관 박수호를 만나기 전까진!

그날도 평소처럼 담을 넘었고, 꽃님이란 아이의 아버지가 훔쳐간 집문서를 되찾기 위해 투전판이 열리는 객잔에 몰래 들어갔을 뿐이었다. 그런데 우연인지 운명인지 모르게 그 안에 있던 수호와 엮여 이상하게 일이 꼬이기 시작하더니 사사건건 가는 곳곳마다 수호와 부딪치게 되는데.

한데 이 남자, 애매모호한 말들로 긴장시키지를 않나, 심지어 반가의 여인으로 대하는 이 태도는 뭐지? 설마... 내 정체를 알고 있는 거야?

그동안 철저하게 숨겨왔던 여화의 이중생활에 절체절명의 위기가 찾아왔다.

박수호 / 임현제

금위영 종사관

"금위영 종사관으로서 전합니다.
당신을 반드시 잡을 것이니 부디 절대 내 눈에 띄지 마시오"

이기적인 외모에 머리부터 발끝까지 삼신할머니가 예쁘게도 빚어놨다. 심지어 이 남자, 능력까지 출중하다. 무과 장원에, 한동안 나라의 골칫거리였던 전라도 조세미 사건을 단번에 해결하기까지! 게다가 검술 실력은 타의 추종을 불허한다. 이렇게 완벽한 도성 사내이건만 딱 하나, 융통성이 없다. 정도를 벗어나지 않고 딱 맡은 일만 한다. 더하지도 않고, 덜하지도 않고 그저 자기 몫만 묵묵하게 해낼 뿐이다.

그날도 도성의 치안을 어지럽히는 타짜를 잡기 위해 비밀리에 수사를 진행 중이었는데. 웬 복면을 쓴 놈(?)이 들어와 난장을 부리지 뭔가. 웬만한 일에는 끼어들고 싶지 않았으나 쪽수로 밀려 칼에 맞을 뻔한 복면을 잠시 도와줬을 뿐인데 잠깐, 사내가 아니라 여인이었어?

그렇게 서로에게 잊을 수 없던 첫 만남에 이어 수호가 맡은 사건마다 우연히 부딪치는 둘! 그러다 여화의 엄청난 비밀을 알게 된다. 저 날다람쥐 같은 여인이 좌상대감댁, 그것도 열녀문 등극을 코앞에 둔 수절 며느리라니!

아슬아슬하게 담 넘고 선 넘는 여화로 인해 정도만 지키며 살았던 수호의 삶에 균열이 가기 시작했다.

박윤학

좌부승지

"나도 그런 사람이 있다.
그 사람이 행복해져야 나도 평안해질 수 있는… 그것도 둘씩이나!"

수호의 형이자 현 승정원 좌부승지. 임금 이소와 어린 시절부터 같이 자란 인연으로 그의 고통과 슬픔의 시간을 누구보다도 잘 알고 있다. 그런 이소를 지키기 위해 조정에 남아 허울뿐인 자리를 오랜 시간 감내하고 있으며, 한편으론 15년 전 자신이 구해온 수호를 보호하기 위해 일부러 냉정하게 대하며 위험한 일에 연루되지 않도록 애쓴다. 겉으론 온화해 보이는 인물이지만 이 그릇된 세상을 누구라도 책임지고 바꾸어야 한다는 사명감을 가진 강건한 인물로 이소와 함께 선왕의 독살 사건을 은밀히 추적하고 있다.

개인적으론 혼인하자마자 3년을 병으로 앓아누웠던 부인이 죽고 10년 넘게 홀로 쓸쓸히 지내고 있다.

연선

여화의 오른팔이자 의지할 수 있는 인물

"저도 진지하게 아씨 죽으면 따라 죽을 겁니다!"

3년간 극심한 가뭄으로 양민이었던 부모를 잃었다. 굶주린 상태로 거리를 헤매다, 처음으로 가출을 감행한 여화의 손에 구해진 연선은 석지성 대감댁에 함께 머물며 공식 군식구로 살아가고 있다. 때로는 동생처럼, 때로는 벗처럼 여화의 곁을 지키며 참모 겸 비서 노릇까지 톡톡히 하고 있는데 여화를 대신해 12

년간 필사한 서책으로 글 실력은 물론이며, 자수에 난을 치는 실력까지 웬만한 사대부가의 여인 못지않다. 여화는 훗날 연선이 독립을 할 수 있도록 자신의 일을 대행해줄 때마다 값을 치러줬고 한양에 번듯한 기와집 한 채 사는 것이 꿈인 연선은 여화의 곁을 떠나기 싫어 모은 돈이 기와집을 사기엔 한참 부족하다는 말만 되풀이하고 있다.

여화를 위해서라면 목숨도 아깝지 않다.

여화의 시댁 식구들

석지성
여화의 시아버지, 좌의정

건국 이래 조선 최고의 명재상이란 칭송을 받고 있는 좌의정으로, 조정에서는 충심을 다해 임금을 보필하고 현명하게 정사를 운영하는 신하이며, 집에서는 다정하고 따뜻한 남편이자 시아버지다. 그러나 실상은 15년 전 과거 응시 기회를 노비에게까지 열어 신분의 벽을 무너뜨리려던 선왕의 개혁적인 시도에 반발해 첨예하게 대립했고, 결국 종묘사직과 나라를 위해 자신이 옳다고 믿는 단호한 결단을 내리게 되는데….

자신이 한 모든 일이 나라와 이 나라의 근간인 사대부를 위해서라는 나름의 명분과 신념을 가진 인물.

유금옥
여화의 시어머니

가문의 명예와 체면이 가장 중요한 조선의 시어머니. 백성들의 존경을 한 몸에 받는 명재상이자 집에서는 자신에게 한없이 다정한 석지성을 진심으로 존경하고 사랑한다. 세간의 부러움을 한 몸에 받는 금옥이지만 그 안엔 자식을 앞서 떠나보낸 슬픔이 있다. 아들 석정이 혼례 날 화적떼에게 목숨을 잃고 시신조차 찾지 못했던 것. 여화를 볼 때마다 아들이 떠올라 때로는 혹독하게, 때로는 매몰차게 대하지만 누구보다 여화를 가족으로, 며느리로 아끼는 마음은 진심이다.

석 정 / 주 요 섭
소목장

석지성과 유금옥의 아들이자 여화의 살아 돌아온 남편. 어릴 적부터 방랑벽, 유랑벽이 있었다. 15년 전 청나라에 재미 삼아 놀러 갔다가 그곳에 선교차 온 영국인 앤 마린과 불같은 사랑에 빠져 가출을 감행했다. 이런 아들의 선택을 끝내 이해할 수도, 용납할 수도 없었던 석지성은 아들의 가출을 감추고 석정이 죽은 것으로 위장하는데. 15년 후 주요섭이라는 이름으로 명도각에 화려하게 등장한다.

자신도 모르게 치러진 혼인으로 십 수년을 외롭게 수절한 여화를 안쓰럽게 여긴다.

석 재 이
여화의 시누이

석지성의 막내딸이자 여화의 시누이. 오빠의 죽음이 여화 탓이라고 생각해 여화를 미워한다.

봉 말 댁

오랜 시간 좌의정 대감댁 찬모로 지내고 있다. 여화의 죽은 남편인 석정의 유모였기에 여화를 은근 시어머니처럼 구박하는 인물.

비찬
금위영 군관

전라도에서부터 수호를 따랐던, 자칭 박수호의 오른팔! 심성이 착하고 해맑다. 툴툴거리긴 해도 수호가 시키는 일이면 무엇이든 무조건 하는 충성심도 있다. 세상에서 수호를 가장 존경하고 좋아했지만 한양에 올라와 수호보다 더 존경하는 인물이 생겼다. 휘영청! 달이 뜨는 밤, 도탄에 빠져 있는 백성을 위해 지붕 위를 달리는 전설의 미담! 비찬의 꿈이 바뀌었다. 미담님을 한 번만이라도 보는 것.

황 치 달
금위대장

말이 많고, 말이 많고, 말이 많다! 종 2품에서 점 하나 바꿔서 정 2품이 되는 것이 꿈. 금위영의 고인 물이자, 어떻게 해서든 궐 입성을 꿈꿔보지만 자꾸 정도만 지키려고 하는 수호 때문에 골치가 아프다. 꽃보다 어여쁜 막내딸 이경의 돌발 행동(?)에 노심초사하며 어떤 사내가 데려갈까 걱정하지만 세상 누구보다도 딸을 사랑하는 딸바보.

황 이 경
치달의 막내딸

치달의 딸로 다섯 오빠 밑에 막내로 태어나 세상 귀여움은 혼자 독차지하고 자랐다. 때문에 표현에 거침없으며 가끔 돌발 행동(?)으로 주변을 깜짝 놀라게 하는 재주가 있다. 처음에는 금위영에 부임한 수호에게 호감이 있었으나 이상하게 그 옆에 졸랑대며 따라다니는 비찬이 자꾸 신경 쓰인다.

장소운
화연 상단의 단주이자 운종가 대행수

200년 전통의 화연 상단 현 단주이자, 운종가 대행수. 명도각을 운영하고 있다. 운종가 대행수였던 아버지로부터 화연 상단을 물려받았으나, 전국의 상권 반 이상을 강필직에게 빼앗기면서 그 세력이 많이 쇠락해졌다. 하지만 여전히 상인들의 정신적인 지주이자 영향력이 남아 있는 리더다.

7년 전 여화는 강필직의 손에 죽을 뻔했던 소운을 구해주고 어머니의 유품까지 내어주며 소운이 다시 상단을 일으킬 수 있도록 도와주었다. 그 인연으로 소운은 명도각(明道閣)에서 나오는 수익으로 여화의 밤 활동(?)을 물심양면으로 지원해주고 있다.

활유
소운의 비서이자 오른팔

부모에게 버림받고 사람들에게 몰매를 맞고 있는 걸 여화가 구해준 인연으로 명도각에서 살게 되었다. 단단하고 우직해 보이는 모습과는 달리, 눈물이 많고 감수성이 풍부하다. 소운을 엄마처럼, 여화를 누나처럼 따르는 인물.

꽃님

어릴 때부터 좌상댁에 드나들며 바느질거리를 받아갔던 아이. 하루 한 끼밖에 먹지 못하는 여화에게 곶감을 갖다주거나 시어머니 금옥에게 혼난 여화를 자기만의 방식대로 위로해주며 늘 웃게 해준다. 아버지의 노름빚 때문에 강필직 여각으로 팔려간다.

이소
조선의 임금

모든 정사를 석지성에게 맡긴 힘없고 무능한 나른한 왕처럼 보이지만, 15년 전 선왕 독살 사건의 진실을 집요하게 캐고 있다. 개혁을 꿈꾸던 선왕이 누군가에 의해 독살당했다는 심증은 있지만 물증도 힘도 없는 지금은 때가 아니라 판단해, 유일하게 신뢰하는 박윤학과 매일 한가롭고 나른하게 시간을 보내며 때를 지켜보고 있다. 그러던 중 선왕의 내금위장이었던 임강의 아들 박수호(임현제)가 과거 사건의 실마리를 잡은 것을 알게 되자, 그 진실을 파헤쳐 모든 것을 바로잡고자 한다. 선왕과 이소는 모든 백성이 신분에 상관없이 능력에 따라 기회를 얻게 되는 나라를 만들고 싶다는 희망을 지니고 있다.

오난경
호조판서 염흥집의 처

대비의 질녀로 좋은 가문에서 태어났지만 어머니의 치부로 인해 개차반 염흥집에게 시집갈 수밖에 없었다. 자신의 인생을 스스로 결정할 수 없는 여인의 한계를 깨달은 난경은 15년 전 당시 중전(현 대비)의 외질이라는 위치를 활용해 선왕 독살에 직접 개입하는 공을 세웠다. 뒤에서 악행을 일삼고 있지만 겉으론 도성 밖 빈민들을 위해 구휼 사업을 하고 있어 살아 있는 내훈이자 여인들의 모범이란 소리를 듣고 있다.

강필직
운종가 지전상과 필(必) 여각 운영

개처럼 굴며 모든 더러운 잡일을 도맡아 상단의 단주 자리까지 꿰찼다. 백정 출신으로 그에겐 세상이 모르는 어두운 출생의 비밀이 있었으니, 그것은 수절 중이던 난경의 어머니와 천한 노비 사이에서 태어난 명문가 오씨 가문의 반쪽 소생이라는 것. 15년 전 내금위장 일가족 몰살에 참여했으며 인신매매, 조세미 포탈 등 온갖 비리에 관여하고 있다.

만식
강필직의 오른팔

강필직의 어린 시절부터 함께해온 동생이자 필 여각의 행동 대장. 온갖 더러운 일을 서슴지 않으며 필직을 옆에서 보필하는데 실수가 많아 '송구합니다'를 입에 달고 산다.

염흥집
난경의 지아비, 호조판서

호조판서이자 난경의 개차반 지아비. 깜냥이 되지 않는 염흥집을 난경이 지금의 호조판서 자리까지 올려놨다. 강필직 상단이 상납하는 돈과 날마다 갈아 치우는 여색에만 관심이 있다. 애지중지하던 귀한 '산중백호도'가 사라지면서 그림을 되찾기 위해 혈안이 되었지만 그 그림이 간직한 비밀까진 알지 못하고 있다.

조성후
여화의 오라버니

여화의 하나뿐인 오라버니로 15년 전 행방이 묘연해졌다.

S#	장면(Scene). 같은 장소와 시간 안에서 이루어지는 일련의 행동이나 대사가 한 '씬'을 구성한다.
몽타주	따로따로 편집된 장면들을 짧게 끊어 붙여서 하나의 긴밀하고 새로운 장면을 만드는 기법.
N	밤(Night).
D	낮(Day).
cut	끊지 않고 한번에 촬영된 장면.
틸업	카메라 위치는 고정되어 있고 앵글만 아래에서 위로 이동하는 것.
OFF	오프. 대화 중 한 인물이 화면 밖에 존재함을 나타낸다.
E	효과음(Effect). 보통 등장인물은 보이지 않고 소리만 나는 경우에 쓰인다.
F.O	페이드 아웃(Fade Out). 화면이 차츰 어두워지는 효과.
O.L	오버랩(Over Lap). 현재 화면에 다음 화면이 겹쳐지면서 장면이 바뀌는 기법. 혹은 한 인물의 대사가 끝나기 전에 다른 인물의 대사가 맞물리는 것.
클로즈업	특정 인물이나 대상을 확대해 강조하는 것.
INSERT	인서트. 특정 동작이나 상황을 강조하기 위해 삽입된 화면. 인서트가 없어도 장면을 이해하는 데 큰 지장은 없지만, 인서트가 들어가면 상황이 명확해지고 스토리가 강조된다.
플래시백	화면과 화면 사이에 들어가는 순간적인 장면. 주로 회상을 나타낼 때 쓰이며, 사건의 인과나 인물의 성격을 설명하기 위해 쓰이기도 한다.
CUT TO	같은 장소에서의 시간 경과를 표현하기 위해 장면을 끊어서 표현하는 기법.
줌인	카메라 위치는 고정되어 있고 초점 거리만 대상에 가까워지는 것.

七편

듕잔 밋치 서두숩나

프롤로그

S#1.   명도각, 장소운 집무실 안 / N

수호 앞에서 천천히 가리개를 벗는 여화. !!
가리개 밖으로 드러나는 여화의 얼굴에 수호, 잠시 정신을 빼앗기고

여화	(고개 숙여 인사하며 미소 짓는) 좌상댁 맏며느리, 조가 여화라 합니다.
수호	(갑작스러운 여화의 행동에 놀랐지만 이내) 정공법을 택한 겁니까?
여화	나리가 제 신분을 아무에게도 발설하지 않으실 거라 믿겠습니다.
수호	내, 이 나라 종사관이요. 나를 어찌 믿고-
여화(O.L)	나리가 매번 도와주셨다는 걸 알고 있습니다.
수호	(당황해 정색하며) 난 부인을 도운 적 없소!
여화	제가 아니라 힘없는 백성들을 도와주시지 않으셨습니까.
수호	(보면)
여화	꽃님이도, 인신매매를 당했던 아이들도, 호판댁 하인과 그의 정인까지... 모두 나리가 손을 잡아준 이들이지요.
수호	(담담하게) 모두 우연히 엮였을 뿐입니다.
여화	왜 이렇게까지 하느냐고 물으셨습니까.
수호	(여화를 바라보면)
여화	나리께서 알다시피 전 과부입니다. 과부는... 죄인이지요.
수호	...
여화	얼굴도 모르는 지아비가 죽었단 이유로 평생 소복만 입고, 소식하며 집 밖으로도 못 나가는... 그저, 지아비를 그리는 것 외에 아무것도 하면 안 되는 죄인입니다. 제가 이 죄를 씻는 방법은 결국 지아비를 따라 죽는 방법밖엔 없지요.
수호	!!!

여화	제가 아무것도 하지 못해, 그저 죽을 날만 기다리는 사람이 될까 봐... 살아 있는 것만으로도 죄인인 내가, 어떻게든 살고자 하는 것입니다.
수호	(잠시 할 말을 잃고 여화를 바라보면)
여화	그러니... (수호 응시하며) 제게도 살 기회를 주시겠습니까.

7부

등잔 밑이 어둡다

| 이소(E) | (충격 받은) 지금 좌상댁 맏며느리라 했느냐. |

S#2. 궐, 이소의 방 / N

이소, 경악한 얼굴로 서찰* 읽다 윤학을 바라본다.

윤학	예, 전하. 조성후란 자가 실종된 지 여섯 달 후, 좌의정 석지성 대감의 장남과 혼인하였습니다.
이소	(놀라) 어찌 그런 일이!! 혹, 어릴 적부터 정혼한 사이였다더냐.
윤학	그건 아닌 듯합니다.
이소	(눈빛 달라지며) 절대 우연일 리가 없다. 좌상 같은 사람이, 명망도 없는 한미한 집안에서 갑자기 며느리를 들였다니...
윤학	조성후가 선왕 전하의 옥패를 받았던 자라면 좌상대감이 그자를 잡기 위해 그 누이를 볼모로 잡은 것은 아닐는지요. 그러고

*　6부 S#65 세책방에서 윤학이 받은 서찰입니다.

도 남을 사람 아닙니까?

이소	그리되었다면, 조성후는 섣불리 몸을 드러낼 수 없었을 테고...
윤학	어쩌면 그 부인이 오라비의 행방을 알고 있을지도 모릅니다.
이소	아바마마의 마지막 밀명을 받은 이가 그자가 분명한 듯하니 어떤 사연으로 좌상의 며느리로 들어가게 되었는지, 뭔가 아는 것이 있는지 소상히 알아보도록 하거라.
윤학	예, 전하.

충격을 받은 이소를 바라보는, 윤학의 시선에서.

S#3.   명도각, 장소운 집무실 안 / N

여화를 빤히 바라보던 수호.

수호	기회를 드리겠습니다.
여화	(안도의 미소)
수호	단, 이제 부인이 무엇을 하든, 내 눈앞에 있어야 합니다.
여화	그게 무슨 말씀입니까?
수호	제가 무슨 수로 부인 목숨을 살립니까? (하다) 그러니 다신 무모한 짓을 벌이지 않도록, 제 눈 밖을 벗어나지 마십시오.
여화	아니! 내가 그냥 좀 쌀도 나눠주고, 약첩도 갖다주고 뭐 그런 소소한-
수호(O.L)	소소한?
여화	(보면)
수호	겁도 없이 당상관의 집 담장을 넘고, 포청에서 죄인을 훔치고- 방금 종사관 앞에서 칼까지 겨누신 분이 할 말은 아니지요.
여화	(할 말 없고)

수호	지켜보겠습니다. (하다) 또다시 좌상댁 담장을 넘으시면, 그땐 제가 그 댁 대문을 넘을 겁니다.
여화	(어이없어 바라보는) 하...

수호, 능청스럽게 나가고, 분한 여화의 모습에서.

S#4. 인적 없는 정자 / N

필직, 무릎을 조아린 채 앉아 있고,
지성, 필직을 외면한 채 차가운 시선으로 어둠 속을 응시하고 있다.

지성	(서늘하게) 호판부인 오씨는 앞으로 어찌한다더냐?
필직	(당황하며) 그것이...
지성	지아비를 잃었으니, 소리 소문 없이 살아가라 전하거라. 살아 있는 내훈이란 칭송에 걸맞게- 심심유곡 암자에 평생 은거하는 것이 적당할 듯도 하고...
필직	(놀라 쳐다보며) 허나-
지성	왜, 너도 같이 가서 수발이라도 들고 싶은 게야.
필직	아..아닙니다. 대감 마님의 말을 한 마디도 빼지 않고 전하겠습니다.
지성	허면 호판의 일은 그리 마무리하거라. (말을 마치고 정자를 내려가려는)
필직	(잠시 망설이다 결심한 듯) 대감 마님!
지성	(걸음 멈추고 필직 돌아보면)
필직	내내 마음에 걸리는 자가 하나 있사옵니다. 처음부터 호판 사건을 쫓고 있던 종사관이온데, 소인이 섣불리 움직이긴 어려운 자라...

지성	그게 누구냐.
필직	박수호란 자인데…. 좌부승지 박윤학의 아우입니다.
지성	좌부승지의 아우라면…, 대제학의 아들이란 말이냐.
필직	예, 십 수년 전, 열 살이 넘어 갑자기 양자가 된 자이온데, 세간에 는 대제학 대감께서 밖에서 낳은 서출이란 소문도 있다 합니다.
지성	(코웃음 치며) 그런 대쪽 같은 양반이 그럴 리가… (꺼림칙한) 뭔가 수상하니 그자에 대해 더 소상히 알아보도록 하여라.

지성, 정자를 내려가 사라지고, 고개를 깊이 조아린 필직의 모 습에서.

S#5.   명도각, 장소운 집무실 안 / N

망연자실하게 널브러져 있는 여화. 소운, 집무실 안으로 들어오면

여화	망했습니다.
소운	(보면)
여화	(수호 흉내) 제 눈 밖을 벗어나지 마십시오! (하다) 하… 겁박을 할 거면 도와주질 말든지!
소운	(빙그레) 제 귀엔 겁박으로 들리진 않습니다만…
여화	자기가 날 어찌 지켜봐? 집에 쳐들어오길 할 거야, 어쩔 거야! (하다) 하… 백씨부인 갈 때 따라가는 건데…
소운	말씀만 하십시오. (하다) 개경에 과부촌 하나 만들어보지요.
여화	(찌릿)
소운	참! 백씨부인이 함경도로 떠나기 전 제게 묘한 말을 남겼습니다.
여화	(보면)
소운	호판부인께서 용덕이가 훔쳤다 증언했던 그 가락지 말입니다.

여화	백씨부인 가락지요?
소운	이미 백씨부인의 것이라는 걸 알고 있었다 합니다.
여화	네? 그럼 호판부인이 거짓 증언을 했다는 말입니까?
소운	(고개 끄덕이는)
여화	호판부인이 왜...

여화, 의아한 표정에서. F.O

S#6.   호판댁, 뒤뜰 / D

화면 밝아지면 정갈한 소복 차림의 난경, 필직을 마주 보고 있다.

난경	(차갑게) 어르신께서, 내 공을 아주 잊으셨구나.
필직	그러게 말입니다. (하다) 헌데, 정말 암자로 들어갈 건 아니실 거고... (생색내듯) 일단 여묘살이를 가 계시면, 제가 청나라에 사실 거처라도 은밀히 마련해보도록 하겠습니다.
난경	내가 뭘 잘못했다고, 청나라로 가야 한단 말이냐!!
필직	조선 천지가 어르신 손에 있사온데, 그분의 뜻을 어길 순 없지요.
난경	(비웃는) 천지를 손에 쥐어준 자가 누군데 이제 와서... (하다) 날 그리 쉽게 내칠 수는 없을 것이다. (이를 부득 가는 데서)

S#7.   금위영, 집무실 안 / D

수호, 앉아 있고 비찬, 앞에서 호들갑스럽게 이야기하고 있다.

비찬	나리! 이러고 계실 때가 아닙니다! 지금 도성 전체가 시신이 없어졌다고 소문이 무성한데... 어쩝니까? (발 동동) 이러다 우리 미

	담님이 잡혀 들어가시는 거 아니냐구요!
수호	(진지하게 듣다가) 비찬아, 네가 해야 할 일이 있다.
비찬	예?

수호, 비찬의 귀에 무언가 속닥이면 비찬, 흥미롭게 듣는 표정.

수호	너희 미담님을 위해서 이게 낫지 않겠느냐.
비찬	(아! 알아들었다) 세상에- 다시 없을 연모 아닙니까! 이생에 못 다한 인연! 다음 생에서라도 다시 만날 수만 있다면!!
수호	이 이야기를 금위대장님-
비찬(O.L)	께서 아시면 도성 전체는 금방이지요! 입담하면 저 아니겠습니까! (가슴 쿵쿵 치는)
수호	(흡족한) 그리고- 틈틈이 명도각도 살피고.
비찬	맡은 바 소임을 다하겠습니다!

비찬, 꾸벅 인사를 하고 나가는.

S#8.   좌상댁, 안채 방안 / D

금옥 앞에 다소곳하게 앉아 있는 여화.
여화, 자신을 빤히 바라보는 금옥의 시선에 눈을 어디에 둬야 할지 모르겠는데.

금옥	얌전한 고양이가 부뚜막에 먼저 올라간다더니! 수절하는 여인이 담장 밖을 나간다는 게 가당키나 한 것이냐.
여화	(뜨끔해 금옥 바라보면)
금옥	낯색 하나 안 변하고, 조신한 척 온갖 내숭은 다 떨어놓고 감히

밤에 밖에 나가 딴짓거리를 해?

여화 (꼭 자기한테 하는 말처럼 들리는) 어머님...

금옥 가문에 먹칠을 해도 유분수지! 그 오만하기 짝이 없던 이판부인
   이 곡기를 끊고 앓아누웠다더구나.

여화 (얕은 한숨 폭, 쉬는데)

금옥 (방긋) 허나, 난 그럴 걱정 없으니 얼마나 다행이냐. 내 이판 며느
   리가 너와 비교도 되지 않는다고 늘 생각했다.

여화 (어찌할 바를 몰라) 어머님의 가르침 덕분입니다.

금옥 그래, 이런 일이 있었으니 특별히! 더 신경을 써야 할 것이다.

여화 명심하겠습니다.

금옥 작은 몸가짐 하나라도 지켜볼 터이니 그리 알고.

여화 예...

S#9. 금위영, 마당 / D

비찬, 마당에 쪼그리고 앉아 썰을 풀고 있다.
주위에 금위영 파총들 쪼로록 앉아 있고.

비찬 (전기수처럼) 아! 가혹한 운명이여! 어찌 연모하는 이를 두고 이
   리 비참하게 떠날 수 있단 말인가!

파총1 (울컥해) 그래서, 그자의 시신은 어찌 되었는가.

비찬 척박한 땅에 아무렇게나 버려진 정인의 시신을 찾아 그 여인은
   밤새 헤매고, 헤매 겨우 찾았으니!

파총2 으매, 짠헌 거-

비찬 (감정에 취해) 숨이라도 붙어 있을세라 숨결을 불어넣어보지만!!
   이미 차갑디차가운 시신은 (눈물 찍고) 아무 말이 없었지요!

파총1 그 여인은 앞으로 어찌 살라고-

비찬	죄 없는 이여! 내 정인이여!! 작은 체구로 커다란 정인의 시신을 끌고 그리 자취를 감췄습니다아.

파총들, 비찬의 이야기에 흠뻑 빠져서 듣고 있는데
어느새 그 옆에 앉아 같이 울고 있는 치달, 애써 눈물 삼키며

치달	(깊은 한숨) 이 얼마나 아름답고 슬픈 이야기인가! 내게도 온 세상이 연모였던 시절이 있었지- (아련한)

비찬, 소매로 치달의 눈물을 닦아주며 슬쩍 옆을 보면 저 멀리 수호가 비찬을 바라보는.
비찬, 수호 보고 씨익 웃으면 수호, 잘했다는 듯 한 번 보고 금위영 밖으로 나가는 데서.

S#10. 운종가 거리 / D

우당탕! 뒤엎어진 좌판. 꽃들과 경대, 뒤꽂이들이 바닥 여기저기 굴러다닌다.
철푸덕! 넘어진 석정, 고개 들어보면 만식과 수하들이 물건들을 발로 툭툭 차는데-
운종가 사람들, "이를 어째." "하필 딱 걸려서는." 웅성웅성 그 주위로 모여들고

만식	누구 맘대로 여기에 자리를 펴래, 어?!
석정	(벌떡 일어나 만식에게 대들며) 누구 맘대로가 어딨소! 판 펴는 사람 맘이지!
만식	(석정을 겁주듯 바라보며) 이 길이 누구 건데- 겁도 없이 함부로 지

껄이는 게냐!

석정   (획획 둘러보더니) 이 길이 당신 건 아닐 테고. 내 분명 요기부터 저기 끝까지 전부 운종가 길인 걸로 알고 있는데... (꿀꺽, 겁먹었지만 지지 않는) 얼른, 원상태로 돌려놓고 사과하시오!

만식   (이놈이 정신을 못 차렸나, 퍼억! 석정을 한 대 치는)

석정   (어구구! 바닥에 내동댕이쳐지고 맞은 뺨을 잡곤) 내 누군지 알면 이리 함부로 굴진 못할 텐데!!

수하들, 스릉! 칼을 빼면 만식, 됐다! 표정으로 천천히 석정에게 다가간다.
주변에 있던 사람들마저 주춤주춤 물러나는데-

수호(OFF)   뭣들 하는 짓이냐.

사람들 시선, 좌악! 돌아보면 수호가 서 있다.
만식과 수하들, 수호를 보고 주춤하며 뺐던 칼을 다시 칼집에 꽂아 넣는.
수호, 옆에 있던 석정을 일으켜준다.

석정   (수호 보고) 고맙소.

수호   (만식 일행 보고) 대낮에 운종가에서 칼을 꺼내 들다니! 국법 따윈 안중에도 없는 게냐!

만식   (분하지만 함부로 굴 순 없고)

필직(OFF)   이게 누구십니까.

만식, 필직의 목소리에 놀라 보면 저 멀리 필직이 서서 이 상황을 바라보고 있다.

필직, 공손히 수호에게 인사하고 수호 또한 필직을 단단히 바라보는데.

필직	(주변 살피며) 이번엔 무슨 일로 저희 수하들을 잡으시는 겝니까. 장사치들끼리 자리다툼하는 것쯤은 눈 감고 지나가시지...
수호	아! 난 또 무뢰배인가 싶어 막으려 한 것뿐입니다만.
필직	(빠직) 이렇게 세상 물정을 모르니 겁없이 여기저기 들쑤시고 다니는 게 아닙니까. (하다) 아차! 호판대감 사건으로 포청도 다녀가셨다지요.
수호	(멈칫) 강단주야말로 그 사건에 관심이 많으십니다.
필직	(빠직) 관심이 많을 수밖에요. (수호 귀에 대고) 장소운 그년과 종사관 나리도 연관되어 있는데-
수호	(필직 바라보면)
필직	(수호 어깨 툭툭 털어주며) 금위영에 바느질거리를 받으러 오는 계집도 하나 있었다고요. (비죽거리고)
수호	!!!
필직	어이쿠! 이런 이런! 놀라는 얼굴을 보니 (낮은 목소리로) 그년이 누군지- 아주 궁금해집니다. (하다) 그럼 살펴가시지요.

필직, 만식 보면 만식과 수하들, 필직을 따라 지전상 안으로 들어간다.
수호, 필직의 뒷모습을 노려보는데-

석정	(수호 보고) 신세를 졌소. (손 쓱쓱 닦아 내밀며) 주요섭이라고 합니다.
수호	(악수를 처음 보는)
석정	(아! 민망한 듯 손을 걷어내며) 내 오래 타국에서 생활했던 터라 미안합니다. (하다) 정 많던 운종가가 왜 이렇게 변했는지. (혀 끌끌

차고)

수호   (스윽 석정을 보다가) 혹, 물건을 파실 거라면 저 명도각에 가서 대행수에게 물어보십시오.

석정   이거 초면인데... (하다, 주섬주섬 바닥에서 뒤꽂이 하나 주워 탁탁 털어내며) 이래 봬도, 하나씩 내가 수작업한 매화 뒤꽂이요. 정인에게 하나 선물하시오.

수호   (당황해) 아! 그런 거 없으니 괜찮소. (절레 저으면)

석정   (수호 손에 꼭 쥐여주며) 에헤이! 딱 보아하니 있어 보이는데- (하다) 성의니 받아두시오!

수호, 얼결에 받으면 석정, 주섬주섬 바닥에 떨어진 물건 정리하고
수호, 매화 뒤꽂이를 내려다보는 데서.

S#11.   궐, 소편전 안 / D

지성, 서늘한 표정이고 이소, 여유롭게 앉아 있다.

지성   (단호하게) 만백성의 본이 되어야 할 왕실에서, 호판부인이 여묘살이 가는 걸 오히려 막으려 하시다니요. 만고에 그런 법은 없사옵니다.

이소   (지성의 과한 반응이 수상쩍은) 그렇지만 어마마마의 간곡한 청을 어찌 야박하게 거절합니까? 아침 일찍 기별을 받으시곤, 정부인을 그리 보낼 순 없다 하시며 눈물까지 보이셨습니다.

지성   (정색하며) 애초에 전하께서 관여하실 일이 아닙니다.

이소   어떻게 호판부인이 한양에 계속 계실 수 있는 명분을 만들어드리면 안 되겠습니까? 지금껏 어려운 백성들에게 온정을 베푼

일도 많으시고... 조정에서 나서 보기 좋은 명분을 만들어주면...

지성(O.L) (서늘하게) 대비마마께서 사사로운 정에 이끌리시어 호판부인
의 일에 개입하신다면, 결국 웃음거리가 될 것이니.... 전하! 반
드시 만류하시어, 자식 된 도리를 다하셔야 할 것입니다.

단호한 얼굴의 지성, 예를 표하고 나가면. 이소, 지성의 뒷모습
을 의미 있게 바라보는

봉말댁(E) 마님! 호판부인께서 오셨습니다.

S#12.   좌상댁, 안채 대청마루 / D

다과상 앞에 두고 여화, 금옥, 소복을 입은 난경이 앉아 있다.

금옥   (안쓰러운 얼굴로 난경 보며) 그사이에 많이 수척해지셨습니다.

여화   (난경 보는)

난경   가기 전에 정리할 것들도 많고 해서 신경을 좀 썼더니 좀 야위
었나 봅니다.

금옥   여묘살이는 언제 가십니까.

난경   글쎄요, 당장 내일이라도 들어가려 했는데... 대비마마께서 좀
처럼 허락해주시질 않으시네요.

금옥   (끄덕끄덕) 정부인께서 남아 하실 일이 많으신데 그리 가시면 저
도 서운합니다.

난경   저도 정경부인과 며느님을 더 가까이하지 못한 게 너무 아쉽습
니다. (하며 여화를 보고)

금옥   지금부터라도 자주 왕래하면 되지요. 안 그래도 이판부인은 흉
흉한 며느님 소문에 통 나오시질 않으시고. (혼잣말하듯) 아무리

소문이래도 망측하게 남정네와 야반도주라니...

난경　(단호하게) 남정네라니요. 이판댁 며느님이 그럴 리가 없습니다. 그저 뒷말하기 좋아하는 사람들이 만들어낸 소문이겠지요. (차 마시고)

금옥　(큼큼, 민망해서 차 마시고)

여화　(난경을 의심스러운 눈초리로 쳐다보는)

금옥　오늘 뵈니, 앞으로도 정부인께서 남아 여인들의 기강을 바로잡아주셔야겠습니다.

난경　아닙니다. 오늘 제가 이리 찾아오게 된 건 오히려 제가 며느님께 가르침을 받고자 함입니다.

여화　(놀라) 네?

난경　그간, 떠날 생각에 찾아와주었어도 앞으로 오지 말라 했었는데... 한동안 떠날 수 없을 것 같으니, 이미 오랜 시간 수절을 한 며느님께 제가 배울 것이 많지 않겠습니까.

여화　제가 어찌 감히 정부인께 가르침을 드릴 수 있단 말입니까. 말씀 거두어주세요.

금옥　(황급히) 맞습니다. 우리 아이가 부인께 배워야지요.

난경　(의미 있는 미소 짓고) 그렇담 종종 저희 집에서 제 말벗이 되어주시는 건 어떻습니까.

여화　(난경을 보는 시선에서)

S#13.　궐, 소편전 앞 / D

편전에서 나오던 지성, 심기가 불편한 얼굴로 서 있다. 저편에서 걸어오던 윤학을 본.

윤학, 걸음을 멈추고 예를 갖춰 공손히 절하면 지성, 순간 온화한 표정 짓는

지성	전하를 뵈러 오는 길인가.
윤학	예, 모처럼 장기라도 두자 하시기에 뫼시러 오는 길입니다.
지성	(미소 띤 얼굴로 잠시 윤학 보다) 전하 때문에 늘 이리 애써주는데, 내 자네에게 술 한잔 대접한 적이 없구먼.
윤학	당치 않습니다. 당연히 제가 해야 할 일인 것을요.
지성	쇠뿔도 단김에 빼랬다고, 오늘 저녁 집으로 오시겠나.
윤학	(의아하지만 공손하게) 불러만 주신다면 언제든지...
지성	그럼, 기다리겠네. (하다) 아.. 참, 자네에게 영민한 아우가 하나 있다 들었는데, 오는 김에 같이 데리고 오게.
윤학	(순간 안색 변하는) 제.. 아우를 말씀입니까.
지성	무과에 장원 급제한 인재라 들었네. 이번 기회에 한번 얼굴이라 도 봐두는 게 좋을 듯하여..
윤학	(굳은 얼굴로 마지못해) 예, 그리하겠습니다, 좌상대감.

지성, 미소 지은 얼굴로 저편으로 걸어가고
무거운 표정으로 잠시 서 있다 편전으로 들어가는 윤학의 얼굴
에서.

S#14.   좌상댁, 사당 안 / D

여화, 미심쩍은 표정으로 위패를 보고 있다. 갸우뚱하고

| 여화 | (갸우뚱) 연선아, 아무래도 호판부인이 이상한 것- |

고개 돌리는데 여화를 빤히 바라보는 봉말댁. !!!

| 여화 | 아, 깜짝이야!! (하다, 두리번거리면) |

봉말댁	연선이 아까 세책방 간다고 말씀드리고 나갔잖아요.
여화	아- 그랬나. (하다) 헌데, 무슨 일인가.
봉말댁	기척이 없으셔서 들어왔는데 아씨 마님께서 멍하니 앉아 계시길래...
여화	(큼, 봉말댁 보면)
봉말댁	마님께서 오늘 손님 오신다고 부엌채로 내려오시랍니다.
여화	알았네.

봉말댁, 나가면 여화 일어나 따라 내려가는 데서.

S#15. 명도각, 점포 안 / D

홀로 구석에 서 있는 비찬, 미담을 찾아보려는 듯 지나다니는 사람들의 얼굴 하관을 손바닥으로 슬쩍슬쩍 가려보며 눈을 관찰하고 있는데
그때 호기심 가득한 표정으로 바라보는 이경의 눈과 정통으로 마주치고 !!
놀란 비찬, 후다닥 밖으로 뛰어나가면.

S#16. 명도각, 앞 / D

이경, 비찬을 쪼르르 따라 나와 비찬의 앞을 가로막으며

이경	여기서 뭐 하는 것이냐?
비찬	(당황한) 예? 살 게 있어서-
이경(O.L)	그럼 물건을 골라야지 아까부터 (허공에 손을 뻗어 허우적대며, 비찬을 흉내 내는) 요러고, 요러면서- 사람을 고르고 있느냐? (하다)

	혹, 누굴 찾는 건가?
비찬	아닙니다!
이경	범인?
비찬	절대! 아닙니다!!
이경	정인?
비찬	저얼대!! 절대! 아닙니다!
이경	(버럭, 얼굴을 확- 앞으로 들이밀며) 그럼 누굴 찾는데에-
비찬	(깜짝 놀라 뒤로 물러나며) 이리 고운 얼굴을 하고선 어째 매번-!! (헙!)
이경	(꿈벅꿈벅) ... 곱다 했느냐?

놀란 비찬, 얼굴을 붉히며 뛰어가면 멍하니 그 뒷모습을 보며 서 있는 이경, 꿈벅꿈벅.

S#17. 금위영, 집무실 안 / D

수호, 집무실 안으로 들어와 자리에 앉는데 툭, 석정이 준 뒤꽂이가 바닥에 떨어진다.
수호, 뒤꽂이를 주워 바라보는데

INSERT

7부 S#1 가리개를 벗는 여화, 스르륵, 슬로로.

뒤꽂이를 만지작거리며 피식 웃다 정색!!

수호	(한숨 쉬며 혼잣말) 밤에 잠을 못 자 정신이 이상해진 것이다.

수호, 고개 젓는데 집무실 안으로 치달이 호들갑스럽게 들어온다.

수호, 치달 보고 꾸벅 인사하면

치달	(눈가 촉촉) 자네! 그 얘기 들었는가?!
수호	무슨... 얘기 말씀이십니까?
치달	그 호판대감을 죽인 범인 말일세! 어찌나 뜨거운 연모를 했던지!!!
수호	들었습니다. (하다) 하지만 중죄인의 시신을 훔쳐간 자가 있다면 (단호하게) 잡아서 참형에 처해야 하지 않겠습니까! 우리 금위영이 그자를 잡아!!
치달(O.L)	그리 둘 순 없네!!!
수호	(넘어갔다, 치달 보면)
치달	어찌 이리도 매정한가!! (하다) 그런 눈물겨운 사연을 듣고서도 안 속 깊이 올라오는 울컥함을 정녕 외면할 겐가!!
수호	그럼 어찌할까요?
치달	윗선에서도 종결하라 명한 사건을 괜히 시신 훔쳐간 자 찾겠다고 들쑤시지 말란 말일세!! (하다) 그건! 내가 용납 못하네!!
수호	(피식, 웃음 참으며) 알겠습니다.

이때 파총1이 들어와 고개 꾸벅 인사한다.

치달	무슨 일인가.
파총1	(수호 보며) 좌부승지 나리께서 연통을 주셨습니다.
수호	형님께서?
파총1	북촌 입구 주막 근처에서 뵙자고..

S#18. 북촌, 거리 / N

윤학, 심란한 얼굴로 생각에 잠겨 북촌 거리를 걸어오고 있다.

플래시백

S#18-1. 궐, 소편전 안 / D

윤학, 어두운 표정으로 들어와 이소 앞에 서는

윤학   좌상대감이 방금 아우와 저를 집으로 불렀습니다.

이소   (살짝 놀란) 자네 아우를 어찌 알고?

윤학   아무래도 느낌이 좋지 않습니다, 전하.

이소   (고심하는) 이런 일들이 연달아 일어나는 게, 결코 우연은 아닐 테고... 일을 그르치기 전에, 서둘러 네 아우를 보아야겠다.

윤학   (이제는 어쩔 수 없는) 예, 전하.

현재

윤학의 시선으로 저편에서 걸어오는 수호 보이고.

잠시 애틋하게 수호를 보던 윤학, 걸음을 멈춰 서서 수호 기다리는

수호   (윤학에게 다가와) 무슨 일이십니까?

윤학   잠시 같이 가볼 데가 있다.

수호   (휘둥글) 어딜 말씀이십니까?

윤학   좌상대감께서 우릴 집으로 부르셨다.

수호   (놀라) 좌상대감께서요? (주저하는)

윤학   (?) 왜? 좌상대감을 뵌 적이라도 있느냐.

수호   아, 아닙니다. 한 번도 뵌 적은 없습니다.

윤학   (걸음 멈추며 걱정스런 얼굴로) 수호야, 오늘 좌상대감이 무슨 말을 하더라도 섣불리 답해서는 안 될 것이다.

수호   (의아한) 예?

윤학   연유는 차차 알게 될 것이니, 모든 언사를 조심하거라.

수호	그리하겠습니다.

S#19. **명도각, 장소운 집무실 안 / N**

묘하게 이국적인 도포 차림의 석정, 소운 앞에 앉아 있다.

석정	해서, 매대를 내어주시면 내 이윤의 2할을 명도각에 내겠소.
소운	(석정이 펴놓은 물건을 살펴보며) 꽤 솜씨가 좋으시군요.
석정	이 서역풍의 물건은 흔히 볼 수 있는 것이 아니니- 곧 명도각에 구름같이 손님들이 몰려올 거요. 그리고 이건 비밀인데-
소운	(보면)
석정	(작은 목소리로 속닥) 내가 그렇게 입을 잘 텁니다.
소운	(석정의 너스레에 웃고) 좋습니다. 2할을 내다 장사가 자리를 잡으면 3할을 내시는 건 어떠신지요. 대신 물품 관리 및 배달은 저희가 맡아 해드리지요.
석정	좋소! (하다) 그럼, 계약이 체결된 겁니다!
소운	주씨는 내일부터 장사를 시작하면 됩니다.
석정	알겠소!
소운	그리고-
석정	(보면)
소운	(문 쪽 보며) 들어오거라.

덜컹! 문이 열리고 꽃님이가 다부진 표정으로 들어와 꾸벅 소운에게 인사한다.

꽃님	(석정 보며) 꽃님이라고 합니다!
석정	(당황하다 꽃님을 보며 씨익 미소 짓는)

소운	앞으로 이 아이가 주씨를 도와줄 겁니다.
석정	(공손하게) 처음 뵙겠습니다, 아가씨! (신사처럼 인사하고)
꽃님	(큼, 또랑하게) 명도각을 구경시켜드릴 테니 따라오세요.

꽃님, 대행수에게 꾸벅 인사하고 나가면

석정	그럼. (소운에게 인사하고 따라 나간다)
소운	(혼잣말) 행색이나 말투는 이상해도 분명 사대부가의 아들인데... 누구지? (의아한 표정에서)

S#20. 좌상댁. 사랑채 마당 / N

솟을대문을 들어오는 지성의 모습 보이고.
마당에 여화와 금옥, 봉말댁 등 하인 몇이 인사한다.

금옥	오셨습니까, 대감.
지성	(다정한 미소) 갑자기 손님이 온다 연통해서 부인께서 분주하셨지요.
금옥	아닙니다. 당연히 안채에서 할 일인 것을요.
지성	(여화 보며) 오늘도 고생 많았을 텐데 들어가 쉬거라.
여화	예, 아버님. (공손하게 인사하는데 !!!!)

이때, 솟을대문으로 들어오는 두 사람, 수호와 윤학이다. !!!!
여화, 갑작스러운 수호 등장에 어쩔 줄 몰라 얼굴을 돌리고
수호, 윤학 공손하게 지성에게 예를 갖추면 지성, 반가운 얼굴로 이들을 맞이한다.

지성	마침 오셨는가. 어서 안으로 들어가세.
윤학, 수호	(고개 숙이며) 예, 좌상대감.
금옥	(미소지은) 어서 오십시오. 모처럼 귀한 발걸음을 해주셨습니다.
윤학	이리 불러주시어 고맙습니다.

수호, 윤학, 공손하게 금옥에게 예를 표하는데
윤학, 고개를 들어 금옥 뒤에 서 있는 여화를 의미 있게 본다.[*]
그리고 두리번거리며 연선을 찾지만 연선은 보이질 않고.
수호, 여화를 빤히 바라보다 피식, 웃는다.

지성	(수호 찬찬히 살펴보며) 자네가 좌부승지의 아우로구먼.
수호	인사 올립니다. 금위영 종사관 박수호라 합니다.
지성	내, 전부터 자네 얘길 많이 들었네. 이리 보게 되어 반갑네.
수호	(여화 한 번 슬쩍 보다) 저도, 꼭 한번 뵙고 싶었습니다.

저 자식이!!! 여화, 수호를 째려보다가 이내 찔끔하고 고개 숙이는

지성	그럼 올라가세나.
수호, 윤학	예!

지성을 따라 사랑채로 올라가는 수호와 윤학, 이들을 따라나서
던 금옥, 여화 보며

금옥	뭘 하고 있는 게냐. 어서 별채로 들어가지 않고.
여화	예, 어머님... (돌아서서 죽상이다)

[*]　　조성후의 누이임을 알아보고는.

여화, 후다닥 별채로 걸어가는데 이를 바라보는 수호와 윤학의 시선에서.

S#21. 여화의 별채, 방 안 / N
탁! 문이 닫히고 여화, 쿵쾅대는 가슴 진정시키는

여화   어젠 담장도 안 넘었는데. 여긴 왜 온 거지? (하다, 답답하고) 연선인 왜 여태 안 오는 거야!

여화, 가슴을 통통 때려보는데 좀처럼 진정이 되질 않고.

S#22. 좌상댁, 사랑채 방 안 / N
잘 차려진 주안상을 사이에 두고, 윤학, 수호, 지성 앞에 앉아 있다. 정자관을 쓴 지성, 기분 좋은 얼굴로 윤학에게 술잔 건네며

지성   지금은 격조해졌네만, 대제학과 동문수학을 한 인연도 있고, 어릴 적 자네를 직접 가르치기도 했었는데, 그간 너무 무심히 대한 듯싶어.

윤학   (두 손으로 공손히 술잔 받으며) 문무백관의 존경을 한 몸에 받으시는 좌상대감댁에 직접 와볼 수 있게 되어, 참으로 영광입니다.

지성   (껄껄 웃으며) 면전에서 그리 칭찬을 하니 민망하네. 앞으로 자주 왕래하도록 하세. (수호에게 술을 따라주며 유심히 보는) 헌데, 자넨 대제학의 집에 열 살이 넘어 들어갔다지?

수호, 윤학   (긴장하는) ...!!!

지성   (별일 아닌 듯) 내 대제학 성품을 모르지 않으니, 허황된 소문 따

원 믿지 않네. (허허 웃으며) 장차 무과 장원을 할 인재를 미리 알아보고, 양자로 들인 게 아니겠나.

윤학   저는 그때의 사정은 잘 모르옵고. 그저 좋은 아우가 생겨 다행이라 여기고 있습니다.

지성   (윤학 보며) 그런 아우가 3년이나 지방으로 도는데도 신경도 쓰지 않았다니. 자네도 그리 융통성이 없어서야... (수호 보며) 형님에게 내심 서운하진 않던가.

수호   절대 그리 생각하지 않았습니다.

지성   앞으로 힘든 일이 있다면 언제라도 찾아오시게. (미소 지으며) 내, 좌부승지 몰-래 도와주겠네.

수호   (어쩔 줄 모르며 윤학 보면)

윤학   (견제하는) 사사로운 일로 폐를 끼쳐서는 아니 되지요.

지성   내 본디 사람을 귀히 여기는 편이니, 훌륭한 인재라면 마땅히 좋은 자리에 등용할 것이네.

수호   (공손하게) 지금 자리도 과분하다, 그리 생각하고 있습니다.

지성   (껄껄 웃는) 이리 겸손이 지나쳐서야...

수호   (일어나며) 잠시 측간에 다녀오겠습니다.

지성, 고개 끄덕하면 수호, 밖으로 나간다.
수호가 나간 문을 바라보다 윤학 보고

지성   내, 이제 자네보다 자네 아우를 더... 눈.여.겨.볼. 것이야.

윤학   굳이 그러시지 않으셔도... (수호 보며) 큰 욕심이 없는 아이이니, 지금의 자리로도 과분하다는 말이 진심일 겝니다.

지성   (웃으며) 평소 자네와 다르게, 아우에겐 참으로 엄한 형이로구먼..

지성, 윤학의 술잔에 술 따르며 권하고, 윤학, 술잔을 받는 데서.

주변을 두리번거리며 살피는 여화.
천천히 사랑채 쪽으로 몸을 힘껏 기울여 엿들어 보려고 안간힘
을 쓰고 있는데

수호(OFF)   거기서 뭐 하는 겁니까.

여화, 깜짝 놀라 보면 여화 뒤쪽에 같이 쪼그리고 앉아 있는 수
호다!
여화, 화들짝 놀라 균형을 잃고 엉덩방아를 쿵! 찍으며 뒤로 넘
어지는데
이를 순식간에 잡아주는 수호.
여화, 수호와 눈이 마주치자 화들짝 놀라 몸을 뒤로 빼고

여화   여기서 (손으로 입을 막고 목소리를 낮추는) 뭐 하시는 겁니까.
수호   엿듣는 누군가가 보이길래, 뭐가 궁금할까 하여 물어보려던 참
         입니다.
여화   (침을 꼴깍 삼키며) 할... 말이 있습니다.
수호   (담담하게) 하십시오.
여화   잘못했습니다.
수호   (피식, 보면)
여화   그러니 저희 아버님께는 입도 뻥긋 말아주시길 간곡히 부탁드
         립니다.
수호   내가 무엇 때문에 왔는 줄 알고.
여화   여튼! 저에 대해 비밀을 지켜주시면 저 또한 나리에게 이 빚을
         꼬옥, 갚겠습니다.
수호   내 부인께 빚을 질 일이 없을 텐데...

여화   발설하는 날엔, 내 한 서린 원귀가 되어 나리를 지켜보겠습니다.

여화, 후다닥 별채로 가려는데

수호(OFF) 분명 제 눈앞에 둔다 그리 말씀드렸습니다.
여화   (저 자식이! 돌아보면)
수호   (빙긋 웃으며) 잊지 마시라고.

여화, 별채로 걸어가면 수호, 여화의 뒷모습을 보고 환하게 미소 짓는 데서.

S#24. 좌상댁, 사랑채 마당 / N

수호, 윤학 나란히 서서 지성에게 예를 갖춰 절을 하는.
지성 옆엔 금옥도 서 있다.

지성   (온화하게) 아직 시각이 이른데, 이리 보내기가 아쉽구먼.
윤학   더 이상 대감과 정경부인께 폐를 끼쳐서는 아니 되지요.
수호   (공손히 절하며) 이리 불러주시어 영광이었습니다.
지성   허면 또 보세.
금옥   살펴 가십시오.

수호, 윤학 예를 표하고 대문 밖으로 나가는데.
윤학, 문 앞에 선 늙은 하인 하나와 일순간, 시선 교환하는.
하인, 잘 해냈다는 듯 눈짓 보내고-
윤학, 알았다는 듯 고개를 살짝 끄덕이곤, 대문 밖으로 나가는.

S#25.   좌상댁, 앞 / N

솟을대문을 나오는 수호와 윤학. 수호, 걸음을 멈추고 윤학 보며

수호   형님, 먼저 들어가십시오.
윤학   (할 말이 있는 듯 잠시 수호 보는)
수호   하실 말씀이 남으셨습니까?
윤학   내일 신(申)시에 운종가 세책방으로 오너라.
수호   세책방요?
윤학   늦지 말거라.

윤학, 돌아서 걸어가고 수호, 걸어가는 윤학을 보고 좌상댁을
한 번 바라보는 데서.

S#26.   북촌, 골목 / N

윤학, 좌상댁에서 나와 수호와 헤어져 집으로 돌아가는 길목.
저쪽에서 터덜터덜 집으로 향해 걸어오던 연선을 보고 기쁜 얼
굴로 발을 멈춘다.
연선도, 윤학 발견하고 화들짝 놀라 어쩔 줄 모르는데, 윤학, 성
큼 다가가며

윤학   (반갑게) 며칠 만에 보는구나.
연선   (왠지 민망해 시선 둘 데 모르고) 그간 잘 지내셨지요.
윤학   (따뜻하게) 이리 늦은 시간에 어찌 겁도 없이 혼자 돌아다녀. 안
         그래도 좌상댁에 다녀오는 길인데 네가 안 보이길래...
연선   (의아한) 어쩐 일로 거긴....
윤학(O.L) 좌상대감께서 불러 술자리가 있었다.

연선	아- (하다 깜짝 놀라) 혹 종사관 나리도 같이 오셨나요?
윤학	같이 가긴 했다만... (수호에 대해 묻는 연선이 왠지 서운해 정색하며) 헌데 왜 그런 건 묻는 건데...
연선	그야... (허둥지둥 둘러대며) 키도 훤-칠하시고, 외모도 옥골선풍이시니- 궁금한 게 당연지사 아닙니까.
윤학	(확-섭섭한) 키는 내가 그 아이보다 크고.. 그리고 외모도 이 정도면.
연선	(윤학 올려다보며) ... 예, (눈치 보며) 오늘 뭐 특별한 일은 없으셨지요?
윤학	(의아한) 무슨 일?
연선	(빙빙 돌려) 예를 들어 종사관 나리가 누굴 찾는 듯했다던가... 혹은 뭔가 뜻 모를 이상한 이야길 하셨다던가.
윤학	(본격적으로 빈정 상한) 혹, 널 찾았을까 궁금한 것이냐.
연선	(화들짝) 그런 게 아니구요. 됐습니다. (연선 이만 말을 마치려는데)
윤학	나도 뭐 하나 물어보자. 너희 댁 아씨 말이다.
연선	(화들짝 놀라 경계하며) 저희 아씨가 왜요?
윤학	아... 그냥 어떤 분인가 궁금해서 말이다.
연선	어떤 분이긴요. 마음도 외모도 선녀처럼 곱디고-운, 전 저희 아씨보다 고운 분은 세상에서 단 한 번도- (하다, 윤학 보며) 왜, 갑자기 저희 아씨는 궁금해하시는데요?
윤학	그야, 소문대로 외모도 선녀처럼 고운 분이라니... 나도 궁금한 게, 당.연.지.사. 아니냐.
연선	(갑자기 뭔가 급 서운해지며 삐친) 그렇네요. 당연지사겠죠. 그럼, 살펴 가십시오.

연선, 휙- 하니 종종걸음으로 가버리고, 당황한 윤학.

윤학	(당황해 연선 다시 부르는) 저...저기.. (하다, 혼잣말) 아니 대체 왜 심통이 난 거지.

S#27.　여화의 별채, 방 안 / N

여화, 안도하며 방 안으로 들어오는데 서안 위에 올려진 낯선 서책* 하나 보인다. !!!

여화, 이게 뭐지? 하는 얼굴로 서책 들면 [만나면 좋은 벗]이란 표지 보이고.

여화, 서책을 펴면 끼워져 있는 작은 쪽지 하나, 쪽지를 펼쳐 보는.

[오라버니에 대한 이야기를 듣고 싶으시면, 닷새 후, 부인을 찾아가는 이에게 이 서책을 전해주십시오.]

여화, 깜짝 놀란 얼굴로 쪽지 들고 급히 방문을 열고 밖으로 뛰어나가는.

S#28.　여화의 별채, 마당 / N

주위는 고요하고 아무도 없는. 여화, 담장 옆을 따라 걸으며 생각에 잠기고.

S#29.　좌상댁, 별채 앞 담장 / N

수호, 한참을 여화의 담장을 말없이 바라보는.

INSERT

S#10 필직의 말.

"어이쿠! 이런 이런! 놀라는 얼굴을 보니 그년이 누군지- 아주 궁금해집니다."

* 　윤학이 좌상댁 S#24 하인을 시켜 여화의 별채 방 안에 놓아둔 서책입니다.

수호, 흔들리는 눈빛으로 좌상댁 담장을 바라보는 데서. F.O

S#30. 여화의 별채, 외경 / D

S#31. 여화의 별채, 방 안 / D

서안 앞에 앉아 윤학이 남긴 쪽지를 보고 있는 여화, 불안한 표정이 역력하다.
이때, 봉말댁이 부르는 소리에 후다닥 쪽지를 숨기고

봉말댁(E) 아씨! 마님께서 부르십니다.
여화   (왜지? 놀란 표정으로 일어나며)

S#32. 좌상댁, 안채 마당 / D

채비를 마친 금옥, 안채에서 마당으로 걸어 나오면
마침 별채에서 걸어오는 여화, 금옥을 보고

여화 부르셨습니까.
금옥 그래, 마침 명도각에서 모란회가 있는데 호판부인께서 꼭 널 데리고 나오라시지 뭐냐.
여화 (잘됐다!! 미소 짓고)

금옥을 따라 밖으로 나가는 여화.

S#33. 명도각, 매대 앞 / D

여느 때처럼 북적이는 명도각 전방.
옷과 장신구들을 파는 매대 중에 빛을 발하는 석정의 매대!
석정의 주변으로 여인들 몇이 있고 차진 말발로 사람들을 휘어 감는데.

석정	(자신의 새끼손가락에 껴 있는 옥색 가락지를 보이며) 이 가락지 색과 똑같은 눈을 가진 여인이 있었소. 오늘은 그 여인과 불같은 연모에 빠져 가문과 부모를 버린 조선 사내 이야기요.
여인1	(놀라며) 가문과 부몰 버렸다고요?
석정	(여인 보고 찡긋!) 구미가 당기나 봅니다. (하다) 이 사내는-
여인2(O.L)	(여인1에게) 정신 나간 사내 아냐? 어떻게 가문과 부모를 등져?
석정	(발끈하며) 정신 나갔다니! (하다) 연모에 눈이 멀면 충분히 가능하오! 저 멀리 영길리국 로미오와 줄리엣이라는 처녀, 총각도 사내가 죽자 여인이 따라 죽었는데- 죽는 순간까지도 그 둘은-
여인1(O.L)	뭐야, 열녀문 얘기야? (하다) 그 얘기 말고 딴 얘기해주세요.
석정	(놀라) 아니 왜에? 목숨 바쳐 사랑한 두 남녀의 얘기가 안 궁금하시오?
여인1	지아비 따라 죽은 얘기가 뭐가 궁금해요. (하다, 여인2에게) 근데 들었어? 이번에 열녀문, 백씨부인이 그렇게 떠나고 좌상대감댁에 내려질 거라던데?
석정	(좌상대감댁이라는 말에 번쩍) 열녀문이요? 그 집에 왜에?
여인2	왜긴요. 수절했으니까 나랏님이 주는 거겠죠. (여인1에게) 15년 수절이 쉽다는 건 아닌데- 그만한 일로 가당키나 해? 다아- 좌상대감댁이니까 그런가 부다 하는 거지.
여인1	(작은 목소리로) 어디서 들었는데 그- 온화해 보이는 정경부인 마님이 그렇게 열녀문에 집착한다던데- (하다) 하긴, 가문 이을 장

남이 혼례 날 비명횡살 했으니...

석정   (당황하며) 잠깐, 장남이 죽다니? 그게 무슨 말이오? 내가 모르는
        혼사가 있었소?

여인2   청나라에 오래 계셔서 모르셨나 봐요. (하다) 그 여자도 무슨 팔
        잔지. 초례도 못 치르고 15년을 수절하다 결국 무덤가로 내쳐지
        는 거잖아. (으으- 치를 떠는)

석정   (당황한 표정으로) 누가... 죽었다고? 내가?

S#34.   금위영, 집무실 안 / D

        수호, 앉아 검집을 닦고 있는데 비찬, 집무실 안으로 들어오는

수호   명도각에 가 있으랬더니.

비찬   그러려고 했는데- 가는 중에 가마가 줄지어 가지 뭡니까. (눈치
        보는) 모란회가 열리는 것 같던데 오늘은 쉬면 안 됩니까? 기가
        쫙쫙 빨리고 무섭습니다!

수호   모란회? (벌떡 일어나 나가며) 잠시 나갔다 오마.

        수호, 밖으로 나가면 비찬, 왜 저러실까 나간 문 바라보는.

S#35.   명도각, 매대 앞 / D

        석정, 멍하니 매대 앞에 서 있다. 대체 무슨 일이 일어난 거지...?

석정   나를 기어이 죽이신 건가? 하...

        그때! 금옥, 여화를 포함한 당상관부인들이 줄지어 안채 누각을

향해 걸어온다. !!!

금옥을 본 석정, 화들짝 놀라 돌아서서 얼굴을 감추고. !!!

안채에서 소운, 정신없이 뛰어나와 부인들을 맞이하는

금옥	(미소 지으며) 대행수, 잘 지냈는가.
소운	어서 오시지요, 정경부인 마님. (주변 살피며) 미처 연통을 받지 못한 터라 매대를 빼지 못해 분주합니다.
금옥	괘념치 말게. (부인들 보며) 어서 들어들 가지.

금옥과 여화, 부인들, 안채 누각으로 올라가면 소운, 뒤따라 걸
어가고.

금옥의 뒷모습을 애잔하게 바라보는 석정의 시선.

S#36.   명도각, 안채 누각 / D

안채 누각에 모란회가 모여 담소 중이다.

소운, 조금 떨어진 곳에서 이 모습을 지켜보고 있는

부인2	그 소문 들으셨습니까?
부인1	무슨 소문이요?
부인2	얼마 전, 명도각에 입담 좋은 장사치 하나가 새로 왔다는데... (말 조심히 흐리면)
병판부인	(부인2 보면서 물색없이 자기가 나서서) 저도 얘기 들었습니다. 행색은 장사치가 아니라 사대부가 사내처럼 귀티가 나는데- (하다, 목소리 낮춰) 그자 말이 자기가 누군지 알면 큰일 난다고...
부인1	(놀란) 그럼 혹시 어느 대감이 밖에서...
부인2(O.L)	대체 뉘집 아들이길래... (부인들 얼굴 쓰윽 훑으며) 부인들, 큼!(우

리 남편은 아니겠지, 서로 얼굴 돌리고)

병판부인   (분위기 전환하려) 한낱 장사치가 어찌나 여인네의 마음을 잘 아
         는지- 꼭 좌상대감께서 정경부인을 챙기시듯!

금옥   !! 그게 지금 무슨 말입니까!! (화들짝!!) 그 말은 우리 집안의 핏줄
         이라도 된단 말씀입니까! (여화 눈치 한번 보고)

병판부인   (아차! 말실수를 또) 아- 제 말은! 그만큼 상냥하단 비유를 한다는
         게!! (입을 탁탁! 때리고) 며느님 앞에서 제가 말실수를 했나 봅니다.

         순간 부인들의 시선이 여화에게 쏠리고

여화   (응? 당황하다 이내 머리를 손으로 짚으며) 하아- 사당에만 있다 나오
         니 조금 어지러운 듯합니다. (실눈으로 눈치 살짝 보면)

소운   (얼른 다가와, 금옥에게) 며느님을 잠시 안채로 모시는 게 어떠실
         는지요.

금옥   그래 주시겠나. (하다) 호판부인이 청하셔서 데리고 나왔건만-
         잠시 쉬고 있거라.

여화   하아아- (하다) 예, 어머님.

         여화, 일어나 소운을 따라 안채로 사라진다.

금옥   (여화 가는 것 보고 언짢은) 호판부인께서 곧 여묘살이를 가실 예정
         이라 잠시 인사를 나누러 오실 예정입니다.

         이때 마침 난경이 누각으로 올라와 인사한다.

난경   다들 모이셨군요.. 그간, 잘들 지내셨습니까! (미소 짓는)

금옥   (난경을 보고 반갑게) 어서 오세요.. (하다) 이리 앉으시지요.

난경	상중에 외출하는 것이 도리가 아닌 줄은 알지만 여묘살이를 앞 두고 수구문 밖에서 배를 곯는 백성들이 걱정되어 긴급히 모임 을 청했습니다.
부인들	괜찮습니다. / 참으로 살아 있는 내훈이십니다.
난경	(두리번거리다 금옥 보고) 며느님께서는요.
금옥	몸이 좋지 않아 잠시 안채로 보냈으니 이따 인사 나누시지요.
난경	(미소 짓는)

S#37. 명도각, 장소운 집무실 안 / D

여화, 의자에 풀썩 주저앉고 소운을 바라본다.

소운	제게 긴히 하실 말씀이라도 있으십니까?
여화	(소매에서 쪽지를 꺼내 소운에게 보여주며) 어젯밤, 이걸 받았습니다.
소운	(쪽지를 받아 읽고) 이게 대체 무슨 일일까요?
수호(OFF)	대행수, 들어가도 되겠습니까.
여화	!!! 아니, 금위영에 있을 것이지 여긴 왜 또!
소운	돌려보낼까요?
여화	(잠시 생각하다) 아닙니다. 마침 물어볼 말도 있으니 만나야겠습 니다.
소운	(매무새를 가다듬고) 들어오시지요.

문이 열리고 수호, 집무실 안으로 들어온다.
수호, 앉아 있는 여화를 보고 놀라는 !!!

수호	왜 여기 계십니까?
여화	여기 명도각에 제 지분이 있습니다.

소운	(피식 웃는)
수호	모란회가 있다 들었는데 (여화의 소복 차림을 보고) 제가 이제 편하신가 봅니다.
여화	(깜빡했다, 당황하며 주위 둘러보면)
소운	(!!! 얼른 옷장에서 쓰개치마를 꺼내 여화에게 걸쳐준다)
여화	(쓰개치마를 받아 걸치고 태연하게) 전 당당하게 나온 것이니 나리께 책잡힐 상황은 아닙니다. 만약, 일부러 절 난처하게 만드시려고 따라다니는 거면-
수호(O.L)	(정색하며) 나도 바쁜 사람이오!
여화	그럼 여긴 왜 오셨습니까?
수호	대행수에게 할 얘기가 있어 왔습니다만. (여화 보다 소운 보면)
소운	따로 자리를 하시겠습니까?
여화	(둘을 쓱쓱 보고) 여기서 말씀하시지요.
수호	(보면)
여화	(태연하게, 강조하며) 눈앞에 있으라 하지 않으셨습니까?

여화와 수호, 팽팽하게 서로를 바라보는데

소운	(둘을 보다가) 먼저 말씀들 나누시지요. (문을 탁 닫고 나가는)
수호	(문 쪽을 잠시 보다 진지하게) 강필직이 명도각과 복면을 주시하고 있습니다.
여화(O.L)	오래전부터 있던 일입니다.
수호	명도각과 복면, 그리고 내가 관련이 있단 것도 알고 있는 것 같던데...
여화	(잠시 생각하다 이내) 7년 전, 대행수를 구한 인연으로 명도각과 함께하게 되었지요. (수호 보며) 그때 대행수를 죽이려던 자가 강필직이었습니다.

수호	!!!
여화	(중얼) 강필직을 어떻게든 잡아넣었어야 했는데..
수호	그건 내가 할 말이고.
여화	(정정하며) 어떻게든 없애버렸어야 했는데-
수호	(기막혀 보면)
여화	지금 그러겠다는 건 아니고...
수호	(내가 지켜보고 있다, 눈빛) 조심하십시오.
여화	예예, 그러지요. 명도각을 생각해서라도 당분간 나오지 않을 겁니다.
수호	(빤히 보다가) 부인 생각을 먼저 할 순 없는 겁니까?
여화	(빤히 보다가 순간 당황하며 말 돌리는) 호판대감의 진범 수사는 어찌 되고 있습니까?
수호	(큼- 장단 맞춰) 이미 종결지은 사건이라 은밀히 조사하고 있으니 그 일은 신경 쓰지 마십시오.
여화	호판부인이, 용덕이가 범인이 아닌 것을 알고 있었을 수도 있습니다.
수호	(알고 있고)
여화	(수호 표정 살피며) 알고 계셨습니까?
수호	(끄덕끄덕)
여화	혹시... 부인께서 진범을 알고 있습니까?
수호	더 이상 궁금해하지 마십시오.
여화	아니! 그 일로 내가 얼마나 고생을 했는데-
수호(O.L)	(말 돌리며 일어나) 대행수는 밖에 계십니까?
여화	그냥 가시면 어쩝니까?

수호 문 벌컥 여는데.

S#38   명도각, 장소운 집무실 앞 + 안 / D

문을 열려고 하던 석정과 눈이 딱! 마주치는 수호.!!

석정   어?! 당신은 그때!!

수호, 얼른 문을 닫으려는데 석정, 문을 잡으며

석정   대행수 안에 계시오?

하며 반쯤 열린 문을 벌컥 여는데 여화의 얼굴이 보이려는 순간.!!
수호, 재빠르게 여화 앞으로 가서 여화가 걸치고 있던 쓰개치마
로 여화의 얼굴을 감싸며 품에 안는다.!!!

수호   무례하오!!
석정   (눈치챘다, 후다닥 돌아서며) 쏘리, 아니 미안하오. 계속 즐거운 시
        간 보내시오!

탁! 석정, 문을 닫고 나가는. 수호, 쓰개치마 내리는데 다시 덜컹
문이 열리고-
다시 쓰개치마로 꽁 싸서 자신의 품에 와락!!

석정   거봐! 내가 정인이 있어 보인다 했잖소! (다시 문 탁! 닫고 나가는)
여화   (쓰개치마 뒤집어쓴 채로 부들부들) 진짜..
수호   진정하시오. 난, 부인의 얼굴을-
여화(O.L) 대체 왜 이러시는 겁니까아!!!

난경   그럼 앞으로 구휼은 모란회에서 돌아가며 도와주시는 걸로 알
      겠습니다.

금옥   구휼은 저희가 손을 보탤 테니 너무 걱정 마세요.

난경   (미소 지으며) 고맙습니다. (하다) 그만, 일어나볼까요?

      금옥과 난경 포함, 부인들 누각에서 내려오면
      소운, 여화와 함께 누각 앞으로 걸어간다. 여전히 발갛게 넋이
      나간 표정이고.
      난경, 여화를 보자 미소를 짓는다.

여화   (난경을 보자 꾸벅 인사하며) 인사가 늦었습니다.

난경   (미소 지으며) 모란회 정리할 것들이 많아 며느님과 얘기도 못 나
      눴네요. 내일 저희 집에서 잠시 볼 수 있을까요?

여화   (금옥 보면)

금옥   (난경 보고 미소) 일찍 댁으로 보내겠습니다.

난경   (여화 보고 미소) 그럼 내일 뵙지요.

금옥   (소운 보며) 우린 이만 가보겠네.

소운   (예를 갖춰 인사하며) 살펴 가시지요.

      금옥과 여화, 모란회 부인들이 안채 밖으로 나가면
      그 모습을 멀리서 바라보고 있는 수호. 소운, 돌아서다 수호와
      눈이 마주치는.

S#41. 명도각, 안채 일각 / D

수호와 소운, 마주 보고 서 있다.

소운   제게 하실 말씀이 있으시다구요.
수호   지금부터 제가 묻는 것들은 부인껜 함구하셔야 합니다.
소운   알겠습니다. (하다) 말씀하십시오.
수호   명도각은 모든 이야기들이 들어오는 곳이라 들었습니다.
소운   (보면)
수호   호판부인에 대해 밖으로 알려지지 않은 정보가 필요합니다.
소운   (무슨 일일까 당황하는 소운의 시선에서)

S#42. 명도각, 뒤뜰 / D

뒤뜰, 인적이 드문 곳에 앉아 있는 석정, 생각에 잠겨 있는데
쑥 들어오는 얼굴, 꽃님이다.

꽃님   여기서 뭐 하세요?
석정   (!) 장사를 잠시 멈추라기에-
꽃님(O.L) 대행수님께서 모두 가셨으니 다시 시작하라 하셨어요! (돌아가
        려다 멈칫, 휙- 석정을 보고 다다다 쏘는) 이리 굼떠서야- 개업빨 믿
        으시다 큰코다칩니다! 얼른 가서 오는 손님 막지 말고 가는 손
        님 붙잡으셔야 하지 않으시겠어요!
석정   (하하하, 웃는) 꽃님선배에게 한 수 배워야겠습니다-
꽃님   (어깨 으쓱 올라가는) 다 명도각을 위해섭니다! (도도도 뛰어가면)
석정   (꽃님 잠시 보다) 같이 가시지요! (얼른 따라가는)

S#43.   세책방, 앞 / D

조용한 세책방 주변, 멀리서 걸어오는 수호의 모습이 보이고.
이내 안으로 들어가는.

S#44.   세책방, 책장 뒤 은밀한 곳 / D

수호, 세책방 안쪽으로 걸어 들어가면.
도포 차림의 선비 복색으로 앉아 한가로이 서책을 읽고 있는 이
소의 모습 보인다.
수호, 누군가 싶어 어리둥절한 표정으로 그 옆에 선 윤학 보는

윤학   (수호 보며) 전하시다. 어서 예를 갖추거라.

수호   (윤학의 말에 놀라 황급히 무릎을 꿇으면)

이소   (미소 지으며) 드디어 보는구나. (여유롭게) 그래, 금위영에 올라오
          자마자 여러 가지로 바쁘다고.

수호   (긴장한 채, 고개 숙이며) 그저 맡은 바 소임을 다하고 있을 뿐입니다.

이소   (표정 진지해지며) 호판의 사인이 실은 독살임을 네가 알아냈다
          들었다. 진범은 따로 있다 했다던데... (날카롭게) 그럼 대체 누굴
          의심하고 있는 게냐.

수호   (머뭇거리다) 소신은... 호판부인을 의심하고 있습니다.

이소   !!! (순간 놀라 잠시 침묵하는)

윤학   (역시 놀라 경직된 얼굴로 수호 보고 있는)

수호   (이소와 윤학의 반응에 당혹스럽지만, 이내 단단하게) 아직 확실한 증
          좌를 찾진 못했사오나, 소신에게 시간을 조금만 주시면...

이소(O.L) (결심한 듯) 15년 전, 갑자기 아바마마가 승하하셨을 때 모두들
          갑작스런 병사라 했지만, 나는 그걸 믿을 수 없었다.

수호   (놀라 이소 보면)

이소	상황을 정확히 알아보려 했으나, 그날 밤 아바마마를 뵙고 나간 내금위장의 일가 또한 알 수 없는 괴한에게 몰살을 당했다.
수호	(놀란) 전하! 그때 저희 일가에게 일어난 일을 아십니까?
이소	(비감한) 지금 네가 쫓는 것이 어디에 당도할지 아느냐. 지금 호판의 일은 분명 그날의 일과 무관하지 않다.
수호	(당황스러워하다 윤학 보면)
윤학	(수호를 애잔한 눈빛으로 지켜보고 있는)
이소	그 일을 덮고자 하는 무리가 여전히 이 나라를 장악하고 있고 과인에겐 아직 충분한 힘이 없다. 해서, 네가 끝내 이 일을 밝히려고 한다면, 너의 목숨까지도 다시 위험해질 수 있을 것이니.... (수호 보며) 이쯤에서 그만두거라.
수호	(잠시 말 없다 고개 들어 이소 응시하며) 허나... 전하! 지금 소신이 여기에서 멈춘다면... 그날의 일을 벌인 자의 무거운 죄는 누가 벌하게 됩니까.
이소	(말없이 수호 바라보다) 내가 기억하는 내금위장 임강과 똑같은 눈빛을 가졌구나. 참으로 바르고 강직한 눈빛 말이다. (낮은 한숨 쉬곤, 시선 돌려 윤학 보는)
윤학	(결심이 선, 이소 마주 보는)
이소	(윤학을 향해 미안한 눈빛으로) 자네에겐 미안하구나. 허나... 이 또한 피할 수 없는 운명이니.. (천천히 시선 다시 돌려 수호 보며) 이제 너도 우리와 함께하는 것이 어떻겠느냐.

이소와 수호의 대화를 듣고 있던 윤학, 담담히 운명을 받아들이는 얼굴에서.

S#45. 윤학의 집, 전경 / N

수호, 충격 받은 얼굴로 말없이 윤학 보고 있는

| 수호 | 저희 부모님이 몰살당한 것이 그때 일과 관련이 있는 것입니까. |
| 윤학 | ... 그날 밤, 선왕 전하께서 급히 나를 찾으셨다. |

플래시백

S#46-1. 궐, 선왕의 방 (지금 이소의 방) / N (15년 전)
어두운 방. 선왕(45), 담담한 표정으로 앉아 있고 윤학(23) 들어
있다.

선왕	윤학아, 과인이 세자를 지킬 수 없게 되더라도, 너는 곁에 남아 세자의 안위를 지켜다오.
윤학	예, 전하. 약조하겠나이다.
선왕	그리고... (슬픈 눈빛으로 윤학 보며) 혹여, 내금위장에게 무슨 일이 생기거든, 그 남은 식솔도 거둬줄 수 있겠느냐.
윤학	(영문 모를) 예?
선왕	내, 어쩌면 그 사람의 식솔들에겐 못할 짓을 했구나. (먹먹한 듯 천장 보며) 오늘 밤, 큰 변고가 있을 것이다.
윤학	변고라 하시면?
선왕	이 일이 성공하지 못한다면, 아마도 내 너를 다시 볼 수 없을 것이다.

윤학, 걱정스런 눈빛으로 선왕 바라보는. cut.

S#46-2. 수호의 집 / N (15년 전, S#46-1로부터 4시간 후)
몰살을 당한 피투성이 시신이 여기저기 널려 있고.

윤학, 그사이에서 신음하고 있는 어린수호를 발견한다. !!
윤학, 수호를 들쳐 업고 수호의 집을 나서는데
윤학의 도포가 어린수호의 피로 물드는. *cut.*

현재

윤학	(담담하게) 아무것도 밝혀지지 않은 채, 긴 세월이 지났고, 그때의 일은 아직도 끝나지 않았다. 해서, 이 사건을 네가 파헤치다 보면, 넌 지금의 모습으로 계속 살아갈 수 없을지도 모른다.
수호	아무리 떠올려보려 해도 그날의 기억은 선명해지지 않으니... 고통스럽습니다, 형님..
윤학	(안쓰러운듯 수호보며) 해서... 넌 온전히 박수호가 될 수는 없었구나.
수호	(결심이 선 눈빛으로) 15년 전, 제가 어떤 일을 겪었는지 알아야... 온전히 박수호로 살 수 있을 것 같습니다.

S#47.   여화의 별채, 마당 / N

어둑한 마당. 여화, 밖에 나와 있다.

INSERT

7부 S#38 쓰개치마로 여화의 얼굴을 감싸며 자신의 품에 안은 수호.
7부 S#23 여화 옆에 쪼그려 앉으며 환히 웃는 수호.

여화, 갑자기 가슴에 손을 얹어본다. 쿵쿵... 쿵쿵... 갑자기 얼굴이 빨개져 달아오르는

여화	왜 이러는 거야... (서둘러 부채질하는데)

!!! 어디선가 누군가 낯선 눈빛이 여화를 쳐다보는 것 같은 느낌 적인 느낌.

여화, 주머니에서 도토리 버즈를 꺼내 손에 꼭 쥐고는

주변을 휘익! 살피더니 시선이 느껴지는 쪽으로 정확하게 도토리를 타악! 던지는 !!

읍! 어디선가 들리는 남자 목소리. 여화, 깜짝 놀라 도도도 돌아들어가고.

S#48.   여화의 별채, 담장 앞 / N

쪼그리고 앉아 이마를 만지는 이, 석정이다.

쓰- 아파. 이마를 문질문질하다 천천히 담장을 넘겨다보는데 !!!

하얀 소복 차림의 여화의 뒷모습. 여화, 별채 안으로 들어가고.

그 뒷모습을 바라보는 석정의 안쓰러운 눈빛에서. F.O

S#49.   호판댁, 전경 / D

S#50.   호판댁, 방 안 / D

여화, 난경과 마주 앉아 있다.

그 앞에 조촐한 다과상 놓여 있고, 난경 차를 마시는데-

여화   (설마.. 난경을 빤히 바라보는)

난경   과부가 되니 사람을 만나는 것도 쉽지 않고 벌써 이리 쓸쓸한데 부인께선 긴 시간 얼마나 힘드셨습니까.

여화   힘들지 않았습니다.

난경	(보면)
여화	처음부터 지아비가 없어 쓸쓸하고 외로운 심정을 잘 알지 못합니다. 시부모님께서도 살뜰히 살펴주시구요.
난경	좌상대감과 정경부인께선 참으로 정이 많으신 분들이지요.
여화	(차를 들어 마시려는데)
난경	(여화의 표정 살피다) 소식이 끊긴 오라비가 있다면서요.
여화	(!!! 멈칫하고)
난경	괜한 얘길 꺼내 마음을 힘들게 했다면 미안합니다.
여화	괜찮습니다. 언젠가는 소식이 있겠지요.
난경	금군이라 들었는데... 오라비는 찾고 있습니까?
여화	아버님이 찾아봐주고 계십니다.
난경	(순간 설핏 웃는)
여화	(뭐지? 당황하고)
난경	(다시 정갈하게) 대비마마 때문에라도 궐에 들어가는 것이 자유로우니 제가 한번 알아봐드릴까요?
여화	!!!
난경	아무래도 좌상대감께 매번 묻는 것도 불편하시지 않겠습니까.
여화	(놀라면)
난경	(여화의 손을 꼭 잡아주며) 힘닿는 데까지 도와드리지요.

난경, 여화를 보고 미소 짓고 여화, 난경을 의아하게 바라보는 표정에서.

S#51. 좌상댁, 안채 마당 / D

여화, 연선과 함께 안채로 들어가려는데 봉말댁이 뛰어와 꾸벅 인사한다.

여화	무슨 일인가.
봉말댁	아씨 마님! 지금 바로 사당으로 가보셔야겠습니다.
여화	!! (연선 보는)
연선	(자기도 모르겠다는 표정인데)

S#52. 좌상댁, 사당 안 / D

이미 안을 뒤져본 듯 어질러져 있는 사당 안.
덜컹! 사당 문이 열리고 여화, 들어와 금옥에게 꾸벅 인사하는데
봉말댁, 사당 안으로 들어오며 연선이 들어오지 못하게 문을
탁! 닫는다. !!

여화	어머님 다녀왔습- (금옥의 옆에 놓인 수호의 부채 보고) !!!

INSERT

1부 S#5 수호의 부채를 잡는 장면. cut!
1부 S#8 향탁 안으로 부채를 슈웅! 넣는 장면. cut!

금옥	(서늘한 표정으로) 이게 무엇이냐.

금옥, 얼음장같이 여화를 쳐다보면
여화, 머릿속이 새하얘진 표정에서. 엔딩.

에필로그

S#53. 명도각, 장소운 집무실 앞 / D (S#38 변형)

집무실을 향해 걸어오던 소운, 재빠르게 뛰어가는 석정의 뒷모습이 보이고

여화(OFF) 대체 왜 그러시는 겁니까아!!!

여화의 목소리에 놀라 집무실을 향해 달려가 문을 벌컥 열면.

S#54. 명도각, 장소운 집무실 안 + 앞 / D

덜컹! 하고 문이 열리자 수호, 얼른 다시 한 번 쓰개치마로 여화를 감싸안는!!

수호 이보시- !!!!!!

수호와 소운, 눈이 마주치고 얼음!!
여화, 쓰개치마 사이로 싸한 분위기가 느껴지고- 곧이어 스르륵 쓰개치마가 떨어진다.
뭐지 싶어 고개 돌려 보면, 씨익 웃으며 서 있는 소운.

여화, 수호 대행수!! 대행수가 생각하는 그런 것이 아니오!

순간, 겹치는 말에 휙- 하고 고개 돌려 서로를 찌릿! 째려보는데 얼굴이 닿을 듯 말 듯 너무 가까운!! 놀라 화들짝 떨어지는 두 사람.

소운 (놀리는) 무슨 생각이요? (하다) 두 분은 무슨 생각을 하셨습니까?

S#55.　명도각, 안채 복도 / D

누각을 향해 걸어가는 여화와 소운. 여화, 얼굴이 넋이 나간 표정으로 벌겋게 달아올랐다.

소운　　(놀리는) 바람이 찬 것 같은데 아씨는 더우십니까? (웃는)
여화　　(장옷으로 얼굴을 꽁꽁 여며 감추는) 아아니요-? 추워 죽겠습니다!

S#56.　명도각, 장소운 집무실 / D

혼자 남아 있는 수호. 벌게진 얼굴을 달래느라 연신 손부채질을 하고 있다.

수호　　한여름도 아닌데 왜 이리 더운 것인지-

수호, 당황스러운 표정에서. 엔딩.

수련신 듯 순명

S#1.　　좌상댁, 사당 안 / D

화면 밝아지면 금옥, 석정의 위패를 정성스럽게 닦고 있다.

금옥　　(혼잣말) 어미 꿈에 한 번을 오질 않더니... 무슨 일이길래 찾아온 게냐... (눈물짓는)

눈물 훔치고 소중하게 닦은 위패를 제자리에 두려는데 !!
금옥의 시선으로 보이는 향탁 밑에 보이는 무언가.
저게 뭘까? 금옥, 몸을 숙여 향탁 밑에 손을 넣어 꺼내보면 수호의 부채다. !!

S#2.　　좌상댁, 안채 마당 / D

여화, 연선과 함께 안채로 들어가려는데 봉말댁이 뛰어와 꾸벅 인사한다.

여화　　무슨 일인가.
봉말댁　아씨 마님! 지금 바로 사당으로 가보셔야겠습니다.
여화　　!! (연선 보는)
연선　　(자기도 모르겠다는 표정인데)

S#3.　　좌상댁, 사당 안 / D (7부 S#52)

이미 안을 뒤져본 듯 어질러져 있는 사당 안.
덜컹! 사당 문이 열리고 여화, 들어와 금옥에게 꾸벅 인사하는데 봉말댁, 사당 안으로 들어오며 연선이 들어오지 못하게 문을 탁! 닫는다.!!

여화 어머님, 다녀왔습-!! (금옥의 옆에 놓인 수호의 부채를 보고) !!

금옥 (서늘한 표정으로) 이게 무엇이냐.

여화 (애써 모르는 척 담담하게) ... 부채 아닙니까...?

금옥 (바닥 탕! 치며) 내 그걸 몰라서 묻는 것이야!!

여화 !! (어떻게 해야 할지 몰라 머릿속이 새하얗고)

금옥 어찌 사내의 부채가 사당에 있는 것이냐!!!

여화 (납작 엎드리며) 저도 잘 모르겠습니다.

금옥 그래? 네가 모른다면 누가 감히 우리 정이 사당에 이 불경한 물건을 넣어둔 건지 찾아봐야겠구나.

여화 !!!

금옥 봉말댁!!

봉말댁 예, 마님!

금옥 (일어나며) 지금 당장 모든 식솔을 불러 이 부채의 주인을 찾게! 치도곤을 써서라도 반드시 찾아야 하네!!

여화 (다급하게) 안 됩니다!!

금옥 (여화의 반응에 놀라) 지금... 뭐라 했느냐?

여화 그것이... 그것이... (막상 말이 떠오르지 않고)

금옥 (다시 자리에 앉아 여화를 보는, 가슴이 철렁하고) 설마... (하다) 니가 정녕...

여화 (눈 질끈 감고) 그것이-

연선(OFF) (문 벌컥 열리는 소리) 제가 넣어두었습니다!

여화와 금옥, 보면 연선이 급히 들어와 금옥 앞에 엎드린다.

금옥 이게 뭐 하는 짓이냐! 감히 어딜 껴들어?!

여화	(낮은 소리로) 연선아, 나가 있거라.
연선	(올망한 눈으로 여화 보며) 아씨! 죽을죄를 지었습니다!
여화	(??? 연선 보면)
연선	(금옥에게) 마님, 아씨는 모르는 일입니다. 그 부채는 제가 숨겨 둔 겁니다!
금옥	(단단하게) 세 치 혀로 나를 속이는 것이라면 여기서 성치 못하게 나갈 것이다. (하다) 허면, 이 부채가 누구의 것이냐!

장엄한 음악이 깔리고 연선, 비장하면서도 아련한 표정으로 말을 이어간다.

연선	(비장한 목소리) 얼마 전, 홀로 산길을 가던 중 화적떼를 만나 곤혹을 치를 뻔한 적이 있습니다.

S#4. 한적한 산길 / D (연선의 상상)-2부 S#52 같은 장소

스틸컷처럼 짧은 컷컷 위로 흐르는 연선의 목소리.

연선(E)	그때 누군가 나타나 저를 구해주셨는데 그 부채 하나를 덜렁 떨어뜨리고서는 홀연히 사라지셨습니다.

연선, 홀로 산길을 걷고 있는데 화적1, 2, 3이 등장하는. cut!
연선에게 달려드는 화적1, 놀란 연선 힘 풀려 풀썩 주저앉으며
눈을 질끈 감는. 암전. cut!
화면 밝아지면 기절해 있는 화적1과 커다란 남자의 등. cut!
놀란 화적2, 3 도망가고. cut!
연선, 누군지 보려 다가가는데. 도포를 휙 휘날리며 가는. cut!

획 휘날리는 도포 사이로 툭 떨어지는 부채. cut!

연선, 떨어진 부채 한 번 보고. 윤학의 뒷모습을 아쉽게 보는 눈빛. cut!

S#5. 좌상댁, 사당 안 / D

끼이익! 여화, 연선을 보고 '안 통한 거 같아' 고개 저으면
'그런 듯하다'는 표정 짓는 연선. 침 꼴깍. 고개 숙이고

금옥	(어디서 수를 써?) 그래서, 누군지 모른다? (하다) 정녕 네가 쫓겨나 봐야 말을 할 것이야!!
연선(O.L)	(에라 모르겠다) 좌부승지 나리십니다!
여화, 금옥	???
금옥	지금... 대제학대감 둘째 아드님을 말하는 것이냐?
연선	예! (하다) 감히 제가 어떻게 부채를 돌려드릴 수 있겠습니까... 그렇다고 버릴 수도 없어서...
금옥	(누그러진 목소리) 그리된 것이구나...
여화, 연선	(휴, 가슴 쓸어내리는데)
금옥	(연선 보고) 어서 채비하거라!
연선	!! 네에?!!
금옥	아무리 그래도 네가 우리 집 식솔인데, 직접 가서 인사라도 해야 하지 않겠느냐. (하다) 따라나서거라!!
여화, 연선	!!!

S#6.   궐, 이소의 방 안 / D

이소의 얼굴에 차가운 분노가 깃들어 있다.
앞에 앉은 윤학, 쳐다보면

이소   상선이 당시 장번 내시*를 찾아내어 확인했다. 그날 밤, 호판부
        인이 직접 아바마마께 차를 올렸던 걸 말이다.
윤학   그렇다면 정말 정부인이 한 일이란 말입니까?
이소   (탄식하듯) 오래전부터 어마마마의 곁에 그림자처럼 있어도, 사
        사로운 청 한 번 하지 않는 단정한 사람이었다. 헌데, 그런 사람
        이 도대체 왜?
윤학   설마 혼자 한 일이겠습니까? 15년 전에도 중궁전을 자유롭게
        드나들던 분이었으니, 아마도 그때부터 좌상대감과 인연이 있
        었을 듯합니다.
이소   독꽃잎을 세상에 다시 꺼냈으니, 좌상이라면 분명 더 이상 일이
        커지지 않도록 화근을 제거하려 들 것이다.
윤학   또다시 진실이 묻히는 일이 없도록, 제 아우에게 일러 호판부인
        을 잘 살피라 하겠습니다.

S#7.   명도각, 매대 앞 / D

*   장기간 궁중에서 유숙하며 교대하지 않고 근무하는 내시.

매대 앞. 점원들, 삼삼오오 자신의 매대를 정리하고 있는데 정리할 생각은 하지 않고 멍하니 앉아 있는 석정.

INSERT

7부 S#48 소복 입은 여화의 뒷모습. cut.

석정, 한숨 푹 쉬는데 소운, 안채에서 나오다가 석정에게 다가가는

소운	매대 정리 안 하고 뭐 하고 있습니까.
석정	(소운을 기운 없이 보며) 내가 죽었다는데, 대행수는 내가 보이시오?
소운	??? (석정을 쿡, 한 번 찔러보고) 귀신 같진 않아 보입니다.
석정	(번쩍!) 대행수!
소운	(보면)
석정	대행수는 한양 바닥에 모르는 얘기가 없지 않소?
소운	(으쓱) 한양의 소문은 명도각으로 흐른다, 라는 말이 있긴 합니다. (하다) 물어보시지요.
석정	(소운에게 훅 다가가며) 허면, 좌상댁 수절 과부도 잘 아시오?
소운	(화들짝 경계하며) 그분은 모릅니다.
석정	아니, 방금은 다 아는 것처럼-

활유(OFF)	대행수님!!

소운, 활유 목소리에 돌아보면 활유 옆에 수호가 서서 가볍게 목례한다.

활유	모시고 왔습니다.

소운	오셨습니까.
석정	(수호에게 반갑게 손 흔들며) 요즘, 자주 뵙습니다!
수호	(석정에게도 가볍게 인사하고) 급한 일이라 들었습니다.
소운	어서 안채로 드시지요.

수호, 소운을 따라 안채로 들어가면 석정, 이 둘을 바라보다
옆에 서 있는 활유를 힐긋 본다. 활유와 석정, 눈 마주치고

석정	(슬쩍 활유에게) 내 궁금한 것이 있는데-
활유	(단호하게) 모릅니다! (휙 들어가버리고)
석정	(가는 활유에게 큰 소리로) 내가 뭘 물어볼 줄 알고-!!

S#8. 명도각, 장소운 집무실 안 / D

집무실 안. 마주 보고 앉아 있는 수호와 소운.

수호	호판부인에 대해 뭔가 알아낸 게 있는 겁니까?
소운	예, 저 또한 꽤 놀란 정보였습니다.
수호	그게 무엇입니까.
소운	(미소) 제가 장사치인 것을 잊으셨나 봅니다.
수호	(하... 주섬주섬 돈을 꺼내려고 소매를 뒤적이면)
소운	(고개 절레 저으며) 이런 건 돈으로 값을 매길 수 없는 거라...
수호	(보며) 원하는 게 무엇입니까.
소운	원하는 것이 무엇이든 들어준다, 약조해주시겠습니까?
수호	... (잠시 고민하다) 법을 어기는 일이 아니라면 들어드리겠소.
소운	약조하신 걸로 알고 말씀드리겠습니다.
수호	(찜찜하지만 고개 끄덕이고)

마지막 12화 원고를 마치고 몇 달이 지난 후, 〈밤에 피는 꽃〉 티저가 나왔을 때도 전혀 현실감이 들지 않았습니다. 그런데 방송이 다 끝나고 대본집에 실릴 작가의 말을 쓰고 있으니, 드디어 제가 이 드라마를 잘 마쳤다는 느낌이 듭니다.

　어린 시절부터 글 쓰는 걸 좋아했지만, 작가가 아닌 의사의 길을 선택했고 오랜 시간 동안 진료실에서 환자를 돌보는 일에 큰 보람을 느끼고 있었습니다. 그러다 우연히 누구나 자유롭게 글을 올릴 수 있는 웹소설 사이트를 발견하고 첫 사극 소설 1화를 써서 올렸던 그날 저녁에도, 다른 무언가가 되고 싶다거나 될 수 있다고 믿었던 것은 아니었습니다. 그저 혼자 상상해오던 이야기를 누군가와 나눌 수 있다는 것이 마냥 행복했습니다.

　그렇게 퇴근 후엔 글을 쓰며 7년이 흐른 어느 날, 놀랍게도 드라마 제작사 베이스스토리에서 드라마 집필 제안이 왔고, 떨리는 마음으로 〈밤에 피는 꽃〉을 시작한 지 2년 7개월 만에 컴퓨터 화면 창에 무수히 쓰고 또 썼던 여화, 수호, 지성, 윤학, 금옥, 난경, 이소, 연선, 필직, 치달, 석정, 소운, 비찬, 활유, 만식, 봉말댁, 이경, 홍집, 성후, 재이, 꽃님, 병판, 이판부인, 백씨부인, 용덕 등 모든 인물들이 드디어 생명을 얻고 살아 움직이는 영상이 되어 방송되었던 모든 순간이 제겐 기적과도 같은 시간들이었습니다.

　멋진 제작사에서 일할 수 있는 행운이 있었고, MBC 방송국에서 감사하게도 선택을 해주셨고, 평소 선망하던 감독님들을 만났고, 감히 상상조차 할 수 없었던 훌륭한 배우분들이 출연을 해주셨고, 존경스러운 스태프분들과 함께할 수 있었던 모든 일이 꿈만 같습니다. 이 드라마가 좋은 작품이 될 수 있었던 것은 이 모든 분 덕분입니다. 고개 숙여 김형묵님과 열녀로서 고된 삶을 잘 표현해준 어린여화, 문승유님. 끝까지 작가가 삶과 죽음에서 고민했던 조성후의 박성우님. 백씨부인 최유화님, 용덕 이강민님, 병조판서 김정학님, 이판부인 하민님까지. 그 외에 열거하지 못한 배우님들께 감사드립니다.

이 드라마를 아름다운 영상으로 남겨주신 장태유 감독님, 그리고 최정인 감독님, 이창우 감독님 고생 많으셨습니다. 신인 작가를 믿어주신 남궁성우 EP님과 이월연 PD님, 양소영 PD님 외에 현장에서 작품을 위해 헌신해주셨던 〈밤에 피는 꽃〉의 모든 스태프분들께 감사드립니다.

무엇보다 3년 가까이 동고동락하며 아낌없는 지지를 해주었던 베이스스토리 김정미 대표님과 박수영 본부장님, 표희선 PD님 덕분에 이 드라마가 빛을 발할 수 있었습니다.

저의 은사님이신 이경희 작가님, 밤새 전화를 받아주며 작가의 온갖 투정을 감내했던 남혜지 작가님과 이재은 작가님. 끝까지 갈 수 있다 응원해주셨던 박그로 작가님, 박신영 작가님. 기도해주신 가족과 세움교회 식구들. 이렇게 쓰고 나니 참 많은 사람들의 도움으로 〈밤에 피는 꽃〉이 활짝 피었었네요. 마지막으로 저의 유일한 공동 작가로 함께 울고 웃었던 전우, 정명인 작가님과 우리 집 1호 박원경 보조작가님에게 감사의 말을 전합니다. 함께여서 감사했고 행복했습니다.

작가는 다음으로 넘어가기 위해 다시 책상 앞으로 갑니다.

〈밤에 피는 꽃〉을 사랑해주신 시청자 여러분들께 감사드리며 모든 날이 '꽃'같이 아름답기를.

2024년 4월

작가 이샘

2023년, 유난히 비가 많이 내렸던 여름이었습니다. 야외 촬영이 많은 데다 여건상 8월 초까지 일정들을 마무리 지어야 했기에 변덕스러운 날씨를 원망(?)하며 현장과 작업실 모두가 긴장했던 기억이 납니다. 경험치가 없던 신인 작가의 대본으로 100명이 넘는 스태프와 배우들은 더위와 사투를 벌이며 한 씬, 한 씬 공들여 작업해주셨고, 모두의 수고와 노력 덕분에 〈밤에 피는 꽃〉은 많은 분들에게 사랑 받은 작품으로 기억되었습니다. 대본집 제안을 받고 드라마에 대한 이야기를 쓸까 고민하다, 이 작품이 온전히 작가의 것만은 아니기 때문에 고마운 분들의 이름을 적어볼까 합니다.

모든 것이 '여화' 그 자체였던 아름다운 배우, 이하늬님. 수호처럼 모든 것에 열심이었던 이종원님. 사대부의 나라라는 자신의 신념을 지키고자 했던 석지성, 김상중님. 소중한 사람들의 곁을 끝까지 지켰던 윤학, 이기우님. 여화의 꿈이자 기적이었던 연선, 박세현님. 자신의 잘못을 기꺼이 인정할 줄 아는 왕, 이소의 허정도님. 여화에게 유일한 가족이었던 금옥, 김미경님. 여화와 다른 가치관으로 대척점에 있던 난경, 서이숙님. 악하지만 가장 불쌍한 인생이었던 필직, 조재윤님. 여화의 든든한 조력자이자 명도각 직관 1열 소운, 윤사봉님. 극에 활력을 불어넣었던 석정, 오의식님. 살아 숨 쉬듯 대사가 나왔던 치달, 김광규님. 작가의 머릿속에 잔망대던 미담바라기 비찬, 정용주님. 듬직하지만 감수성이 풍부했던 활유, 이우제님. 작가 또한 송구했던 만식, 우강민님. 사랑스러운 이경 그 자체, 이루비님. 겉바속촉이었던 재이, 정소리님. '밤피꽃' 귀요미 담당 봉말댁, 남권아님. 똑 부러지는 우리 꽃님이, 예나까지. 그리고 3회부터 죽음이 계속 밀려 결국 5회에 떠나셨던 염홍집,

깊은 감사를 드립니다.

힘든 시간 함께 울고 웃었던 동료 이샘 작가님, 탁월했던 보조작가 박원경 작가님, 긴 시간 노고와 헌신을 다했던 표희선 PD님, 양소영 PD님, 박수영 제작본부장님, 이월연 PD님. 그분들 아니었으면 저는 끝까지 이 일을 잘 마치지 못했을 겁니다.

낙담될 때 다독여준 박신영 PD님, 박그로 작가님, 늘 힘이 되어주는 후배 선미, 오랜 친구인 이경, 은영, 지수, 수복, 혜원, 미송씨, 다정한 이모들과 외삼촌, 그리고 지금도 묵묵히 필수 의료에 헌신하고 계신 페드넷의 동료 소아과 선생님들, 서울영동교회의 정현구 목사님과 교우분들께 특별한 감사를 드리고, 집필 기간 동안 제가 맡은 진료 시간을 배려해주신 유민정 선생님, 조정일 원장님께도 깊은 감사를 드립니다

신인 작가의 작품에게 기회를 주신 MBC 남궁성우 EP님께 고개 숙여 감사를 드리고, 존경하는 장태유 감독님, 최정인 감독님, 이창우 감독님, 함께 일할 수 있어서 정말 영광이었습니다.

검증되지 않은 신인 작가를 과감히 발탁해주시고, 굳은 신뢰를 주신 김정미 대표님! 대표님 덕분에 저는 드라마 작가가 될 수 있었습니다.

마지막으로 항상 지지해주고 튼튼한 버팀목이 되어주는 사랑하는 동생 준원이, 올케 혜경이와 기쁨을 함께하고 싶고, 하늘나라에 계신 어머니, 아버지께 이 대본집을 자랑스럽게 보여드리고 싶습니다. 엄마! 너무나 그립고 늘 사랑해요.

이 모든 것이 주님의 은혜였습니다.

〈밤에 피는 꽃〉을 사랑해주신 모든 분께 감사를 드립니다.

2024년 4월
작가 정명인

소운	호판부인 어머니께서 몰래 낳아 버린 아이 하나가 있사온데- 그자가... (고개 들어 단단히 보며) 강필직입니다.
수호	!!! (상황 이해 가지 않고) 아이를 버리다니요? 왜...
소운	당시 호판부인의 어머니는 수절 중인 과부였습니다. 과부가 아이를 낳았으니, 그 아이를 죽였다고 해도 이상하지 않지요.
수호	(읊조리는) 두 사람이 남매라...
소운	갑작스레 강필직이 상단의 단주가 되어 세를 넓히고, 비슷한 시기에 별 볼일 없던 염흥집이 호판이 되어 온갖 구린 일을 꽤나 했으니, 호판부인이 아무것도 몰랐을 리가 없겠지요.
수호	... 고맙소. (하다) 큰 도움이 되었습니다. (일어나려 하면)
소운	아씨께 이것들을 말하지 말라 하는 연유가 무엇입니까?
수호	... 생각하는 것보다 훨씬 위험한 일이오. 모르는 것이 낫습니다.
소운	또 아씨를 걱정하시는군요.
수호	(잠시 멈칫) 금위영 종사관으로 당연한 판단입니다.
소운	(수호를 보다) 그럼 이제 제가 원하는 것을 말씀드리겠습니다.
수호	???
소운	더 이상 아씨를 만나지 않으셨으면 합니다.
수호	!!!

S#9.   좌상댁, 사당 안 / D

여화, 노려보고 있다. 여화의 시선 끝에 놓인 석정의 위패.

| 여화 | 이제 어쩌실 겁니까? (하다) 이게 다 서방님 때문입니다. 서방님 대신 절 지키느라 연선이가 저리된 게 아닙니까! 만약, 연선이에게 무슨 일이라도 생기면 앞으로 제삿밥은 다 드신 줄 아십시오! (하다, 자기도 억지 같은지 한숨) 힘드시지요? 죽은 것도 억울한 |

데 매번 다 서방님 때문이라 원망도 들어야 하고... (하다) 제가
앞으로 더 잘 할 테니... 제발 연선이가 무탈하게 돌봐주세요 ...
그 정도는 서방님이 해주실 거라 믿겠습니다.

여화, 위패 앞에 꾸벅 허리 숙여 인사하고 사당을 나서는.

S#10. 북촌 골목 / D

금옥, 봉말댁과 연선을 거느리고 인근에 위치한 윤학의 집 쪽으
로 가고 있는.
연선의 표정은 이미 초죽음이다.
이때 퇴청하는 윤학이 골목 저편에서 걸어오는.
금옥, 윤학을 보고 발을 멈추고 예를 표하면, 윤학도 금옥과 연
선 쪽으로 다가오는데

윤학   (공손히 절을 하며 예를 표하는)
금옥   마침 좌부승지영감을 뵈러 댁으로 가던 참이었습니다.
윤학   (의아한) 저를요? (연선 슬쩍 보면, 불안 초조가 가득한 얼굴인데)
금옥   (윤학이 연선을 보는 시선 보며) 우리 집에서 데리고 있는 아이인데,
        혹 면식이 있으십니까?
윤학   (묻는 의도를 몰라 뭐라 답할지 연선 눈치를 보는) 음.. (슬쩍 연선 보면)
연선   (윤학 보며 '제발 맞다고 해 주세요.'라는 간절한 눈빛과 고갯짓 보내는)
윤학   (정답을 외치듯) 아.는. 아이입니다.
금옥   (부채 내밀며) 좌부승지영감께서 곤경에 처한 이 아이를 구해주
        시다 부채를 잃어버리셨다 해서, 부채도 돌려드릴 겸 감사 인사
        를 드리러 가던 길입니다.
윤학   (부채를 받으며 연선 보고) 아!! 이.것.이. 제 부채였군요. 안 그래도

어디서 잃어버렸나 했더니, (연선 보면 긴장한 모습 역력하고) 저 아이를 도와주다가 잃어버렸군요.

금옥 고맙습니다. 우리 집 식솔이니 도와주신 은혜는 잊지 않겠습니다. 그리고, 혹시라도.. 이 나라 최고 가문의 좌부승지영감께서, 한미한 평민 아이와 괜한 구설에 오를까 걱정은 하지 않으셔도 됩니다. 이 일은 없던 일로 제가 잘 단속하겠습니다.

윤학 (금옥의 말에 뼈가 있음을 깨닫는) 예...

연선 (그간 당당했던 모습은 없고 금옥의 말에 잔뜩 주눅 든)

윤학 (그런 연선 표정 보고) 사람이 사람을 돕고, 사람이 사람을 걱정하는 것에 반상의 법도가 따로 있겠습니까. (연선 보지 않고) 혹여라도 저 아이에게 위험한 일이 생긴다면 기꺼이 다시 도울 겁니다. (예의 바르게 다시 인사 꾸벅하며) 어찌 되었건 정경부인께서 손수 제 부채를 챙기시게 해드려 송구합니다.

금옥 별말씀을요. (큼큼) 그럼 살펴가시지요. 가자. (돌아서고)

윤학, 금옥을 따르는 주눅 든 연선의 뒷모습을 보는 애틋한 시선에서.

S#11. 여화의 별채, 전경 / N

S#12. 여화의 별채, 마당 / N

연선, 힘없이 터덜터덜 걸어오면 마당 앞에서 왔다 갔다 서성이는 여화 보인다.
우울한 표정을 일부러 감추려고 입꼬리 올리는 연선, 밝게 여화 쪽으로 다가가는

연선	아씨!! (미소 짓고)
여화	(걱정스러운 표정으로) 괜찮아? (하다) 어찌 되었느냐.
연선	(다 해결됐다는 듯 찡긋 미소) 걱정 마세요! 완벽했습니다! (씨익 웃는)
여화	(의아한 듯 보는)

S#13. 여화의 별채, 방 안 / N

드르륵, 문을 열고 여화와 연선, 들어온다.

여화	(자리에 앉으며) 좌부승지라니... 지난번 산길에서부터 궁금했는데... 어찌 아는 사이야?
연선	(잠시 당황, 이내 급 정색, 오버하며) 지금 그게 중요합니까?!
여화	(??? 보면)
연선	앞...앞으로! 어쩌실 겁니까?! 오늘은 어떻게 겨우 넘어갔지만 다음에 또 마님께 걸리면 그땐 아씨나 저나 둘 다 죽는 거라구요.
여화	걱정 말거라. 무슨 일 있어도 내 너는 절대로 죽게 두지 않을 테니.
연선	와- 그렇게 진지하게 말씀하심 안 되죠. 그럼 저도 진지하게 아씨 죽으면 따라 죽을 겁니다!
여화	떽! (하다) 그런 소리 말어! 내가 왜 죽어? 절대 죽지 않을 거야. 절대..
연선	... 아씨...
여화	그래서, 좌부승지 나리가 그 부채를 자기 거라 해준 거야? 왜에에-
연선	(큼! 벌떡 일어나며) 사당에 올라가셔야죠. (후다닥 먼저 나가는)
여화	(연선의 나간 문, 귀엽게 흘깃 바라보다 일어나 나가는 데서)

S#14. 필여각, 강필직 사무실 안 / N

필직, 심각한 얼굴로 탁자 뒤에 서서 겁에 질린 만식을 바라보고 있다.

필직	(놀란) 지금 뭐라 했느냐?
만식	심하게 다쳐 대제학 집에 피투성이로 업혀온 걸 겨우 살려냈다 합니다. 그런데 그 집에 처음 들어온 때가- (겁에 질린) 15년 전이랍니다.
필직	(버럭) 정확하게 15년 전, 언제?
만식	그것이.. 선왕 전하가 승하하신 때라고....
필직(O.L)	뭐!!!
만식	설마.. 그때 그 아이는 아니겠지요?
필직	그럴 리가 없다. 임강의 아들이 살아 있을 리가 없다.

플래시백

S#14-1. 수호의 집 / N (15년 전)
피에 젖은 임강 일가의 시신들이 마당과 마루에 널브러져 있고
시신들을 살펴보는 이, 필직이다.
그 옆에 만식과 살수 무리 서넛이 피 묻은 칼을 들고 서 있는.
필직, 칼을 든 채 임강의 시신을 발로 툭 밀어 넘기면.
그 밑에 어린수호 엎드려져 있다.
수호의 등엔 칼에 맞은 상처로 옷이 베어져 길쭉하게 헤쳐져 있고, 상처는 피로 얼룩져 있는.
발로 툭, 걷어차면 이미 죽은 듯 아무 미동도 없다.

현재

| 만식 | 이제 어쩌면 좋습니까? |
| 필직 | (생각하다) 박수호는 분명 우리를 아는 낌새가 아니었다. 부모를 죽인 원수를 보고 그리 태연히 행동할 수는 없지. (눈빛 깊어지며) |

일단, 확실하게 확인부터 해야 한다.

S#15. 좌상댁, 담장 앞 / N

수호, 담장을 따라 걸어오다가 멈춰 서서 담장을 올려다본다.

플래시백

S#15-1. 명도각, 장소운 집무실 안 / D

S#8에 이어-

소운   아씨가 위험한 일에 엮이지 않도록 살필 테니 나리는 아씨를 모르는 사람이라 여기십시오.

수호   이미 알았는데 어찌 모르는 척을 한단 말입니까.

소운   위험하니 담장 안에 있으라 명하는 것이 아씨에게 정녕 어떤 고통인지 모르시는 겁니까?

수호   (보면)

소운   담장 안에서 서서히 말라 죽기를 바라십니까? 아니면 영영 담장 밖에서 살 수 있도록 꺼내주실 겁니까?

수호   !!!

소운   나린 아씨를 위해 아무것도 해줄 수 없습니다. 그러니 이제 여기도 그만 오시지요.

현재

수호   .... 내가 어찌하는 것이 좋겠습니까...

수호 얕은 한숨을 쉬고 담장 위를 바라보는 데서.

S#16.   좌상댁, 안채 전경 / D

여화(E)   연선아-

S#17.   좌상댁, 안채 마당 / D

여화, 연선이를 찾고 있다. 두리번거리는

여화   (혼잣말) 어딜 간 거야... (다시 한 번) 연선아-

봉말댁(OFF)   여기서 뭐 하십니까?

여화   아! 깜짝이야! (화들짝 놀라 돌아보면 봉말댁 서 있고) 어머님께 드릴
       말씀이 있어 안채에 가던 길이네.

봉말댁   마님께선 아침 일찍 재이아가씨와 출타하셨습니다.

여화   (번쩍!) 아- 그래에- (하다) 헌데, 어머닐 따라가지 않고, 예서 뭐
       하나? 연선이는? 혹시 봤고?

봉말댁   아, (하다) 마님께서 앞으로 연선이 말고 (으쓱) 쇤네보고 철석!
       같이 아씨 마님 곁에 있으라셨습니다.

여화   뭐어???

이때 여종1이 급히 뛰어와 인사한다.

여종1   (봉말댁을 보고) 마님께선 안에 계십니까?

봉말댁   출타하셨는데... 왜?

여종1   (여화 보고) 호판댁 마님께서 연통을 주셨습니다.

여화   !!! 정부인께서?

여종1   지금, 아씨 마님을 좀 뵙자 하시는데 어쩌지요?

여화   어쩌긴 뭘 어째, 정부인께서 기다리시는데 당장 가야지 않겠나!
       기다리게. 얼른 채비하겠네. (별채로 가려고 하면)

봉말댁	잠깐!!
여화	(멈추고)
봉말댁	마님 허락도 안 받고 어딜 가시려고 그러십니까?
여화	방금 듣지 않았는가. (강조하며) 정부인께서 날 뵙자 하신다고.
봉말댁	그래도 허락을 받으셔야-
여화	이렇게 친히 불러주셨는데 거절하면 정부인께선 노하시겠지... 노하시면 대비마마께 아뢸 거고, 대비마마께서 아시면-
봉말댁(O.L)	알겠습니다!!
여화	(됐다, 화색이 도는 미소)
봉말댁	가시지요. 제가 뫼시겠습니다.
여화	(푸우, 풍선 바람 빠진 듯한 표정에서)

S#18.   세책방, 안 / D

윤학, 서책을 들고 책장 옆에 서 있는데, 시선은 누굴 기다리는 듯 연신 밖으로 향하는.
이때 연선, 들어오자 재빨리 다시 책을 읽는 척하는데
연선, 들어오려다가 윤학 보고 깜짝 놀라 바로 돌아 나가버리는.
윤학, 연선이 밖으로 나가자 읽던 책을 두곤 후다닥 뒤를 따라 나간다.

S#19.   세책방, 앞 / D

연선, 종종걸음으로 급히 걸어가면, 윤학 성큼성큼 연선을 따라 가는

윤학	지금 도망치는 거냐?

연선	(급히 걸어가며) 말 걸지 마십시오. (속상한 듯) 지체 높으신 좌부승지 나리가 저랑 길에서 아는 체하고 그러면 안 되십니다.
윤학	(걸음 멈추고) 거기 서거라.
연선	(멈춰 돌아보면)
윤학	내게 어제 일은 해명해야 하지 않느냐. 따라오거라.

윤학, 걸어가면 연선, 어쩔 수 없이 낮은 한숨 쉬며 터벅터벅 윤학을 따라가는.

S#20. 북촌 근처, 주막 / D

윤학, 들어와 자리를 잡으면 연선, 윤학 눈치 보며 평상 옆에 서 있는

윤학	(앉으며 주모를 보고) 여기서 제일 비싼 걸로 주시오.
연선	(뭐 하자는 거지? 윤학 맞은편에 앉으며) 뭐 하시는 겁니까?
윤학	셈이 바른 아이니 알겠지만, 이 정도면 어제 일의 값으론 아주 후한데...
연선	도와주셔서 고맙습니다. 그리고 괜한 오해를 사게 해드려 송구합니다.
윤학	괜한 오해는 지금 내가 하고 있다만.
연선	(의아한) ??
윤학	(훅- 하고 들어오는) 혹시 내 아우를... 연모하고 있는 거냐?
연선	(영문을 모를) 예? 대체 그게 무슨 말씀이세요?
윤학	(정색하며) 그렇다면 그 아이의 부채는 왜 가지고 있었던 거지?
연선	(깜짝 놀라 살짝 큰 소리로) 그게- 종사관 나리의 부채였어요? (하곤 누가 들었을까 주위 두리번거리는)

윤학	(어이없는) 그건 내가 선물로 준 부채였다. (연선 응시하며) 헌데 넌, 그게 누구의 것인지도 몰랐다?
연선	(상황 파악이 이제야 된, 당황하며 말 더듬으며) 그...그것이...
윤학	(이제야 짐작이 간다는 듯) 그렇다면- (의미 있게) 내 아우의 부채를 가지고 있던 사람이 네가 아닌 모양이구나.
연선	(말 못하고 난처한) ...!!!

그때 주모가 국밥 두 그릇과 수육 한 접시를 놓고 가고

윤학	아마도 니가 숨기고 있는 사람이, 내 아우가 숨기고 있는 사람 이랑 같은 사람인 듯한데...
연선	(놀라) 예에?
윤학	(미소 지으며) 그게 누군지 무-척 궁금하구나...
연선	궁금해하지 마십시오! 제발- (고개 가로저으며 간절하게) 절대요.
윤학	그래? (국밥 한술 뜨며 장난스럽게) 여긴 국밥이랑 수육밖에 없나 보구나.
연선	(다급한 눈빛으로) 다음번에 훠-얼씬 더 비싼 걸로 사드리겠습니다. 그래야 당연한 도리지요.
윤학(O.L)	(불쑥) 근데, 정경부인껜 도대체 뭐라 한 거냐? (흥미진진한) 내가 널 언제 어떻게 구했어?
연선	(당황스러워 얼굴 붉어지는) 그게.... (후다닥) 전 이만 가보겠습니다.
윤학	(연선 보면) 밥도 안 먹고?
연선	전 중반을 벌써 먹어서요. 그럼 천천히 드시고 가십시오.
윤학	(나가는 연선 보며 장난스럽게) 오늘은 꼭 셈을 하고 가거라-

연선, 주막 급히 나가려다 허둥대며 다시 들어와 주모에게 엽전 건네고.

윤학, 피식 웃다, 연선 사라지자 이내 걱정스러운 표정으로 변하며 생각에 잠기는.

여화와 난경, 다과를 나누고 있다.

난경   제가 부인의 오라비를 좀 찾아보겠다 했었지요.

여화   (반색하며) 뭔가 찾으셨습니까?

난경   (곤란하다는 듯) 그것이... 제가 함부로 나설 수 없는 일인 듯하여 더 이상 도움을 드릴 순 없을 것 같습니다.

여화   무슨 일입니까?

난경   아무래도 부인의 오라비는 아무도 알아서는 안 될... 궐 안의 비밀스러운 일에 연루된 것 같습니다.

여화   그게... 무슨 말씀입니까?

난경   미안합니다. 더 이상 말씀드리기 곤란합니다.

여화   (다급한) 조금만 더 말씀해주세요. 절대 아무에게도 발설치 않겠다, 약조드릴게요. (하다) 15년간, 아무것도 찾지 못했습니다.

난경   (보면)

여화   그것이 무엇이든 제 오라버니를 찾는 데 실마리가 된다면 알아야겠습니다.

난경   (잠시 고민하다 여화가 안됐다는 듯 얕은 한숨 쉬고는) 오래전, 선왕 전하께서 승하하셨던 그날... 도성에선 이상하고 무서운 일들이 많이 일어났었지요.

여화   (보면)

난경   (목소리 낮춰) 내금위장 일가가 몰살되고 금군도 몇 사라졌는데 그중 선왕 전하의 은밀한 명을 받은 자가 있었단 얘기를 들었습니다.

여화   (당황하며) 저희 오라버니가 그중 한 명이라는 말씀이십니까?

난경   (고개 끄덕이고)

여화   도대체 무슨 명을 받았길래 가족에게 알리지도 않고 사라져 지금까지 소식이 없단 말입니까?

난경   그건 저도 모릅니다. (하다) 다만, 이 일도 아는 자가 거의 없으니... 아마 밖에서는 오라비의 행방을 찾기 힘드실 겝니다.

여화   그럼 어찌해야 합니까? 그 일에 대해 알고 있는 분이 누구입니까? 대비마마입니까? 주상 전하십니까?

난경   (고개 저으며) 그분들은 금군이 사라진 일도 모르실 텐데요.

여화   ... 그럼 도대체 누가...

난경   당시 혼란스러운 정국을 마무리하신 분은... (하다) 좌상대감이시지요.

여화   !!!! 저희 아버님이요?

난경   한낱 저 같은 아녀자가 조정에서 일어나는 일을 어찌 다 알겠습니까. 좌상대감께서 그날의 일을 비밀에 부치시는 데는 뭔가 큰 뜻이 있겠지요.

여화   (혼란스러운 표정) ... 분명 아버님께서 찾아봐주신다고 했습니다.

난경   며느님을 그리 아끼시니 당연히 누구보다 열심히 찾으셨을 겝니다. 다만, 대감께서 다 알고 계신다 해도, 이 나라 좌의정으로서의 본분도 있으실 테니, 며느님께 말 못할 연유가 따로 있지 않으시겠습니까?

여화   그러시겠지요... (하다) 부인께 괜한 폐를 끼쳤습니다. 그럼 저는 이만 돌아가보겠습니다. (일어나는)

난경   (따라 일어나고) 제가 알고 있는 것이 고작 이 정도라... 송구합니다.

여화   아닙니다. 큰 도움이 되었습니다. 고맙습니다. (하고 나가고)

난경   (여화 나가면 서늘한 미소) 앞으로 어떤 큰일들을 알게 되실지... 기

대해보시지요. (여화가 나간 문을 보고) 이만하면, 그 어른이 조금
은 신경 쓰이시려나.

S#22. 세책방, 밀실 안 / D
수호, 윤학과 마주 앉아 있다.

수호   (의아한 듯) 호판부인을 지키라는 말씀입니까..?
윤학   완벽한 입막음을 위해 가장 효과적인 방법이 무엇이겠느냐. 그
       부인의 허망한 죽음으로 이 사건의 진실이 묻히면 안 된다는 뜻
       이다.
수호   형님 말씀은 그 부인을 해하려는 자들이 곧 선왕 전하의 시해 사
       건과 저희 부모님을 그렇게 만든 모든 일의 배후라는 말이군요.
윤학   전하의 명이니 한 치의 소홀함이 있어서는 안 될 것이다.
수호   예, 그리고 강필직을 다시 수사해보는 게 좋을 듯합니다.
윤학   (보면)
수호   그간, 강필직이 호판부인의 여러 일을 봐준 모양입니다. 그자
       를 캐보면 호판부인의 뒤에 있는 자가 누군지 밝혀낼 수 있을
       겁니다.
윤학   알았다. 신중히 행동하거라.

       수호, 윤학을 보는 단단한 시선에서.

S#23. 운종가 거리, 일각 / D
거리 일각. 금옥, 재이와 함께 운종가 거리를 걷고 있다.
사람들 틈 사이로 물건을 구경하는 금옥과 재이의 모습.

재이	기분은 좀 나아지셨어요, 어머니?
금옥	바람도 쐬고 사람 구경도 좀 하니 한결 좋아졌구나. (하다) 나온 김에 점미병이라도 하나 사갖고 들어갈까?
재이	... 또 오라버니 생각나서 그러세요?
금옥	(보면)
재이	(부들) 생각할수록 화가 나네! 어떻게 감히 우리 오라버니 사당에 다른 사내의 물건을 둘 수가 있어? 그걸 가만히 놔뒀어요?
금옥	그 애긴 그만하고 싶구나.

금옥과 재이, 걸어가는.

S#24. 금위영, 마당 / D

마당에 서서 대화 중인 파총1, 2 뒤로 마당으로 나오는 비찬이 보이고

파총1	(언짢은) 요즘 박수호 종사관 얼굴 보기가 하늘에 별따기일세. 어디서 뭘 하고 있는 건지 원-
파총2	혹, 혼자 공을 세우겠다고 비밀 수사라도 하는 건 아닌가.
비찬	(뜨끔) 에? 나리가 무슨 비밀 수사를 하시겠습니까아-
파총들	(비찬의 목소리에 뒤돌아보면)
비찬	(머리 굴리는) 나리는- 아마 그- 연모?!
파총들	(동시에) 연모?!

CUT TO

비찬과 파총1, 2 옹기종기 쪼그려 앉아 대화 중이다.

비찬	그 뒤로 술만 먹음 도대체 어떤 사람인지 궁금합니다아- (고개 저으며)
파총1	종사관에게 여인이 생겼다는 소문이 사실이었구먼.

이때 치달, 옆에서 조용히 이들의 이야기를 듣고 있다.
파총2의 말에 끄덕끄덕 동조하고 있는데

파총1	헌데, 매일 금위영에 있는 사람이 어디서 여인을 만났는가?
파총2	그러게... (하다, 번쩍!) 설마...
파총들	(동시에) 이경아가씨?!
치달	!!!!!
비찬	(당황하는) 이경아씨는 아닙니다! (하다) 다른 분입니다! 다른 분!
치달	(혼잣말) 박수호 종사관이면 (흡족한) 나쁘진 않지!

치달, 곰곰이 생각하다 이내 자리를 뜨는 데서.

S#25. 운종가 거리, 다른 일각 / D

여화, 장옷을 깊게 눌러쓰고 처언천히- 운종가 거리를 걷고 있다.
봉말댁, 뒤에 착! 붙어서 따라오는데 여화, 저 멀리 보이는 명도
각 바라보며

여화(E)	어떻게 따돌리지...?

난감한 표정인데.

석정, 입안 가득 맛있게 점미병을 먹고 있는 꽃님을 흐뭇하게
보고 있다.

꽃님   (입안 가득 먹으며) 진짜 진짜! 최고로 맛있습니다!!

석정   선배! 제가 뭐라 했습니까? 맛있다 했지요? (꽃님 머리 쓰다듬으
        며) 더 있으니 많이 드십시오! (주인에게) 여기, 다섯 개 더 주시게!

꽃님   (손사래 치며) 아닙니다! 저는 이거 하나면 충분합니다.

석정   (씨익 웃으며) 이게 그냥 점미병으로 보이십니까?

꽃님   (올망한 눈으로 보면)

석정   앞으로 잘 봐달라는 뇌물입니다. 뇌물!!

꽃님   (잠깐 고민하다가) 저... 그럼 다섯 개는 제가 싸서 가도 될까요?

석정   (보면)

꽃님   어머니가 계신데... 몸이 편찮으셔서...

석정   (쓰읍! 갑자기 울컥, 주인 보고) 여기 열 개, 아니 스무 개 싸주시오! (하
        다) 저희 어머니도 제가 사오는 점미병을 어찌나 좋아하셨던지...

꽃님   (말갛게) 어머니요?

석정   아주 곱고 아름다우셨지요. (하다) 제가 어머니~~ 하고 부르면
        언제나 환하게 다가와주셨-!!

저 멀리 금옥과 재이가 매대 쪽으로 걸어오고 있다.

석정   (눈 비비고) 어머..니?

꽃님   ?

석정   (동공 커지더니 돈 던지듯 매대에 내려놓고) 전 급한 일이 생겨 이만!

꽃님   후배니임!!!

금옥, 돌아서서 도망가는 석정의 모습을 보는 !!!!
화들짝 놀라 들고 있던 장옷을 떨어트리고 !! 석정, 후다닥 골목
안으로 들어간다.

S#27. 운종가 거리, 골목 안 + 밖 / D

금옥, 석정이 사라진 골목으로 따라 들어오고
재이, 어리둥절한 채 금옥을 따라 골목으로 들어오는데 골목에
아무도 없는.
금옥, 헛것을 본 건가 싶어 두리번거리며 골목 끝으로 빠져나가면
매대 앞, 조용히 색장옷을 내리는 석정.!! 상인, 석정을 이상하다
는 듯 쳐다보면

석정 (색장옷 건네며, 씨익 웃는) 아무래도 내 취향은 아닌 듯하오.

들어왔던 골목 입구로 다시 유유히 걸어가는데

봉말댁(OFF) 아씨 마님, 서두르셔요!

머리를 굴리느라 처언천히 걸어오는 여화를 재촉하는 봉말댁.
모퉁이를 돌아 석정이 있는 골목으로 들어오다 봉말댁, 석정과
눈이 마주치고 !!!
석정, 자연스럽게 휙- 하고 뒤돌아 가는데

봉말댁 ???? (눈 비비고) 되..련... (헙! 자기 입을 막는)
석정 !!!! (읊조리는) 오.... 마이... 갓.
봉말댁 (여화에게 급히) 아씨, 잠시만! 잠시만 여기 딱 계셔요!!

봉말댁, 천천히 석정의 뒤를 따라가면
여화, 장옷 사이로 봉말댁을 잠시 보다 얼른 뒤돌아 명도각으로
향하는. !!

S#28. 운종가 거리, 다른 골목 일각 / D

봉말댁, 고개를 빠르게 돌려가며 석정이 사라진 방향으로 따라
가는데
누군가 봉말댁의 팔을 턱- 하고 잡는다. 얼빠진 표정으로 고개
돌려보면

재이   봉말댁! 예서 뭐 하고 있는 겐가!
봉말댁   (난감한) 아, 그것이... 아! 잠시 나왔다 별당 마님이 사라지셔서-

봉말댁, 이제야 정신이 든 듯, 면목 없어 고개를 떨구는데
멍하니 바닥에 주저앉아 있는 금옥이 보인다. !!

봉말댁   (얼른 다가가) 마님...!! 이게 무슨 일이십니까?

허망한 표정으로 앉아 있는 금옥.

S#29. 명도각, 앞 + 안 / D

여화, 장옷을 푹 눌러쓰고 급하게 명도각으로 들어가고
반대편에서 석정도 주위를 살피며 여화 뒤를 이어 바로 들어오
는데
퉁!! 이때 여화, 밖으로 나오던 사람과 부딪쳐 장옷이 스르륵 내

려가며 뒤로 휘청하고
바로 뒤에 있던 석정이 착! 받아주며 여화의 어깨를 손으로 잡
는다.

석정   괜찮소?

여화, 깜짝 놀라 일어나려는데 악! 석정의 입영*에 머리카락이
걸려 안 빠지고.
놀란 석정, 저도 모르게 뒤로 물러서자 그대로 딸려가는 여화.
응???

석정   (파바박 뒷걸음질 치며) 왜- 왜 이러시오-!!
여화   (걸린 머리 잡고, 딸려가며) 아악-!! 머리! 머리!

여화의 반응에 머리카락이 걸렸다는 걸 눈치챈 석정.
걸음을 멈추자 다시 한 번 퉁- 하고 석정의 가슴팍에 부딪히는
여화.
반동으로 넘어지며 걸려 있던 머리카락이 입영에서 빠지고

석정   쏘리- 아니, 미안하게 됐!!!!

여화, 일어나며 급하게 장옷으로 얼굴을 가리는 찰나의 순간 석
정의 눈에 슬로로-
여화, 석정과 눈 마주치는데 석정, 이미 넋을 놓은 듯 여화를 바
라보고 있다.

---

*   갓에 다는 끈. 형겊을 접거나 나무, 대, 대모, 금패, 구슬 따위를 꿰어서 만든다.

석정	(여화를 빤히 보며) 뷰.티.풀.
여화	????
여화(E)	이건 또 뭐야. 어디 아픈가? (석정을 위아래로 보는데)

꽃님(OFF) 아씨 마님!!

꽃님, 명도각 안으로 도도도- 뛰어 들어와 여화에게 꾸벅 인사
한다.

여화	(미소 지으며) 꽃님이구나!
꽃님	대행수님께선 출타하셨는데- ???
여화	(꽃님이가 석정 쪽으로 가지 않게 옆에 세우는, 석정을 이상하게 흘깃 보며 작은 소리로) 이상한 자가 있다.
석정	(여화가 무슨 말을 하는지 앞으로 몸을 살짝 내밀며 귀를 쫑긋)
여화	(꽃님이와 뒤로 쓰윽 물러나면)
꽃님	(석정 보고) 아, 얼마 전부터 새로 장사를 시작한 주씨입니다.
여화	(슬쩍 석정 얼굴 보고) 아... 그 소문의 뇟집 아들인지... (고개 절레절레)
석정	(여화 앞으로 바짝 다가와) 정식으로 인사드리겠-
여화(O.L)	(관심도 없고 듣지도 않는) 대행수에게 다시 오겠다 전해주거라. (하다, 석정 힐끗, 낮은 소리로) 많이 아픈 것 같으니 조심하고.
꽃님	(해맑게) 네!!
석정	(가는 여화 뒷모습 보며) 그냥 가는 게요? 이름이라도-
꽃님	(버럭) 후배님!!! 어찌 감히 아씨 마님의 이름을 물으십니까?
석정	선배님! 대체 저분은 누구입니까?
꽃님	좌상대감님댁 아씨 마님이십니다.
석정	!!! (놀란 표정으로 여화가 간 쪽을 하염없이 바라보는) 마이 와이프?
꽃님	(뭔 소리야? 석정 보다) 진짜 어디 아프신가?

꽃님 고개 갸웃하다가 도도도- 먼저 들어가고.
안쓰럽게 여화가 걸어간 쪽을 바라보는 석정의 모습에서.

S#30. 운종가 거리 / D

후다닥, 걸어가는 여화.

여화   (혼잣말) 아, 대행수도 못 만나고... (하다) 그 미친놈은 뭐야?

          여화, 거리를 걷는데 !!! 반대쪽에서 여화를 빤히 바라보고 있는
          수호.
          여화와 수호, 서로 눈 마주치며 다가오다가
          여화가 먼저 수호에게 '저쪽으로' 눈짓하며 골목 안으로 들어간
          다. !!
          수호, 주변을 살피다 조금 거리를 두고 여화를 따라가는.

S#31. 운종가, 인적 드문 골목 / D

여화, 뒤돌아 있고 수호, 여화 쪽으로 다가오는

수호   낮에 왜 혼자 다니시는 겁니까.
여화   (수호 쪽으로 몸 돌리며 장옷을 내리는데 머리 한쪽이 삐죽 빠져 있다)
수호   (피식 웃는) 그 차림으로도 싸움을 하십니까?
여화   할 뻔은 했습니다.
수호   (손가락으로 자기 갓을 가리키며 여화의 머리카락이 빠져나와 있는 걸 알
          려주려) 여기, 머리가-
여화   (훅! 수호에게 한발 가까이 다가가 자신 손을 수호 갓 쪽으로 가져가며) 여

기, 왜요?

수호   거기 말고, 여기 (하며 한발 가까이 다가가 빠져나온 여화의 머리카락을 손가락으로 살짝 건드리면)

여화, 놀라서 수호 머리 쪽에 손을 뻗은 채, 수호를 올려다보고 그대로 얼음!
수호도 손가락을 여화의 머리에 댄 채 그대로 얼음!
코앞에서 눈이 마주친 찰나의 정적, 둘 다 숨을 멈추는

수호   (큼큼, 떨어지며 숨을 내쉬다 괜히) 꼭 머리채 잡고 싸운 사람 같소.

여화   (여화도 그제야 숨을 쉬고 자기 머리를 만지며) 검을 잡지, 머리채는 안 잡습니다. (자신의 머리를 매만지는)

수호   (머리를 매만지고 있는 여화 보다가 화제를 돌리며) 왜 이리 불렀습니까.

여화   아. (툭! 던지는) 호판대감 사건은 어찌 되고 있습니까?

수호   날 부른 이유가 그것 때문입니까? (괜히 서운하고) 그 일엔 관심 두지 말라 했는데.

여화   그러려고 했는데 (하다) 얼마 전, 호판부인이 하신 말씀이... (하다) 아닙니다.

수호   (약이 오르는) 그게 뭡니까.

여화   (너도 궁금하지?) 제게 뭔가 의도적으로 알려주려는 것 같아 보여서요.

수호   (!!! 보면)

여화   (놀리는) 아닙니다. 수사는 종사관 나리가 하는 거라셨지요?

수호   부인께서 말하고자 하는 게 뭡니까.

여화   아녀자인 제가 알아낸 것이 뭐 얼마나 대단하겠습니까만, 요새 부쩍 저를 찾아 이런저런 이야기를 해주시는데... (수호 힐끗) 나리에게 도움이 꽤 될 듯한 이야기들도 있지 않겠습니까?

수호	(단호한) 위험한 일에 연루되어선 안 된다는 제 입장은 변함이 없습니다. 아무래도 그분과 거리를 두시는 것이 좋을 듯합니다.
여화	(뭔가 있구나!) 호판부인과 지내는 게 위험한 일인가요? 설마, 그분이 진범이라도 됩니까?
수호	(흠칫!)
여화	(걸렸다) 저 또한 무슨 일인지 자세히 말씀해주지 않는다면 아무것도 말씀드릴 수 없습니다.
수호	(보면)
여화	생각해보시지요. (돌아서는데)
수호	... 대체 내가 어찌해야 합니까.

여화, 멈칫. 잠시 생각하다 아무 대답하지 않고 걸어가고
수호, 가는 여화의 뒷모습을 한참 바라보는 데서.

S#32. 호판댁, 안채 방 안 / D

소복 입은 난경, 필직과 마주 앉아 있다.

난경	(묘한 미소) 좌상대감 며느리가 과연 어찌할지 궁금하구나.
필직	도대체 왜 이러십니까? 청나라든 어디든 떠나서 살길을 찾으셔야지 왜 자꾸 일을 크게 만드시냔 말입니다. 어르신이 정말 화가 나시면, 우리 둘 다 무사할 성싶습니까?
난경	왜? 죽는 게 두려우냐? (필직을 보던 시선 돌려 허공을 보며 흐릿하게 미소 지으며) 하나를 숨기려면 결국 백 가지를 감춰야, 그 하나를 간신히 숨길 수 있더구나.
필직	(무슨 말인가 싶은)
난경	근데 백 가지를 감추느라 힘들게 살다 보니, 내가 진짜 숨기려

	했던 그 하나가... 뭐였는지가 이젠 생각이 안 난단 말이지.
필직	지금 그런 태평한 소리 할 때가 아닙니다.
난경	그 하나가... 네가 내 어미가 몰래 낳은 자식이라는 걸까? 아니면... 내가 개차반 같은 지아비를 죽인 걸까? (시선, 필직 향하며) 그것도 아니면... 선왕을 죽인 걸까?
필직	(화들짝 놀란 얼굴로 목소리 낮추며) 미치셨습니까?
난경	(낮은 목소리로 중얼거리듯) 고작- 그런 것들을 감추려고 내 그리 고단히 살았다니...

중얼거리는 난경의 모습을 보고 오싹해하는 필직의 시선에서.

S#33. 좌상댁, 안채 마당 / D

재이와 봉말댁의 부축을 받고 금옥이 들어온다.
별채 쪽에서 여화 걸어와 꾸벅 인사하려는데 금옥의 상태가 심상치 않아 보이고

여화	(놀라) 어머님, 무슨 일 있으셨습니까?
재이	(여화를 째려보다 툭- 치고 지나가며) 비켜.
금옥	(힘없이) 들어가자.

여화, 부축 받아 들어가는 금옥을 보며 무슨 일이지? 걱정 가득한 표정에서.

S#34. 좌상댁, 안채 전경 / N

지성, 방 안으로 들어오면 금옥, 보료에 누워 있다.
지성, 다가와 다정하게 금옥의 옆에 앉으면,
힘겹게 일어나려는 금옥의 어깨를 잡아 다시 눕혀주며

지성　　　(걱정스레) 그냥 누워 계세요. 거리에서 쓰러졌다 들었습니다.
　　　　　어찌 된 일입니까?

금옥　　　(차마 말 못하고 몸을 돌려 등을 지고 누우며) 별일 아닙니다.

지성　　　(안타까운) 부인, 대체 무슨 일 때문인지 말을 해보세요.

금옥　　　그것이... 우리 정이가... (하는데 눈물 주르륵 흐르고)

지성　　　... 또 정이 생각이 난 겁니까?

금옥　　　우리 정이가 너무 보고 싶습니다. (목이 메이는)

지성　　　(금옥의 흐느끼는 어깨를 잡아주며) 나도 그렇습니다. 보고 싶지요.
　　　　　그래도 이리 슬퍼하면 부인의 몸이 상합니다. 정이도 부인이 힘
　　　　　든 것을 바라진 않을 겁니다.

금옥　　　(진정하려 애쓰며) 그때 좋아한다던 그 아이와 그냥 혼인을 시
　　　　　킬 것을- 아니, 애초에 청나라로 유랑을 보내지 말았어야 했는
　　　　　데.... 그리 갑자기 다시는 보지 못하게 될 것을 알았다면, (다시 울
　　　　　먹이는) 마지막으로 집을 나서던 날 아침에, 좋아하던 토란국이
　　　　　라도 먹여 보냈을 텐데...

지성　　　.... 몸이 피곤해 더 맘이 약해진 듯합니다. 내일 나가서 몸에 좋은-

금옥(O.L)　(벌떡 일어나 지성 옷깃 잡으며) 대감! 다시 한 번만 그 아이를 찾아
　　　　　봐주시면 안 됩니까? 하다못해 시신이라도 찾았으면, 제가 이
　　　　　리 원통하지는 않을 겁니다. 산길에서 비명횡사라니요. 그럴 리
　　　　　가 없습니다. 혹시 구사일생으로 어딘가에 살아 있을 수도...

지성　　　(단호하게) 부인!! 내 수차례 확인해본 걸 부인도 알지 않습니까.

금옥　　　(맥이 빠지며) 오늘 운종가에 나갔다, 우리 정이와 똑닮은 사람

을 보았습니다. 어깨며, 등이며, 걸음걸이까지 어찌나 똑같던
지, 얼핏 본 얼굴까지도 우리 정이 같아서...

지성(O.L)   (얼굴 경직되며 말도 조금 차가워지고) 우리 정이일 리가 없소.

금옥   예, 압니다. 알지요. 그걸 제가 왜 모르겠습니까. 귀신이라도 좋
으니, 한 번만이라도 보고 싶어서... 괜찮다 그러고 살다가도 이
리 숨도 쉬지 못하게 보고 싶은 날이 있어 그럽니다. (눈물로 목이
메어 말을 잇지 못하는)

결국 대성통곡을 하는 금옥을 조용히 안아주며 등을 다독이는
지성.
알 수 없는 표정으로 변해가는.

S#36.   좌상댁, 대문 앞 / N

석정, 대문 앞에서 서성이고 있다.

석정   어머니...

들어가려다 멈칫하는.

플래시백

S#36-1. 좌상댁, 사랑채 방 안 / N
촛불 아래 지성의 얼굴이 분노로 일렁거리고 있다.
마주 앉아 있는 석정도 전혀 물러설 기미가 없는 표정인데...

지성   수백 년을 쌓아온 가문의 명예를 네 놈이 감히 한순간에 무너
뜨려?

석정	아버지가 뭐라 하시든 전 그 여인과 혼인할 겁니다.
지성	내 눈에 흙이 들어가기 전엔, 파란 눈의 계집을 이 집안의 맏며느리로 들일 순 없다.
석정	아버지 며느리 아니고 제 부인입니다! 저와 함께 살 사람이니 더 이상 관여하지 마십시오! *(일어나면)*
지성	*(분노하며)* 정 그리하겠다면 당장 이 집을 나가 다시는 돌아오지 말거라!
석정	제 발로는 절대 돌아오지 않을 테니 걱정 안 하셔도 됩니다!
지성	마음대로 하거라. 허나 네 놈 하나 때문에, 온 집안이 풍비박산 나도록 둘 순 없다. 이젠 네 놈은 내게 죽은 자식이니... *(서늘하게)* 다시 돌아온다면, 그땐 내 손으로 널 없앨 것이다.
석정	*(낮은 탄식 내뱉으며)* 아버지라면 충분히 그러시고도 남을 분이지요.

석정, 뒤도 돌아보지 않고 나가는 데서.

현재

석정 결국 들어가지 못하고 다시 돌아서는.
한숨 한 번 크게 들이쉬고 다시 뒤도는데 !!! 갑자기 대문이 열려 화들짝 놀라 도망간다.
멀리서 보면 문단속하던 하인1, 그런 석정을 무심히 보다 문을 걸어 잠그는.

S#37. 좌상댁, 안채 마당 / N

지성, 마당으로 나오면 여화, 안채 마당 앞에 서 있다.

여화	어머님께서는 좀 어떠신지요?
지성	아들이 그리운 어미 마음이 무슨 말로 위로가 되겠느냐.
여화	(아.. 그래서였구나) 송구합니다.
지성	(헛헛하게 웃다, 여화 보는) 요즘, 호판댁부인과 가까이 지낸다고?
여화	예, 가끔 불러주시어 말벗을 해드리고 있습니다.
지성	그래, 기특하구나. 허나... 호판부인과는 자주 왕래하지 않는 것이 좋겠다.
여화	...
지성	호판부인을 백성들은 살아 있는 내훈이라 칭한다지? 그런 사람이 지아비를 잃고도 사사로운 정을 나누며 지내는 것이 세간에 알려지면 좋을 것이 없지 않겠느냐. (서늘해지며) 더욱이, 너는 여묘살이도 가지 않았는데, 괜한 구설에 오를까 염려가 되는구나.
여화	예, 아버님. 제가 생각이 짧았습니다.
지성	그래, 그럼 들어가 쉬거라.
여화	저... 아버님.
지성	(?) 무슨 할 말이 있느냐.
여화	송구하오나, 저희 오라버니에 대해.. 아직 아무 소식이 없는지 궁금하여..
지성	미안하다. 내 백방으로 수소문을 해보지만 아무것도 찾을 수가 없구나.
여화	혹... 그날 궐 안 금군들에게 무슨 일이 있었던 건 아닐까요?
지성	...!! 그게 무슨 말이냐? 무슨 이야기라도 들은 것이냐?
여화	아닙니다. 집에는 아무 소식도 없었으니... 궐에서 무슨 일이 있었던 게 아닐까 하는 생각이 들어-
지성(O.L)	내 궐 안에서 네 오라비가 사라진 행적에 대해선 상세히 알아봤다 하지 않았느냐. 평소와 다름없이 일을 마치고 궐을 나간 후 소식이 끊어졌다 했다.

여화	예, 시집온 해에 아버님이 이미 그리 말씀해주셨지요. 헌데... 세월이 지나고 보니 오라버니가 그저 평범한 금군이었을까 하는 생각이 들었습니다.
지성	(움찔하고) 금군이 금군이지 그 무슨 해괴한 말이냐.
여화	번이 아닌 날에도 등청을 하는 일이 잦았고, 오라버니를 뵈러 몇 번이나 금군청을 찾았지만 뵙지 못한 날이 더 많았습니다. 또 한밤중 갑작스럽게 부름을 받고-
지성(O.L)	네가 어려 잘 몰랐던 것일 게다. 네 오라비는 평범한 금군이었다.
여화	......
지성	더 할 말이 있느냐.
여화	송구합니다. 제가 괜한 생각을 한 듯합니다.
지성	늦었다. 이만 들어가거라.
여화	예, 아버님.

지성, 사랑채로 걸어가고. 그런 지성을 바라보는 여화의 복잡한 표정에서.

S#38. 여화의 별채, 방 안 / N

여화, 골똘히 생각에 잠겨 있고 그 옆에 연선이 앉아 옷을 개고 있다.

여화	정말... 아버님이 뭔가를 숨기고 계신 걸까?
연선	호판부인 말을 어찌 믿습니까? (하다) 호판대감이 돌아가신 것도 어쩌면 그 부인이 한 일일 수 있다면서요.
여화	(보면)
연선	전 그분이야말로 숨기는 게 많으신 분 같습니다!

여화	만약 그분이 호판대감을 죽였다 해도 그런 개차반 같은 지아비와 살았던 세월을 우리가 다 모르지 않느냐. (하다) 그 구구절절한 사연은 숨길 수 있다 치지만 내게 오라버니 얘기를 굳이 거짓으로 꾸며 전할 이유는 없겠지.
연선	...그럼 대감 마님이 아씨 오라버니 얘길 숨기고 계시다는 거예요?
여화	(골똘히 생각하다) 나랏일일 테니 말 못할 사정이 있으셨지 않겠느냐. (하다, 윤학이 남긴 쪽지를 펼치며) 여튼, 갑자기 오라버니에 관한 일들이 나타나기 시작한 이유가 뭘까...
연선	(보면)
여화	분명한 건... 오라버니의 실종이 아주 중요한 일과 관련되어 있다는 거야.
연선	(걱정스러운) 그 쪽지를 보낸 자가 위험한 자면 어쩝니까?
여화	(피식 웃으며) 좌상댁 며느리가 얼마나 위험한 사람인지 모르는 사람일 거다.
연선	종사관 나리한테는 아무 말씀 안 하실 겁니까?

여화, 수호가 떠오른. 그 위로-

수호(E)	대체 내가 어찌해야 합니까.

여화	생각해보라 했으니 답을 얘기해주겠지. (일어나며) 대행수를 만나고 와야겠다.
연선	(걱정 어린) 조심하세요.
여화	(미소) 걱정 말거라.

S#39. 좌상댁, 사랑채 방 안 / N

촛불이 켜진 방 안, 서안 앞에서 복잡한 심경인 지성의 얼굴.
서안 서랍을 열고, 자물쇠로 채워진 상자 하나 꺼낸다.
자물쇠를 열고 상자를 열면, 어패(御佩)가 나오는

플래시백

S#39-1. 숲속 일각 / D

⟨자막 - 여화 혼인 후 6개월 후⟩

인적 드문 숲속, 땅바닥에 피를 흘리며 죽어가는 성후.
그 앞엔 필직과 만식, 그리고 한 팔 정도의 거리를 두고 석지성
이 서 있다.
필직, 손에 교지와 옥 어패를 들고 있는.
지성, 천천히 다가와 쓰러져 있는 성후를 내려다보며

지성	어리석은 놈! 1년 전 순순히 교지와 어패를 미리 내놓았으면 네 누이의 팔자가 그리 꼬이지는 않았을 것 아니냐.
성후	(눈은 분노로 감지 못한 채, 입에서 꿀렁꿀렁 피를 게워내는)
지성	이제 편히 눈을 감거라. 평생 오라비를 그리워할 네 누이는, 내 가 잘 위로해주마.

필직, 교지와 어패를 건네면, 지성, 그걸 받아 들고 숲을 빠져나
가고.
그런 지성의 뒷모습을 바라보며 죽어가는 성후의 시선에서.

현재

지성, 어패를 들고 생각에 잠겼다 일어나는 데서.

S#40.   좌상댁, 사당 안 / N

사당 안으로 들어오는 여화. 잠시 생각에 빠져 있다.

INSERT

3부 S#6 어두운 표정의 성후.
"급한 일이 생겨 궐에 들어가니 며칠간 집에 못 올 거다."

여화, 나무판자를 들춰보면 검은 비단포에 쌓인 여화의 창포검
이 놓여 있고.
여화, 굳은 결심을 하고 창포검을 꺼내 마룻바닥을 닫는 데서.

S#41.   좌상댁, 사당 앞 / N

끼이익, 사당 문이 열리고 복면을 쓴 여화, 주변을 두리번거리
다 후다닥 달려 나가는.

S#42.   좌상댁, 사랑채 마당 / N

여화, 달려가는데 !!! 멀리 지성이 사랑채에서 나오는 모습을 본
다. !!
지성, 동행도 없이 홀로 대문 앞을 나서는데 여화, 뭔가 느낌이
이상한.
지성의 뒷모습을 바라보다 몰래 뒤따라가는 데서.

S#43.   인적 드문 정자 / N

화려한 복색의 난경, 정자에 서서 어둠을 응시하고 있다.

그때 저편 어둠 속에서 나타난 지성, 굳은 표정으로 난경을 바라보며 정자로 올라오면
난경, 지성을 보자 장옷을 내리고 예를 표한다.

난경   이런 정취 있는 정자에서 대감을 뵈옵는데, 차라도 한잔 올리지 못해 아쉽기 그지없습니다.

지성   자네가 참으로 당돌한 사람인 줄은 알았네만, 지아비를 잃은 여인이 그런 복색을 하고 나오다니...

난경   소복만 입기 너무 지루해서 말입니다. (미소 지으며) 예전에는 이런 당돌함을 마음에 꼭 들어 하셨던 걸로 기억합니다만..

지성   (서늘하게) 조용히 떠나라- 좋게 일렀건만, 기어이 남아 일을 더 번거롭게 만들기로 작정한 것인가?

난경   고작 며느님께 오라비 걱정 몇 마디 건넨 것뿐인데... 많이 번거로우셨나 봅니다.

S#44.   정자 일각 / N

여화, 정자 일각으로 다가오면 저 멀리 지성과
얼굴이 잘 보이지 않는 여인의 옆모습이 보이지만 더 가까이 다가가지 못하고

여화   ... 누구지?

S#45.   인적 드문 정자 / N

지성   설마 끝내 무사할 거라 믿는 건 아니겠지.

난경   (태연하게) 무사할 수 없다면, 죽으면 그뿐이지요. 허나- (서늘하

게 지성 보며) 아무리 생각해도, 15년 전 제 공이 적지 않은데, 혼
자 죽긴 너무 억울해서 말입니다.

지성 그 공 하나로 지난 세월 호판부인으로 살았던 건 잊었는가.

난경 대감께서는 그 일로 천하를 손안에 넣으셨는데, 저는 고작 호판
부인이라- 곰곰이 생각해보니 너무 셈이 맞지 않아서요.

지성 옛말에 사마귀 주제에 수레바퀴를 막아선다더니,* 감히 자네
따위가 날 막아서!!

난경 감히 제가 어찌 막아서겠습니까. 그저 이렇게 허망하게 끝내진
않겠다 말씀드려보는 게지요.

지성 (서늘한 눈빛으로) 남은 여생 편히 살길을 내 분명 알려줬건만...
자네도 호판처럼 끝이 곱진 않을 것 같네.

지성, 난경을 가소롭다는 듯 바라보다 내려가고.

S#46. 인적이 드문 정자. 앞 / N

여화, 지성이 내려오자 급히 몸을 숨기고 보면
돌아선 여인의 모습. 난경이다.!!
난경, 지성을 따라 한두 걸음 내려오자 날카로운 난경의 목소리
가 들린다.

난경 며느님이 아주 영민하시더군요.

지성 (휙- 돌아보면)

난경 그저 제 집에서, 해오던 일을 하며 무탈하게 지내기만 하면, 영
민한 며느님과 그 오라비 얘기를 더 할 일이 없지 않겠습니까.

지성 (웃으며) 고작 그런 것이 겁박이 된다 여기다니, 참으로 천박해

*   螳螂窺蟬(당랑거철)

졌구나.

지성, 돌아서 가면 이게 무슨 소리지? 놀란 여화.
가는 지성과 그 자리에 서 있는 난경을 바라보며 혼란스러운 표정.

S#47.   인적 드문 거리 / N

금위영으로 걸어오던 수호, 멈칫! 천천히 걸음을 늦춘다.
보면, 사사삭- 수호의 뒤를 따라오던 살수 무리 서넛의 그림자.
수호, 그들의 움직임을 눈치채고 천천히 걸음을 옮기며 검집에
손을 갖다 대는.
이때!! 턱! 수호의 어깨를 잡아 옷을 내리려는 손. !!!
수호, 순간적으로 몸을 획- 돌리고 보면 얼굴을 가린 살수 하나!
얼굴을 가린 필직이다.
밀쳐내며 수호, 날렵하게 검집으로 타악! 막아내는데
수호 주변을 에워싸는 살수 서넛, 천천히 수호 곁으로 다가온다. !!!
수호, 천천히 뒷걸음질하며 각을 재는데 수호에게 덤비는 살수
무리!
타악! 타악! 검집으로 살수들의 칼을 쳐내던 수호, 필직의 검을
쳐내면
챙그랑! 바닥에 떨어지는 칼!
이때 자신의 허리춤에 찼던 백정 칼을 꺼내 수호에게 달려드는!
필직의 몸놀림에 순간적으로 어지러운 수호.

수호(E)   ... 뭐지? 이 익숙한 느낌은...

살수들 순간 휘청하는 수호에게 칼을 휘두르면

수호, 몸을 뱅글 돌려 공격을 다시 막아내고. 필직이 확 밀리면서 순간!

INSERT
2부 #47-1 수호의 옛집 마당.
허공을 가르며 어린수호의 등을 깊이 베는 칼날!

이상한 기시감에 머리가 어지러운 수호.
필직, 다시 한 번 칼을 휘두르는데 사악! 하고 수호의 왼쪽 팔뚝을 베고 !!
수호의 팔뚝에 피가 맺힌다. 윽! 수호, 몸을 구부리는데
다시 한 번 수호의 옷을 획- 낚아채는데 수호의 등에 선명하게 남아 있는 칼자국!!
임강의 아들이다!! 필직, 당황한 표정 스치다 이내 자신의 칼을 고쳐 잡고
수호를 향해 힘껏 내리치려는 순간!
어디선가 날아오는 돌!! 필직의 칼을 타악! 쳐낸다.
수호, 정신을 차리고 보면 저편 골목에 선 그림자, 복면 여화다.

여화   (으쓱, 혼잣말) 나 없었으면 어쩌실 뻔했습니까.

여화, 살수 무리 사이로 뛰어드는 !!
자신의 창포검을 꺼내 살수들과 맞서고 검을 뽑아 든 수호 또한 다시 일어나 맞서고!
서로 등을 맞대고 서서 눈앞의 살수들을 하나둘, 해치우는 !!
정신을 부여잡으며 가까스로 칼들을 쳐내 필직의 팔을 사악! 베어버리는 수호.

필직	윽!!! (주저앉는데)
수호	(검을 필직에게 겨누며) 대체 누구길래 나를 노리는 것이냐!

살수들, 놀라서 필직에게 달려가고 필직, 팔을 부여잡으면
서둘러서 필직을 데리고 급히 사라지는 살수 무리!
그들이 사라지자 가까스로 정신을 부여잡았던 수호, 순간 삐-
정신을 잃고 마는데 !!
옆에 있던 여화, 수호가 쓰러지자 놀라며

여화	나리이!!!

여화의 목소리가 꿀렁꿀렁, 어지럽게 들리더니 수호, 깊은 수면
으로 빠지게 되고.
화면, 점점 어두워지는.

S#48. 물레방앗간, 전경 / N

S#49. 물레방앗간 / N

수호, 천천히 눈을 떠 움직이려는데
옆에 앉아 눈을 감고 있던 여화, 수호의 기척에 눈을 뜬다. !!

여화	좀 어떠십니까. 괜찮으십니까?
수호	(몸을 일으켜 일어나며) 어떻게 된 거요.
여화	혼절하셨습니다.
수호	(끙, 인상을 찡그리는데)

여화	여기까지 끌고 오느라 죽을 뻔했습니다. (하다, 어색해 일부러 과하게) 언젠가 제게 빚질 일이 있다 분명히 말씀드렸지요? 고작 그 정도도 상대하지 못하면서 그렇게 큰소리치신 겁니까?
수호	... (여화 빤히 바라보다) 구해줘서... 고맙소.
여화	(진지한 수호 표정에 머쓱하고) 나리도 절 구해주시지 않으셨습니까. (하다) 어디에서 온 자들인지 아십니까?
수호	(고개 저으며) 내게 있는 흉터를 확인하려던 걸 보면 분명 날 아는 자들일 겁니다. (의미 있는)
여화	(보면)
수호	(별일 아닌 척) 부인의 비밀을 약점으로 쥐고 있으니 살려준 보답으로 내 비밀도 하나 알려드리지요.
여화	싫습니다!
수호	(보면)
여화	내 비밀도 버거운데 남의 비밀까지 알아 무엇합니까?
수호	(실망한) 그렇군요.
여화	(수호를 빤히 바라보다 등을 돌려 앉으며) 정 답답하시면 저를 그냥 벽이다- 생각하고 혼잣말이라도 하시든가요.
수호	(여화의 등을 바라보는)
여화	저도 종일 사당에 홀로 앉아 벽 보고 속 얘길 하는데 (고개 살짝 돌려 수호 보며) 나름 꽤 후련합니다.
수호	(피식 웃는)

잠깐의 정적이 흐르고 여화, 아무 말하지 않는 수호를 다시 보려고 뒤를 돌리는 순간!

수호(OFF)	난... 살아 있어서는 안 되는 사람입니다.
여화	!!!?

수호	따뜻했던 어머니, 아버지... 유모... 나를 아껴주던 식솔들이 눈앞에서 몰살을 당했습니다.
여화	(자기도 모르게 몸을 돌려 수호를 보면)
수호	그렇게 15년 전, 어느 날 아무런 예고도 없이... 그 핏더미 속에서 기어이 나만 살아남았지요.
여화	.... (수호를 바라보면)
수호	살아남은 것도 모자라 그날의 끔찍한 기억들이 온전하지 않습니다. (하다) 살아 있어 죄인은 나 같은 이를 두고 하는 말이지 않겠습니까.

INSERT

7부 S#1 여화의 말.
"살아 있는 것만으로도 죄인인 내가, 어떻게든 살고자 하는 것입니다."

여화	(당황해) 그 말은-
수호(O.L)	그러니 염려하지 않으셔도 됩니다.
여화	(보면)
수호	내가 부인의 비밀을 약점 삼기엔 그리 떳떳하지 못한 사람입니다. (하다, 일어나며) 먼저 나가보겠습니다. (하다) 오늘, 고마웠소.

수호, 먼저 일어나 물레방앗간을 나가고
여화, 아무 말 못하고 수호가 떠난 자리를 바라보는데. 그 위로-

수호(E)	살아 있어 죄인은 나 같은 이를 두고 하는 말이지 않겠습니까.
여화	(푸우, 한숨 쉬고) .. 괜히 들었어.

여화, 고개를 절레 젓다가 다시 멈추는 데서.

S#50.   물레방앗간, 앞 골목 / N

물레방앗간을 등지고 걷는 수호.
자신의 팔을 보면 여화의 패랭이 손수건이 묶여 있다.
손수건 매만지는 데서. F.O

S#51.   금위영, 집무실 안 / D

화면 밝아지면 사뭇 근엄한 표정의 치달, 홀로 목검을 닦고 있다.
그때 손에 약첩을 들고 들어오는 비찬, 치달을 보고 놀라 꾸벅
인사한다.

비찬   금위대장님!!

치달   (은근슬쩍 강조하는) 우리 박수호 종사관은 어디 있나?

비찬   (약첩 들어 보이며) 그게... 나리께서 고뿔이라도 걸리신 건지 도통
         몸이 안 좋으셔서-

치달(O.L) (호들갑스럽게) 뭐어?! 우리! 박수호 종사관이?! 지금 어디 있는가!

S#52.   금위영, 숙직 행각 안 / D

보료에 누워 뒤척이고 있는 수호. 몸을 일으켜 떠놓은 물을 마
시는데
문이 쾅! 열리면 치달이 들어오고 뒤에 비찬, 안절부절못하며
서 있다.

치달	(후다닥 들어오며) 많이 아픈가?
수호	금위대장님! (일어나려고 하면)
치달	몸도 안 좋은 사람이 그냥 누워 있게! (하다, 안쓰럽게 쳐다보며) 이리 아플 만큼 힘들었는가아?
수호	??? (보다) 괜찮습니다.
치달	괜찮긴! 얼굴이 반쪽이 됐구만. (하다) 원래 상사병이라는 것이 그렇네.
수호	(보면)
치달	힘들지. 암- 힘들었을 게야. 내가 눈치 봐서 잘 얘기해볼 테니 걱정 말고 몸부터 추스르게나.
수호	(?) 무슨 말씀을 하시는 건지-
치달(O.L)	우리 사이에 부끄러워할 일이 뭐가 있는가! (하다, 비찬 보며) 청계천 준천*은 우리가 알아서 할 테니 오늘은 푹 쉬게-
비찬	제가요?

흡족한 표정의 치달, 비찬을 끌고 문을 탕! 닫고 나가고 얕은 한숨 쉬는 수호의 얼굴에서.

S#53.   여화의 별채, 방 안 / D

별채 안. 여화, 서안 앞에 놓인 쪽지를 바라보고 있다. 그 위로-

INSERT

8부 S#44 여화의 시선으로 보이는 지성과 난경의 모습. cut.
8부 S#46 지성의 말.
"고작 그런 것이 겁박이 된다 여기다니, 참으로 천박해졌구나."

* 물이 잘 흐르도록 개천 바닥을 깊이 파서 쳐냄.

여화   ... (혼잣말) 아버님이 아닌 것 같았어...

여화, 답답한 표정에서.

S#54.   좌상댁, 별채 마루 / D
방물장수할매, 가지고 온 장삿짐에서 꺼낸 여러 물건 늘어놓는다.
여화, 그 옆에 앉아 물건을 보고 있는

여화   (물건들을 보며) 예쁜 것들이 참 많은데...
방물장수   (참빗 하나 꺼내며) 이 참빗은 어떠십니까?
여화   (참빗을 바라보면)
방물장수   ... 드린 서책은 재미있으셨습니까?
여화   (놀라 방물장수를 바라보다 이내) 잘 읽었네. (하다) 잠시 기다리게.
           책을 곧 꺼내줄 테니. (일어나려고 하면)
방물장수   (참빗과 함께 쪽지 하나 건네며 낮은 목소리로) 이리로 나오시면 그 서
           책을 받을 분이 기다리고 계실 겁니다.

여화, 참빗과 쪽지를 받아 들며, 의미 있게 쪽지를 보는 시선에서.

S#55.   금위영, 전경 / N

S#56.   금위영, 숙직 행각 안 / N
덜컹!! 문을 열고 치달, 모락모락 김이 나는 백숙을 손에 들고 들
어오다 멈칫!

보면 잘 정돈된 이불. 아무도 없고.

치달   아픈 사람이 대체 어딜 간 거야?

치달, 두리번거리는 데서.

S#57.   한양 인근 한적한 기와집, 방 안 / N

윤학, 방 안으로 들어서면 발 뒤로 소복 차림의 여인(?)*이 앉아 있다.
윤학, 조용히 발 앞에 앉아

윤학   이리 만나 뵙자 청하여 송구합니다. 결례를 용서하십시오.

발 너머의 여인, 말없이 고개를 숙이면

윤학   한 가지 여쭙고자 합니다. 15년 전 궐 안 금군이었던 조성후의 누이이자, 좌의정대감의 맏며느님이신, 조가 여화 되시지요.
활유   (고개 끄덕)
윤학   혹, 오늘 이곳으로 나오신 일을 알고 있는 사람이 있습니까?
활유   (고개 도리도리)
윤학   좌상대감께도 말씀하지 않으셨는지요?
활유   (고개 도리도리)
윤학   오늘 일을 누구에게도 말하지 않으시겠다 약조해주실 수 있으십니까?
활유   (어찌해야 할지 몰라 가만히 있고)

*   소복을 입은 여인으로 분장한 활유입니다.

윤학	(계속 말이 없자, 뭔가 수상한) 부인, 이 일은 부인의 오라비 조성후의 생사와 관련된 아주 중요한 일입니다. (간곡하게) 약조해주실 수 있으신지요?
활유	(또 가만히, 왜 안 들어오시는 거야... 난감한)
윤학	(이상한 듯, 발 뒤의 활유를 응시하다) 부인께서 약조하실 수 없다면, 저도 더 이상 말씀드릴 수 없겠습니다.
활유	(침 꼴깍, 장옷을 더 여미는)

그래도 답이 없자 윤학, 발 쪽으로 몸을 기울이는 순간. !!
조용히 다가와 뒤에서 윤학의 목에 창포검을 겨누는 여화!

여화	(서늘하게) 넌 누구냐.
윤학	!!! (고개를 돌리려 하면)
여화	돌아보지 마라. (하다) 누군데 조성후를 찾는 것이냐.
윤학	나는 조성후의 누이와 할 얘기가 있어서 온 것이니...
여화	(칼을 조금 더 들이대고) 묻고자 하는 것이 무엇이냐.
윤학	(발 안쪽에 여인을 보고) 내 이자가 있는 곳에서 말해도 되겠습니까.
활유	(고개 끄덕끄덕)
윤학	나는 조성후가 남긴 물건을 찾고 있소.
여화	그것이 무엇이오.
윤학	그것은 말할 수 없소. 그자가 사라진 후 가족에게 남기거나 전한 소식이 없는지 알고 싶어 온 것이요.
여화	혹, 조성후가 어떤 연유로 사라졌는지... 알고 있는 것이냐.
윤학	....!! 그 연유를... 그쪽은 알고 있는 것이요?
여화	내 질문에 대답해!

이때! 여화의 목을 겨누는 검집! 수호다. !!!

수호   (건조하게) 물러서시오.

천천히 고개를 돌려 수호를 바라보는 여화. !!!
두 사람, 서로의 눈을 바라보며. 엔딩!!

S#58.   물레방앗간 안 / N

식은땀을 흘리며 의식을 잃은 수호를 눕히고는 갖고 있던 패랭
이 손수건으로
수호의 얼굴을 닦아주는 여화. 천천히 수호의 얼굴을 보는데...

수호   (의식을 잃은 상태에서) 아버지... 어머니..

여화, 화들짝 놀라 손수건을 떼려는데 여화의 손목을 타악! 잡
고 당기는 수호.
풀썩! 자기도 모르게 수호의 품에 안긴 여화, 어쩔 줄 몰라 한다.
흐느끼는 수호, 여화 멈칫하다가 이내 토닥토닥, 수호를 다독여
주는.
여화, 천천히 수호의 품에서 몸을 떼어내면 팔뚝에 베인 상처가
보인다.
얼른, 패랭이 손수건으로 수호의 팔뚝을 묶어주는 여화.

〈시간 경과〉
수호, 몸을 뒤척이며 눈을 뜬다. 여기가 어디지? 주변을 둘러보
는데

여화가 자신의 옆에 앉아 쪼그리고 자고 있다.

수호, 천천히 여화의 얼굴을 바라보는데 툭, 여화의 얼굴이 떨어지고.

자신의 어깨를 빌려주는 수호. 수호의 어깨에 기대 곤히 잠든 여화.

수호, 빤히 여화의 얼굴을 바라보다 다시 눈을 감는 데서. 엔딩.

九편

진실 혹은 거짓

S#1. 한적한 골목길 / N

화면 밝아지면 수호, 윤학을 따르고 있다.

수호 조성후란 자가 형님과 전하께서 찾으시던 자인가요?

윤학 확신할 순 없다. 선왕 전하가 금군으로 위장한 그림자 무사를 두고 있었던 것은 당시 세자였던 전하께서도 모르고 계셨으니...

수호 그럼 유일한 식솔이라는 누이도 전혀 모르지 않겠습니까.

윤학 그날의 일은 모르더라도 이후 행방이나 소식은 들었을 수도 있고 그 이후 남은 식솔에게 뭔가를 전했을 수도 있지 않겠느냐.

수호 만약, 조성후의 누이가 믿을 만한 자가 아니라면...

윤학 (걸음 멈추고 수호, 의미 있게 쳐다보는)

수호 (?? 왜 그러지? 윤학 보면)

윤학 (불쑥) 지난번에 내가 준 부채는 어디다 됐느냐?

수호 (갑자기? 하다 번쩍! 필 여각에서 잃어버린 게 생각난, 둘러대는) 아... 그것이... (하다) 숙직 행각에 두었습니다.

윤학 (어이없다는 표정으로 소매에서 부채 꺼내 건네주며) 이젠 내게 거짓말까지 하는구나.

수호 (부채 보고 놀라 당황하는 !!) 이걸 왜 형님께서...

윤학 (쯧쯧 하며 다시 걸어가다가 갑자기 획 돌아서 수호 보고) 내가 널 데려가는 게, 큰 실수가 아닌지 모르겠구나.

수호 ... 그게 무슨 말씀이십니까?

윤학 내가 그자의 누이를 만나는 동안, 넌 밖이나 잘 지키거라.

수호 (앞서가는 윤학을 당황한 얼굴로 뒤따르며) 형님, 그 부채는-

한양 인근, 한적한 기와집 앞 / N

하얀 장옷과 색장옷이 기와집 앞에 서 있다.
소복을 입은 활유와 색장옷을 뒤집어쓴 복면 여화.!!

활유   (소복 입은 자기 모습 보며) 아무리 그래도 이건 좀…
여화   나머진 내가 알아서 할 테니 넌 그냥 앉아만 있음 된다.
활유   눈이 있는 이상 금방 알아차릴 텐데… (하다) 아씨, 그냥 허심탄
       회하게 얘길 나눠보시지 그러세요.
여화   뒤가 구린 자니 은밀히 만나자 했겠지. (하다) 적당한 때를 봐서
       누군지 알아낼 테니 내가 나서면 놀라는 척 도망가는 거 잊지
       말고!
활유   (투지 활활) 예! 잘해보겠습니다!
여화   (주변 휘휘- 둘러보다가) 먼저 들어가 있거라.

       활유, 기와집 안으로 들어가고 여화, 기와집 주변을 둘러보는데
       여화가 사라지자 저 멀리 수호와 윤학이 걸어와 기와집 안으로
       들어가고.

S#3.   한양 인근, 한적한 기와집 마당 / N

마당으로 들어오는 수호와 윤학. 보면 방 안에 이미 불이 켜져
있다.
윤학, 수호에게 눈짓하면 수호, 고개 끄덕이고
윤학, 방 쪽으로 걸어가고 수호, 주변을 살피며 기와집 뒤쪽으
로 걸어가는.
수호, 집 뒤편으로 사라지면 마당으로 들어오는 복면 여화.
윤학이 방 안으로 들어가는 것을 보고

방 앞 마루에 자신이 걸치고 있던 장옷을 내려놓고 방문 앞으로 간다.

S#4.　　한양 인근. 한적한 기와집 방 안 / N (8부 S#57)
윤학과 활유, 발 사이를 두고 마주 앉아 있다.

윤학　　혹, 오늘 이곳으로 나오신 일을 알고 있는 사람이 있습니까?
활유　　(고개 도리도리)
윤학　　좌상대감께도 말씀하지 않으셨는지요?
활유　　(고개 도리도리)
윤학　　오늘 일을 누구에게도 발설치 않으시겠다 약조해주실 수 있으십니까?

S#5.　　한양 인근. 한적한 기와집 방 앞 / N
여화, 조금 열린 방문 틈으로 방 안에서의 대화를 듣고 있다.

윤학(E)　부인, 이 일은 부인의 오라비 조성후의 생사와 관련된 아주 중요한 일입니다. (간곡하게) 약조해주실 수 있으신지요?
여화　　!!! (문 안으로 살며시 들어간다)

S#6.　　한양 인근. 한적한 기와집 방 안 / N
윤학　　부인께서 약조하실 수 없다면, 저도 더 이상 말씀드릴 수 없겠습니다.
여화　　(윤학의 뒤에서 목에 칼을 겨누며 서늘하게) 넌 누구냐.

한양 인근, 한적한 기와집 마당 / N

수호, 뒷마당을 돌고 오는데!! 방 앞 마루에 못 보던 장옷이 놓여있다.

장옷을 들어보는데 방 안에서 큰 소리가 들리는!!!

여화(OFF) 내 질문에 대답해!!

수호   !!!

수호, 급히 방으로 뛰어 들어가는.

한양 인근, 한적한 기와집 방 안 / N

수호, 뛰어 들어와 여화의 목에 검집을 겨눈다.

수호   (건조하게) 물러서시오.

천천히 고개를 돌려 수호를 바라보는 여화.!! 허공에서 서로의 눈이 마주치고!!

여화   (놀라며) 나리...?

수호   (여화에게 겨눈 검집을 거두며) 부인...? 읍-!!

여화, 부인이라는 소리에 다급하게 수호의 입을 확 막고!

윤학, 그 둘을 의아하게 바라보다가 재빨리 칼을 쥔 여화의 손목을 잡아 휙! 꺾는데!!

놀란 수호, 순간 자기도 모르게 윤학을 타악! 밀고!!

윤학	(뒤로 확 밀리며 휘청) ????
수호	(???? 당황하며) 형님, 그게... 아니라...
여화	(그제야 윤학의 얼굴을 본 !!) 좌부승지... 나리...?
윤학	(여화를 보고) 나를 아시오?
여화	(순간 얼굴 푹 숙이고) 모르오!

| 활유(OFF) | (둔탁한 목소리) 어머나...!! |

활유, 장옷을 뒤집어쓰고 허리를 숙여 쿵.쿵.쿵. 밖으로 나가고
??? 여화, 수호, 윤학 커다란 소복이 지나가는 것을 보고 꿈벅꿈
벅. 방금 뭐가 지나갔나?

| 윤학 | (수호 보며) 방금 나간 여인이 좌상댁 며느님이 맞느냐. |

여화, 수호와 윤학 번갈아 바라보다가 밖으로 빠져나가려는데
윤학, 여화의 팔을 타악! 잡는다. !! 순간적으로 윤학의 팔을 꺾
는 여화.
수호, 여화에게서 윤학의 팔을 빼내지만 윤학을 잡아 여화를 못
잡게 하는 모양새고.
응? 윤학, 또 한 번 꿈벅꿈벅. 그사이, 재빨리 밖으로 빠져나가는
여화.
수호, 여화가 나간 쪽을 바라보는데 뒤통수가 어쩐지 시큰하다.
돌아보면

윤학	대체 무슨 짓이냐!
수호	(당황한) 형...님!!
윤학	(어이없는) 나를 붙잡을 게 아니라 저자를 잡았어야지!

수호	(잠시 생각하다) 사정이 있어 그러니 먼저 들어가 계시면 곧 찾아
	뵙겠습니다. (밖으로 나가는)
윤학	수호야!!! (하다, 혼잣말처럼 중얼) 나를... 밀었어... 분명...

S#9.   한적한 골목 / N

달려가던 여화, 모퉁이를 돌아 멈춰 선다.

숨을 헐떡이며 복면을 내리면, 혼란스러운 표정으로 온 길을 잠
시 돌아본다.

9부

진실 혹은 거짓

S#10.   명도각, 장소운 집무실 안 / N

여화, 무사복 차림 그대로 집무실 안을 초조하게 왔다 갔다 하고
소운, 탁자에 앉아 생각 중인데-

소운	그러게, 처음부터 대화를 잘 하셨음 됐을걸, 칼부터 꺼내셔서는-
여화	그러게, 첨부터 좌부승지요오- 했음 칼은 안 꺼냈죠.
소운	그나저나 대체 아씨 오라버니에게 무슨 일이 있었던 걸까요...?
	호판부인에 좌부승지까지-
여화(O.L)	아마... 종사관 나리가 이리로 올 겁니다. (하다) 오면 물어봐야지요.
소운	종사관에게 명도각 근처엔 얼씬도 하지 말라 했는데... (여화 슬

쩍 보고)

여화 (놀라) 예에? 왜요?

소운 아씨가 자꾸 종사관 나리랑 엮이시니 언젠가 큰일이라도 치르실까 걱정되어 그랬습니다. (하다) 아무리 그래도 아씬 수절 과부고 종사관 나리는 엄연히 건장한 사내인데-

여화 (화르르) 여기서 과부와 사내가 왜 나옵니까? 이 일은 제 오라버니와 연관된 일이고-

소운(O.L) 그러다 정분이라도 나면 어쩌려고 그러십니까? 용덕이와 백씨가- 읍-!!

여화 (소운의 입을 막으며) 진짜 미치셨습니까?

수호(OFF) (큼큼, 헛기침) 대행수, 안에 계십니까.

여화, 소운 !!!

여화, 소운 째려보고 소운, 민망한 듯 헛기침하고 문을 열어주면 문 앞에 수호가 서 있다.
수호, 소운에게 인사하고 소운도 예를 갖춰 인사하는

수호 (안에 있는 여화 보고) 잠시 부인과 할 얘기가 있는데... (소운 보면)

소운 그럼 말씀들 나누시지요. (나가려다 수호만 들리게) 제가 드린 말씀은 아직 유효하다 여겨주십시오.

수호 ...

소운, 밖으로 나가면 여화와 수호, 서로를 바라보는 시선에서.

S#11. 수호의 옛집, 앞 / N

필직, 고요함 속 아무도 없는 수호의 옛집 마당을 응시하고 있다.

그 뒤로 만식이 서 있고. 필직, 분노를 참는 표정 위로-

수호(E)   대체 누구길래 나를 노리는 것이냐!

8부 S#47 수호의 등에 선명한 칼자국.

필직, 인상을 구깃하며 돌아서서 가면. 만식, 얼른 필직의 뒤를
따르는.

S#12.   거리 / N
아무도 없는 조용한 거리. 필직과 만식이 빠른 걸음으로 걸어가
고 있다.

만식   이참에 싹 다 화근을 잘라버리시지요.
필직   어르신도, 그놈도 그 일에 대해 아무것도 모르는 눈친데- 어설
       프게 움직였단 긁어 부스럼만 생기지...
만식   일부러 모른척한 걸 수도 있잖습니까.
필직   (걸음 멈추고, 신경질적으로 만식 보며) 상황을 봐서 확실하게 없앨
       것이니 경솔하게 굴지 말거라.
만식   (말없이 고개 숙이는)

필직, 다시 걸어가는 데서.

S#13.   명도각, 장소운 집무실 안 / N

여화와 수호, 마주 앉아 있다.

여화　　지금, 좌부승지가 왜 저희 오라버니를 찾는지 말해주지 못하겠다는 겁니까?

수호　　그 부분에 대해선 제가 답을 드릴 수 없습니다.

여화　　그럼, 그만 돌아가시지요. 저도 더는 할 말이 없습니다. (일어나려 하면)

수호　　대행수가 그러더군요. 부인을 담장 안에 가둬 말라 죽게 할 셈이냐고.

여화　　...

수호　　부인을 말라 죽게 하고 싶진 않지만 그렇다고 위험해지는 건 싫었습니다. 하여, 아무것도 하지 않길 바랐고, 제가 어찌해야 할지 그 답을 몰라 헤맸습니다.

여화　　(수호 보며) 해서, 답을 찾으셨습니까?

수호　　그 답은 제가 찾는 것이 아니라 이미 정해져 있었나 봅니다. 왜하필 형님이 찾는 분이 부인인지... 어째서 돌고 돌아도 부인이 있는 건지. (여화 보며) 이제 와보니 부인과 제가 같은 운명에 놓여 있었지요.

여화　　!!!

수호　　본래 제 이름은 임현제입니다. 선왕 전하의 마지막 내금위장이었던 임강이 제 아버지입니다.

INSERT

8부 S#21 난경의 말.

"내금위장 일가가 몰살되고 금군도 몇 사라졌는데-"

여화　　... 그럼, 오라버니가 실종되던 날... 몰살당했다던...

수호	(고개 끄덕) 그 핏더미 속에서 죽어가던 저를 지금의 형님이 데려와 살리셨고 지금껏 제 부모가 누구인지 숨기며 살았습니다.
여화	(안타깝고) 도대체 무슨 일이 일어났던 겁니까.
수호	저와 형님은 그때의 진실을 쫓는 중입니다.
여화	(잠시 생각하다) 그렇다면... 좌부승지 나리를 다시 만나야겠군요.
수호	... 위험한 일일 겁니다.
여화	(수호 보며) 이제 제 걱정은 그만하시지요. (일부러 밝게) 좌부승지 나리보단 제가 쎕니다.
수호	(미소 짓고)
여화	... 꼭 찾아야지요. 제 오라버니도... 나리의 이름도...

미소 짓는 여화, 그런 여화를 바라보는 수호. 서로를 바라보는 시선에서. F.O

S#14.   윤학의 집, 전경 / D

S#15.   윤학의 집, 방안 / D

윤학, 옷도 갈아입지 않고 밤을 새운 듯 서안 앞에 정자세로 앉아 있다. 그 위로-

수호(E)   부인... 웁- !!

INSERT
9부 S#8 수호의 입을 막는 여화. *cut.*
9부 S#8 자신을 미는 수호. *cut.*

윤학	(찡그리는 표정)

INSERT

8부 S#20 놀란 눈으로 빤히 윤학을 바라보는 연선. cut.
"그게- 종사관 나리의 부채였어요?"

윤학	(혼잣말) 연선이 그 아이가 지키려고 했던... (하다, 번쩍!)

INSERT

6부 S#51 윤학의 앞에 앉아 있는 수호.
"그 증인이 포청에 신분을 밝힐 수 없는 사연이 있습니다." cut.

윤학	정체를 밝힐 수 없는... 복면을 쓴... 지켜줘야 하는... (번쩍) 부채의 주인!

S#16.   좌상댁, 사당 안 / D

여화, 창포검을 마룻바닥에 조심스럽게 넣고 있고 그 옆에 연선이 앉아 있다.

연선	좌부승지 나리가 찾고 있는 게 뭘까요?
여화	(창포검을 바라보며) 오라버니가 가진 무언가를 찾고 있다던데... (하다) 오라버니가 남긴 건 이 검 하나뿐이라...
연선	(창포검 보며) 그걸 찾는 건 아니겠죠?
여화	이 검으로 목까지 겨눴는데 이걸 찾았다면 못 알아봤을 리가 없지.
연선	그럼 대체 뭘 찾고 있는 걸까요?

여화	(다짐하듯) 그것이 무엇이든 반드시 내가 찾아내야겠지. (하다) 상상조차 못할 일을 겪은 사람도 있는데... (여화의 말 위로-)
수호(E)	그렇게 15년 전, 어느 날 아무런 예고도 없이... 그 핏더미 속에서 기어이 나만 살아남았지요. (8편 S#49)

여화, 건조하게 위패를 바라보는 데서.

S#17. 윤학의 집, 마당 / D

윤학의 집 마당을 가로지르는 수호.

S#18. 윤학의 집, 방 안 / D

윤학, 등청을 위해 의관을 정제하고 있는데 벌컥! 방문 열리며 수호가 들어온다.

윤학	(고개 돌리며 엄하게) 금방 온다더니 이제야 온 게냐.
수호	(급히 자리에 앉으며) 형님...
윤학	나는 밤새 널 기다리느라 한숨도 못 잤는데, 아예 내일 오지 그랬느냐.
수호	송구합니다. (하다) 너무 늦어 괜히 형님의 잠을 깨울까 싶어...
윤학(O.L)	(불쑥) 좌상댁 며느리가 복면이지?
수호	예?? (당황하며) 어찌 담장 밖도 못 나오는 좌상댁 며느님이 이리저리 도성을 막 휘젓고 다니는 복면일 리가 있습니까?! 절대 아님-
윤학	난 그냥 어제 그 복면이 좌상댁 며느리냐고 물은 것인데...
수호	...!!!!!

윤학	(걸렸다) 하긴, 한두 번 해본 솜씨는 아니었다.
수호	(헉) 형님...
윤학(O.L)	그리고 내 짐작엔, 네 부채도 그 부인이 가지고 있었던 게고...
수호	(놀라 침 꿀꺽)
윤학	왜? 좌상대감댁에 가서 확인이라도 해야겠느냐?
수호	(아무 말 못하고 잠시 있다) 그러실 필요 없습니다.
윤학	(보면)
수호	좌상댁 며느님이 형님을 다시 뵙고 싶어 합니다.
윤학	(그 말을 기다렸다는 듯 고개를 끄덕이고)

S#19. 좌상댁, 안채 방안 / D

금옥, 아픈 듯 머리에 띠를 두른 채 보료에 앉아 있고 그 옆에 놓인 죽 소반.
그 앞에 여화와 재이, 앉아 있다.

재이	(소반에서 죽을 떠 금옥의 입에 대주며) 한술만요, 어머니.
금옥	(손으로 수저 밀고, 한숨) 아무래도 정이가 계속 꿈에 나오는 게... 이 애밀 원망하는 것 같구나.
여화	(안쓰러운 듯 금옥 바라보면)
금옥	시신도 수습하지 못했으니 죽어서도 편치 않을 텐데... (눈물 글썽)
여화	(진심으로) 그런 말씀 마세요. 다 제 정성이 부족해 그렇습니다.
재이	(여화 보다) 탓할 사람은 따로 있는데 그게 왜 어머니 탓이에요.
금옥	(상 물리라는 듯 손짓) 내 절에 가 치성이라도 드려야겠다.
재이	절에 가시게요?
여화	제가 모시겠습니다.
금옥	아니다. 내가 집을 비우는데 너까지 비워서야 되겠느냐. (하다,

옆에 재이 보고) 재이와 다녀올 것이니 집에 있거라.

여화   (걱정스러운 얼굴로 금옥을 바라보는 데서)

S#20. **금위영, 집무실 안 / D**

수호, 집무실 안에서 열심히 서찰을 적고 있다.

이때 비찬이 쪼르르- 수호에게 다가오며

비찬   (뾰로통한 표정으로) 요즘, 많이 바쁘신가 봅니다.

수호   (서찰을 적으며) 무슨 말이 하고 싶은 게냐.

비찬   (툴툴) 나리께 하고 싶은 말이야 많죠오- 미담님을 위하는 일이
        라 그러더니! 명도각만 몇 번을 왔다 갔다 하게 하고!

수호(O.L) 비찬아.

비찬   (보면)

수호   (서찰을 내밀며, 누구보다 진지하게) 너의 미담님에게 전하거라.

비찬   (미담이라는 말에 번쩍! 서찰 비장하게 보면)

수호   명도각으로 가면 그 서찰을 전해줄 자가 있을 것이다.

비찬   (갑자기 비장미 뿜뿜!) 예! 임무 완수하겠습니다!

수호   그리고 (목소리 낮춰) 내 강필직을 다시 조사할 생각이다.

비찬   예에? (하다) 금위대장님이 근처엔 얼씬도 하지 말라셨잖아요오!

수호   그러니까, 너에게만 특별히 말해주는 것 아니냐.

비찬   (특별하다는 말에 헤죽) 그렇다면 또-

수호   일단 금위대장님은 내가 맡을 테니 너는 호판이 허가한 강필직
        상단의 거래 관련 자료들을 찾아놓거라.

비찬   (밀명을 받은 것처럼) 예! (급히 나가면)

수호, 그런 비찬을 바라보고 한숨 푹, 쉬는 데서.

S#21.   운종가 거리 / D

사람들 틈 사이로 여기저기 누군가를 찾는 듯한 봉말댁. 주변을 이리저리 살펴보는데
그러다 누군가를 급히 뒤쫓아가 세워놓고 보면 모르는 사람, 봉말댁을 이상하게 보고.
봉말댁, 다시 또 누군가를 급히 찾는

재이(E)   도대체 봉말댁은 어딜 간 거야?

S#22.   좌상댁, 안채 마당 / D

재이 나와서 하인에게 화를 내고 있다.

재이   아침 일찍 어딜 간지 아무도 모른단 말야?
하인   (어쩔 줄 몰라 우물쭈물하고)
재이   어머니 절에 가신다잖아! 누군가 채비를 해야 갈 것 아냐!!
하인   송구합니다.
금옥(OFF)   소란 피우지 말고 들어와 준비하거라.
재이   (금옥의 말에 하인 째려보다) 하여간, 다 맘에 안 들어!

           휙! 안채로 다시 들어가는 데서.

S#23.   명도각, 앞 / D

활유, 비찬에게서 서찰을 받는데 뒤에서 누가 툭툭, 활유를 친다. 보면 봉말댁이다.

봉말댁	(활유 어깨 툭툭 치며) 총각-
활유	(돌아보면)
봉말댁	혹시, 이 근처에서 음청 잘생기고, 키도 훤칠한 사내 못 봤는가?
활유	전데, 무슨 일로 그러십니까?

봉말댁과 비찬, 아래위로 활유를 쭈욱 훑어보고 봉말댁, 팽 하니 돌아서는데
마침 짐을 들고 명도각에서 나오던 석정, 봉말댁과 눈이 따악! 마주친다.!!

봉말댁	되련! 읍-!!

석정, 달려와 봉말댁의 입을 막고 골목 쪽으로 사라지고.
그 모습을 의아하게 보는 활유와 비찬, 긁적긁적하다 제 갈길 가는 데서.

S#24. 운종가 골목 / D

인적 없는 골목, 아이고오- 봉말댁, 쪼그리고 앉아 세상 떠나가라 엉엉 우는데

석정	(난감한 듯) 그만 울어-
봉말댁	(대성통곡) 이렇게나 살아 계신데에에- 되련님이 죽은 줄만 알고오오- (소맷자락 쿵! 코 한 번 훔치고)
석정	미안하네. (하다) 안 그래도 오늘쯤 가볼까, 내일은 가야지 하고 있었네.
봉말댁	대명천지에 우째 이런 일이이이- 이렇게나 멀쩡히 살아 계신데

에. 어찌 집으로 안 오시고 구천 떠도는 귀신마냥 돌아다니셨습니까아아아-

석정	봉말댁! 릴렉스! (고개 젓고) 진정! 자아- 숨 한 번 따라 쉬고오- 후우-
봉말댁	후우- (흐느끼며 후우- 호흡법 따라 하고)
석정	헌데, 봉말댁도 진짜로 내가 죽은 줄 알았어? 내가 죽었다고 알려진 게 아니고?
봉말댁	혼삿날 돌아가시고 시신도 못 찾아 마님이 1년 넘게 누워 계셨어요. 1년에 열두 번도 되련님 시신 찾겠다고. (훌쩍, 다시) 아이고 마니임!!
석정	(표정 굳으며) 그럼, 모두 내가 진짜 죽은 줄 알았다는 건데... 아버지가... 진짜 어머니에게 내가 죽었다, 그리 잔인하게 말했단 말인가.
봉말댁	(일어나 석정 끌며) 여기서 이러지 말고 어서 집으로 가셔요.
석정	(단호하게) 봉말댁, 지금 내가 돌아가면 일이 복잡해질 수 있어. 일이 해결되는 대로 돌아갈 테니, 그동안만 어머니를 부탁하네.
봉말댁	(훌쩍 보면)
석정	(달래며) 내 자네밖에 믿을 사람이 없지 않은가!
봉말댁	(고개 끄덕끄덕) 예예, 그럼요. 그건 걱정 마셔요.

복잡한 표정으로 봉말댁을 토닥이는 석정.

S#25. 궐, 이소의 방 안 / D

이소의 웃음소리가 들리고,
껄껄 웃는 이소를 당황스럽게 보는 윤학.

이소	(껄껄 웃으며) 재미있구나. 생각할수록 재미있지 않느냐.

윤학	(걱정스런) 전하...
이소	달 뜨는 밤이면 나타나, 가난하고 어려운 자들에게 도움을 준다는 그 기특한 자가.. 좌상댁 며느리라..
윤학	(보면)
이소	자네가 그 이야기를 해주었을 때, 백성들이 얼마나 고단하면 그런 허상까지 만들어냈을까.. 이 자리에 앉아 있는 것이 편치 않았는데-
윤학	(안타깝고) 송구하옵니다.
이소	(차가워지며) 사대부만을 위한 나라를 꿈꾸는 좌상에게, 백성을 위해 복면을 쓰는 며느리라... 좌상이 이 일을 알면 어찌할지, 참으로 궁금하구나.
윤학	(단단하게) 전하! 소신, 감히 전하의 오랜 벗으로 한 가지 소청을 드려도 되겠습니까?
이소	말해보거라.
윤학	당분간 좌상대감의 며느님 일은 제게 맡겨주시겠습니까.
이소	어째서?
윤학	그분을 걱정하는 사람들이 있습니다.
이소	혹시 그게 자네인가?
윤학	(정색하며) 아닙니다!! 저는, 그분을 걱정하는 사람들을 지켜주고자 합니다.
이소	걱정 말거라! 그자가 조성후의 누이인데, 당연히 우리가 지켜야지.
윤학	(한숨 돌린) 송구합니다, 전하.

안도하는 윤학을 보는 미소 띤 이소의 얼굴에서.

S#26.　좌상댁, 앞 / D

출타 준비를 끝낸 재이와 하인들이 나오고 있다. 그때 저 멀리서 급히 다다다- 달려와
아무렇지 않게 하인 둘 사이에 서는 봉말댁. 힐끔 하인들, 봉말댁 바라보고.
재이, 나오다가 봉말댁 바라보고 멈칫! 뭐라 한 마디 하려는데
지성이 금옥을 데리고 밖으로 나온다. 여화도 급히 뒤따라 나오고

금옥　　뭐 하러 번거롭게 배웅까지 해주시는 겁니까? 저 때문에 등청
　　　　이 늦어지겠습니다.
지성　　늦는다 이미 기별했소이다. 그리고 부인 지아비가 이 나라 좌의
　　　　정입니다. 소중한 부인이 먼 길을 나서 배웅하느라 쪼-금 늦는
　　　　다고 감히 누가 뭐라겠소.
재이　　(툴툴대며) 아버지는 매번 어머니만 챙기십니까?
지성　　너도 어머니를 각별히 챙겨야 할 것이다. (하다, 금옥에게) 집안일
　　　　은 아무 염려 마시고 푹 쉬고 오세요.
금옥　　잘 다녀올 테니 걱정 마세요.
지성　　(봉말댁과 하인들 향해 엄하게) 마님에게 한 치의 소홀함이 있어서
　　　　는 아니 될 것이다. 안전히 잘 모시고 다녀오거라.
봉말댁, 하인들　예!
여화　　(인사하며) 조심히 다녀오세요.

여화, 공손히 절하면 금옥과 재이, 대기해 있던 가마에 오르는.
금옥과 재이가 탄 가마 떠나면 지성, 애틋하게 바라보는 시선
순간 서늘해지며
골목 저편에 누군가를 바라본다.
카메라 틸업하면 골목 끝에서 떠나는 가마를 아련하게 바라보

고 있는 석정.

이내 지성과 눈이 마주치자 건조하게 바라보고.

지성, 석정을 바라보는 서늘한 시선을 거두고 대문 안으로 들어가면.

여화, 지성의 표정을 바라보다 이내 지성의 시선 따라가보지만 아무도 없다. 의아한.

S#27. 좌상댁, 마당 / D

마당으로 들어온 지성, 뒤따라 들어온 여화를 보며

지성   수고가 많았구나. 얼른 들어가 일 보거라.
여화   예, 아버님.

여화, 지성에게 예를 표하고 별채 쪽으로 걸어가면

지성, 근처에 서 있던 하인 하나를 손짓으로 부르는.

하인이 다가오면 조용히 뭔가를 지시한다.

S#28. 좌상댁, 별채 마당 / D

여화, 별채 마당으로 들어서면 연선 다가와

연선   아씨, 명도각에서 연통이 왔습니다.
여화   (반색하며) 그래? 바로 나가봐야겠다. (하다) 내 오늘은 종일 사당에서 치성을 드릴 것이라 하인들에게 일러놓고.
연선   예!
여화   어머님께서 안 계시니 찾으러 올라오진 않을 것이다.

지성을 향해 다가오는 하인과 그 뒤로 석정이 보인다.
하인, 지성에게 인사한 후 돌아서서 자리를 비켜주면.
석정이 지성에게 허리 숙이며 예를 갖춰 인사하고.
날 선 표정으로 석정을 바라보는 지성.

석정   오랜만에 뵙습니다.

지성   (잠시 석정을 보다 냉정하게) 어째 모습이 하나도 변하지 않았구나.

석정   아버진, 많이 늙으셨습니다.

지성   다시 돌아오면 어찌한다 했는지 잊었느냐.

석정   (건조하게) 돌아오지도 않았는데 이미 죽이시지 않으셨습니까.

지성   모두를 위해 가장 좋은 방도였다.

석정   ... 그 모두가 누구입니까.

지성   (서늘하게 보면)

석정   저를 죽은 자식 취급하셔도 아니, 지금 여기서 절 죽이신다 해
        도 괜찮습니다. (하다) 헌데, 어찌 어머니께 멀쩡히 살아 있는 아
        들을 죽었다 하신 겁니까! 그냥 죽었다 치고 살자 하셨어야지요!
        그 긴 세월 동안 어머니께서 얼마나 가슴이 아프셨겠습니까!

지성   (가소로운 듯) 적반하장도 유분수지. 부모를 버리고 간 자식이 가
        소롭게 부모 걱정을 해? (서늘하게) 죽은 자식으로 치라 했을 때
        다시 네 어미를 볼 수 있을 줄 알았더냐.

석정   ... 제가 잘못했습니다. (지성 보면)

지성   (고개 돌리며) 알았으면 돌아가거라. 다신 조선 땅을 밟을 생각도
        하지 말고...

석정   아니요, 잘못을 알았으니 이제라도 바로잡아야지요.

지성   !!

석정   저 때문에 과부로 살고 있는 여인과 어머니껜 제가 직접 잘못을

	빌 테니 아버지의 잘못은 아버지가 책임지십시오!
지성	(분노하며) 네 이놈!!
석정	어차피 한 번 죽은 목숨, 덤으로 산다 생각하고 열심히 죗값 치르며 살겠습니다.
지성	(서늘하게 노려보다가) 그래? 그렇다면 내일 당장 도성을 떠나거라.
석정	아버지!!
지성	그게 네가, 이 집안을 위해 죗값을 치를 수 있는 유일한 길이다. 너는 이미 죽은 사람이다. 죽은 사람이 살아나는 일은 없지. (하다) 네 어미에게서 자식을 두 번 잃게 하지 말거라.
석정	!!!

지성, 몸을 돌려 석정을 남겨두고 떠나면 석정, 참담한 표정으로 지성을 바라보는 데서.

S#30.　　명도각, 석정의 매대 / D

꽃님, 석정의 매대 앞에서 팔짱을 끼고 왔다 갔다 하는데
석정, 힘없이 터덜터덜 들어오는!!

꽃님	주씨후배님!
석정	(고개 들어 힘없이) 꽃선배! (하다) 어찌 나와 계십니까?
꽃님	해가 중천에 떴는데 아직 매대도 안 펴고 어딜 다녀오십니까. 이렇게 대충해서 어찌 먹고살 수 있겠습니까?
석정	(털썩 주저앉으며) 그러게 말입니다. 사는 게 참 어렵습니다.
꽃님	그럼, 사는 게 어렵지! 세상에 쉬운 일이 어딨습니까?
석정	(꽃님이 귀엽다는 듯 피식 웃으면)
꽃님	(물끄러미 보다가) 그래도 기운 내십시오! (주섬주섬 주머니에서 꽃

감을 하나 꺼내주고) 제가 아는 아씨는 담 밖을 보며 한숨 쉴 때 꽃
감을 드리면 기운이 나신다 했습니다.

석정   (꽃감을 입에 물고 오물오물) 맛있네요! 정말 기운이 납니다. (하다)
그 아씨도 세상 사는 게 어려웠나 봅니다.

꽃님   저는 어려서 잘 모르겠는데 과부는 담 밖을 나가면 안 된대요.
(한숨)

석정   (먹던 꽃감 켁! 목에 걸리고) 혹..시.. 그 아는 아씨가 좌상댁...

꽃님   (급히 쉿! 고개 끄덕) 제가 세상에서 젤루 좋아하는 분인데 별채에
혼자 앉아 계신 모습이 슬퍼 보여 속상했습니다.

INSERT

7부 S#48 여화의 뒷모습을 바라보는 석정의 시선.

석정   ... 그렇군요. (하다) 참으로 미안한 일입니다. (안쓰러운 표정 짓고)

꽃님   ???? 후배님이 왜 미안해합니까?

석정   아! 아닙니다. (하다) 꽃감 하나 더 없습니까? 진짜 맛있는데-

꽃님   (일어나) 이제 기운 났으면 어서 장사를 시작하세요.

석정   예! 꽃선배! (자신의 매대를 정리하는 데서)

여화(E)   강필직과 호판부인이 이부 남매란 말씀이십니까?

S#31.   명도각, 장소운 집무실 안 / D

여화, 소복에 색장옷을 걸치고 앉아 있고 소운, 맞은편에 앉아
있다.

소운   비밀에 부쳐달라 해서 아씨께 말씀드리지 못했는데...

여화	아니! 대행수는 지금 누구 편입니까?
소운	제가 보기엔 두 분이 같은 편이고 저만 다른 편인 듯한데요?
여화	(큼! 헛기침하고) 왕실의 외척인 호판부인 집안이 왜 염홍집 같은 자와 혼사를 정해야만 했었는지 궁금했는데... (말 멈추고) 결국 집안의 치부 때문에 그 수모를 모두 견디며 살았던 거군요...
소운	지금 호판부인을 측은해하시는 겁니까?
여화	아니요! 내 진작 알았으면 호판부인에게 그리 휘둘리진 않았을 겁니다. (하다) 대체 얼굴을 숨기고 사는 자들이 왜 이리 많은 겁니까?
소운	(피식 웃는) 아씨께서 하실 말씀은 아닌 듯한데요.
여화	(찌릿! 째려보다) 호판부인과 아버님에게 어떤 연이 있는지 혹, 알아볼 수 있겠습니까?
소운	(고개 저으며) 쉽지 않을 듯합니다. (하다) 강필직을 좀 더 알아볼까요? 만약 호판부인과 좌상대감 사이에 강필직도 연관이 있다면-
여화(O.L)	(씁쓸한) 아무리 제게 속인 것이 있다 해도 평생 이 나라를 위해 사신 분인데... 그런 천하의 몹쓸 자와 관련 있다고는 생각하고 싶지 않습니다.
소운	곧 종사관 나리가 오실 테니 더 들어보시지요.
여화	(고개 끄덕)
소운	(자리에서 일어나) 차를 좀 내오겠습니다.

소운, 밖으로 나가면 여화, 얕은 한숨을 쉬는 데서.

S#32. 명도각, 안채 마당 / D

석정, 두리번거리며 소운을 찾는다. 지나가던 활유에게

석정	대행수, 어디 계신가?
활유	아마 집무실에 계실 겁니다.
석정	땡큐! 고맙네!!
활유	(의아한) 땡... (응???)
석정	(th 발음으로) 때엥큐우- (하다) 고맙다는 뜻이네. (안채로 들어가면)
활유	(아, 이제 알았다) 때앵 큐우우- (피식 웃는 데서)

S#33.. 명도각, 장소운 집무실 안 + 복도 / D

여화, 집무실 안에 앉아 있는데

석정(OFF) 대행수! 안에 계시오?

!!! 낯선 사내의 목소리에 여화, 서둘러 걸치고 있던 색장옷을 쓰
고 일어나 문을 잡는데
석정, 여화가 문을 잡고 있어 문이 열리지 않는다. ???
열려는 자와 닫으려는 자, 둘이 서로 끙끙대다가
문이 열리며 여화와 석정 눈이 따악 마주치는데 !!
석정, 소운이 아님에 놀라 문을 놓고, 그 틈에 쾅! 다시 문을 닫는
여화.

석정(OFF)	미안합니다. (하다) 헌데, 우리 어디서 본 적 있지 않소?
여화	(문 앞에 서서, 단호히) 없습니다.
석정(OFF)	분명, 어디서 봤는데... (하다) 혹, 집이 어디시오? 길 가다 우연히라도 마주쳤을 법해서...
여화	집 없습니다.
석정	(응??? 당황하는데)

수호(OFF)	무슨 일입니까.

석정, 보면 복도 끝에 수호가 서 있다.

석정	아- (손 인사하고) 대행수를 만나러 왔는데 안에 다른 분이 계셔 서- 근데, 내가 분명 아는 얼굴이지 않소.
수호	(문을 열어보면 여화 서 있다, 급히 문 닫고) 모르는 얼굴이요.
석정	(응?) 아니, 내가 아는 얼굴이라 그러는데 왜 종사관이-
수호(O.L)	알 리가 없는 사람이니 대행수는 다른 데 가서 찾으시오. (석정 밀어내면)
석정	(번쩍!!) 아! 생각났다!
수호	(꿀꺽, 보면)
석정	(씨익 웃으며) 그쪽 정인!! 맞지?
여화, 수호	!!!!
수호	그런 거 아니니 제발 좀 가시오!
석정	오케이! (씨익 웃으며) 내 아름다운 연인을 위해, 사라져주겠소! (수호 귀에 대고) 좋은 시간 보내시오!
수호	(화르르)

S#34. 명도각. 장소운 집무실 안 / D

문을 열고 들어오는 수호. 색장옷을 뒤집어쓰고 있는 여화 보며

수호	(괜히 씩씩) 왜 이리 조심성이 없소! 그냥 얼굴도 다 내놓고 다니지.
여화	(수호 보고 색장옷 내리는) 전 저자가 이상하게 싫습니다. 하는 말 도 이상하고, 볼 때마다 기분이 쎄-한 게 악연이 분명합니다.
수호	저자는 무슨 죕니까. (하다) 저잔, 그저 부인이 내 정인이라 알고

있소.

여화	??? (보면)
수호	(큼, 헛기침하고) 아, 내 말은-
여화	그런 말 막 하시니 대행수가 이상한 소리를 하는 거 아닙니까.
수호	대행수가 무슨 이상한 소리. (번쩍!!)

플래시백

S#34-1. 명도각, 안채 복도 / N
9부 S#10의 상황-
수호, 복도를 걸어와 장소운 집무실 앞에 서는데

소윤(OFF)	그러다 정분이라도 나면 어쩌려고 그러십니까?! 용덕이와 백 씨가- 읍-!!--

현재

수호	(화르르 얼굴 붉어지면)
여화	(급 돌변해서) 그래서, 좌부승지는 같이 안 오셨습니까?
수호	지금 저와 세책방으로 가시면 됩니다.
여화	알겠습니다.
수호	그리고...
여화	(수호 보면)
수호	(난감한) 형님께서 부인의 정체를 알고 계십니다.
여화	... 눈치가 빠르신 분이군요. (하다) 그럴 수도 있을 거라 짐작했 습니다.
수호	그리고...
여화	또 있습니까?
수호	무슨 일이든... 부인을 먼저 생각해주십시오.

여화   (수호 바라보면)

수호   그럼 가시지요.

수호 나가면 여화, 수호가 나간 곳을 한참 바라보는.

S#35.   궐, 이소의 방안 / D

이소 앉아 있고, 지성 앞에 들어 있는

이소   호판 자리가 오래 비어 있는데 마땅한 사람을 아직 못 찾으신 겁니까?

지성   마땅한 인재를 두루 알아보고 있사오니, 곧 삼망(三望)* 을 올리겠습니다.

이소   그리 인재가 없다면... (해맑게) 박윤학은 어떠십니까?

지성   (서늘해지며) 지금 10여 년간 좌부승지로만 있었던 사람을, 호조판서에 쓰잔 말씀이십니까.

이소   (미소 지으며) 어떤 일이든 처음은 있는 법이니, 경륜이 높으신 좌상께서 잘 이끌어주시면 되지요.

지성   (잠시 말없이 이소 보다) 전하! 제가 왜 전하가 왕재라 생각했는 줄 아십니까?

이소   저도 늘 궁금했습니다. 어째서 그때 좌상은 내게 성군이 될 수 있다 말했는지...

지성   전하는 두려움을 알기 때문이었습니다. 어린 세자 시절, 스승이었던 제게 말씀하셨지요. 무거운 책임을 져야 하는 임금이 되기 무섭다고, 세자가 아니라 대군으로 태어났으면 더 좋았을 텐데- 하시며 말입니다.

* 벼슬아치를 발탁할 때 공정한 인사 행정을 위하여 세 사람의 후보자를 임금에게 추천하던 일.

이소	그랬던 기억이 납니다.
지성	저는 그런 전하가 좋았습니다. 위험한 꿈도 꾸지 않고, 어쩌다 작은 꿈이 생겨도, 그걸 이루려는 과욕을 부리지도 않는, 자신의 처지를 잘 아는 겸손한 전하가 말입니다.
이소	해서 절 보위에 올리신 겁니까? 분수를 알아서 말입니까?
지성	(서늘하게) 호조판서에 적합한 인물을 찾는 것은 소신이 할 일이옵니다. 전하가 할 수 있는 일과 해서는 안 될 일을 잘 구분하셔야 합니다. 그것이 겸손함의 근본이오니, 그 마음을 잃지 않는다면, 전하의 치세가 그리 짧진 않을 것이옵니다.

지성, 서늘한 표정으로 예를 표하고 나가려는데...

상선(OFF)	전하! 대비마마께서 드셨사옵니다.

방문 열리고 대비가 들어오면. 지성, 방을 나가려다 멈춰 고개를 숙이고.
대비 뒤로 따라 들어오는 이, 난경이다. 지성, 멈칫하며 난경 보면, 미소를 띤 난경, 지성을 외면한 채 고개 숙여 이소에게 예를 표하는

대비	(난경 보며) 그간 상심이 컸던 이 사람을 위로차 불렀습니다. 마침 정부인께서 좋은 차를 가지고 입궐했는데 좌상께서도 같이 자리를 하시지요.
지성	(고개 숙이며) 송구하오나, 소신은 급히 처결할 일이 있사온지라... 이만 물러나보겠습니다.
대비	아쉽습니다. (하다, 문득) 아! 정부인에게 좌상의 며느리 얘기를 종종 들었는데, 참으로 기특한 며느리를 두셨습니다.

지성	(멈칫) 정부인의 가르침이 큰 도움이 되었다 들었습니다.
대비	언제 한번 궐에 데리고 오세요. 내 직접 이야길 나눠보고 싶습니다.
지성	(표정 굳어지며) 예, 그리하겠습니다.

지성, 난경을 외면하며 서늘한 표정으로 방을 나가고
그 광경을 흥미롭게 보는 이소의 시선에서.

S#36. 세책방, 앞 / D

여화, 색장옷을 걸치고 세책방으로 들어가면
여화와 어느 정도 거리를 유지한 채 따라오던 수호, 세책방 안으로 들어간다.
그 둘을 멀리서 보고 있던 윤학, 걱정스러운 표정 짓고.

S#37. 세책방, 안 / D

여화와 수호, 세책방 안으로 들어오면 세책방 주인 다가와
여화를 밀실로 안내한다. 밀실 문이 열리면 여화, 잠시 당황하고
수호, 여화에게 괜찮다는 듯 고개 끄덕이면. 여화, 밀실로 들어간다.

S#38. 세책방, 밀실 안 / D

윤학, 들어오면 여화와 수호, 윤학에게 인사하고

여화	지난번엔 본의 아니게 결례가 많았습니다.

윤학	아닙니다. 아무 설명도 없이 뵙자고 한 제 잘못이지요. 그날 듣지 못한 답을 듣고자 합니다. 혹 부인의 오라비가 사라진 이후 한 번도 소식이 없었습니까?
여화	저는 그 답을 드리려고 온 것이 아닙니다.
윤학	?
여화	15년 전, 제 오라버니가 선왕의 밀명을 받고 사라졌다 들었습니다. 사실입니까?
윤학, 수호	!!!
윤학	그걸 어찌 아셨습니까?
여화	호판부인에게 들었습니다. (하다) 무슨 속셈으로 얘길 꺼낸 것인지는 모르나 아주 없는 말을 지어내진 않았겠지요.
윤학	(수호를 보고 잠시 고민하는데)
여화	15년 전, 내금위장 일가가 몰살되고 저희 오라버니가 사라지게 된 사건이 대체 무엇입니까.
윤학	이미 많은 것을 알고 계시군요. 어디까지.. 무엇을 더 알고 계신 겁니까.
여화	그날의 사건부터 말씀해주시지요.
윤학	그날... 선왕 전하께서 승하하셨습니다. 그리고... 저희는 선왕 전하께서 독살을 당했다 생각하고 있습니다.
여화	!!! 역모가 있었단 말입니까.
윤학	표면적으로는 아무 일도 일어나지 않았으니 그것이 역모인지 아닌지 아직은 아무것도 단정할 수 없습니다.
여화	(잠시 생각하고)
수호	선왕의 시해에 사용된 독이... 호판이 마신 독과 같은 것이었습니다.
여화	...!!!!
수호	(윤학에게) 부인에게 조성후 얘기를 했다는 것은 호판부인이 그

	모든 일을 이미 알고 있다 봐도 무방한 것 아닙니까?
윤학	아마도... 그런 듯하구나.
수호	(답답한) 도대체 정부인 뒤에 있는 자가 누구입니까.
윤학	(대답하지 못하고 여화를 보면)
여화	(윤학 보고)

INSERT

8부 S#46 지성과 난경이 만나는 모습.

여화	(윤학을 단단히 보며) 제게 하지 못하는 말씀이 있으시지요?
윤학	(살짝 당황하며 수호 한 번 보고 여화를 보면)
여화	(스스로에게 하는 말인 듯) 호판부인의 뒷배가 될 수 있고... 역모를 꾀할 수 있는 힘이 있고... 무엇보다 좌부승지영감이 여기서 제게 숨기고자 하는 이 모든 일의 배후가 누구인지...
윤학	(어쩔 수 없다) 맞습니다. 전하와 저는, 이 모든 일이 좌상대감이 벌인 일이라 믿고 있습니다.
수호	!!!
여화	(기운 빠지며 자신의 치맛자락을 꼭 잡고) 증좌가 있습니까...?
윤학	바로 부인께서 그 증좌 중 하나입니다.
여화	!!!
윤학	좌상댁에 비하면 한미한 부인의 가문에 아무 교분도 없던 좌상대감이, 왜 갑자기 혼담을 넣었다 생각하십니까.
여화	!!!
윤학	좌상대감은 선왕 전하의 밀명을 받은 자를 반드시 찾으셔야 했을 겁니다.
여화	아버님이... 나를 들인 연유가 제 오라버니 때문이었다는 겁니까.
윤학	그리 생각합니다.

여화	15년입니다. (하다) 15년을 부모로 따르며 살았습니다. 아직은 모든 일이 밝혀진 것이 아니지 않습니까.
윤학	당연히 쉽게 믿을 순 없는 일이겠지요.
여화	(당황스러운) 오늘은 이만 일어나겠습니다. (일어나는데 휘청)
수호	(여화를 잡으며) 괜찮으십니까.
여화	괜찮습니다. (꼿꼿하게 서서) 다시 연락드리겠습니다.

여화, 색장옷을 쓰고 밖으로 나가면,
그런 여화를 보는 수호와 수호를 보는 윤학.

S#39.   좌상댁, 전경 / N

S#40.   좌상댁, 사당 안 / N

사당 안에 멍하니 앉아 위패를 바라보는 여화, 그 위로-

어린여화(E)   아이고- 아이고-

플래시백

S#40-1. 좌상댁, 사당 안 / N (15년 전)
어린여화, 위패 앞에서 곡을 하고 있다. 똑바로 앉아 의미 없이
아이고- 아이고-
곡을 하는데 눈에는 눈물이 주르륵 흐르고

지성 *(E)*   들어가도 되겠느냐.

어린여화, 지성의 목소리에 후다닥 눈물을 훔치고 벌떡 일어나
는데
덜컹, 문이 열리고 지성이 사당 안으로 들어온다.

어린여화   (눈물 흘리며) 아버님! (고개 숙여 인사하면)
지성   (여화를 바라보다 위패 보며) 먼저 간 자식놈 때문에 네가 고생이
구나.
어린여화   (보며) 아닙니다.
지성   오라비가 많이 보고 싶은 게지.
어린여화   아버님... (하다, 울컥하면)
지성   내 백방으로 찾아보고 있으니, 혹 네게 따로 소식이 오거나 생
각나는 것이 있으면 말해다오.
어린여화   (고개 숙여 꾸벅 인사하며) 고맙습니다, 고맙습니다, 아버님...

CUT TO

다른 날 사당. 지성의 모습.

지성   아가, 오라비가 자주 가던 곳이 어딘지 아느냐. 찾는 데 도움이
될 것 같구나.

CUT TO

또 다른 날 사당.

지성   오라비가 따로 네게 남긴 것은 없느냐.
어린여화   급하게 나가서 아무것도 남기지 않았습니다.
지성   참으로 야속한 사람이구나... (하다) 걱정 말거라. 내 꼭 찾아주마.

지성의 따뜻한 미소 그 위로- *(8편 S#46 대사)*

난경(E)　　영민한 며느님과 그 오라비 얘기를 더 할 일이 없지 않겠습니까.

지성(E)　　(웃으며) 고작 그런 것이 겁박이 된다 여기다니, 참으로 천박해
　　　　　졌구나.

　　　　　현재

여화　　　(단단하게) 처음부터... 제 오라버니를 찾고 계셨던 겁니까..

　　　　　여화, 천천히 창포검을 꺼내보는 데서.

S#41.　인적 없는 정자 / N

　　　　　지성, 알 수 없는 표정으로 서 있고
　　　　　필직, 다가오다 지성을 발견하고 후다닥 뛰어와 고개 조아리는

필직　　　소인, 대감 마님이 벌써 와 계시는 줄도 모르고... 죽을죄를 졌습
　　　　　니다.

지성　　　개의치 마라. 내 생각할 것이 있어 일찍 나와 있었으니...

필직　　　(지성 눈치 보는)

지성　　　내가... 늙었다고 하더구나.

필직　　　(아부의 발끈) 감히 그런 불측한 소리를 입에 담는 자가 누구이옵
　　　　　니까? 소인이 당장-

지성(O.L)　(피식) 세월이 많이 흘렀는데, 너무 오래 매듭을 짓지 않고 있었
　　　　　어. 더 번거로워지기 전에 이만 정리를 해야겠다.

필직　　　(고개 들어 지성 보며) 명만 내려주십시오.

지성　　　아무래도 오씨부인은 지아비를 따라 자결해야 할 것 같구나.

필직	(깜짝 놀라 보는) 예?
지성	지체는 하늘과 땅 차이나 실은 너와 피를 나눈 누이 아니더냐. 살인범으로 옥사에 갇혀 구차한 죽음을 맞는 것보다 훨씬 나은 결말이니, 종국에는 네 누이를 위한 일이다.
필직	(당혹스런) 대감 마님, 소인에게 어찌 그런...
지성	보기 좋게 목을 매는 것도 괜찮고, 아예 시신도 수습하지 못하게 절벽에서 몸을 날려 자결하는 것도 나쁘진 않을 듯싶다.
필직	(놀라 마른침 꿀꺽 삼키는)
지성	어느 쪽이건 오래 시간을 끌지 말거라. 내, 나이가 들수록 참을성이 없어지니 말이다.

지성, 정자를 내려가고
필직, 고개를 조아리다 고개 들어 당혹스러운 표정 짓는 데서

수호(E)	왜 진작 말씀해주지 않으셨습니까!

S#42. 윤학의 집, 방 안 / N

수호, 윤학과 방 안에 마주 앉아 있다.

윤학	먼저 알았다면 네가 어찌했을 것이냐?
수호	좌상이 그 모든 일의 배후라면... 그날, 제 부모를 죽인 것도 좌상이지 않습니까!
윤학	그래, 그래서 너는 어찌했을 것이냐 말이다.
수호	그 앞에서 술잔을 받아 들진 않았겠지요.
윤학	그 자리에서 칼을 겨누고 부모의 원수를 갚았을 것이냐?
수호	(날 서게) 그리하면 안 되는 것입니까?

윤학	네가 좌상을 죽였다면, 어떤 진실도 밝혀지지 않은 채 너 또한 무사하지 못하고 허망하게 모든 일이 끝나고 말았을 게다.
수호	이미 15년 전에 죽은 목숨입니다.
윤학	주상 전하께서도!! 15년이란 긴 세월, 모든 치욕을 참아내며 잠잠히 때를 기다리셨다.
수호	...
윤학	좌상을 죽이는 것만이 목적이었다면, 애초에 이리 오래 걸릴 일도 아니었다.
수호	... 제가 무엇을 하면 됩니까?
윤학	좌상이 역모를 꾀한 증거, 분명 그것을 조성후가 가지고 있었을 게다.
수호	그것을 찾지 못한다면요?
윤학	어쩌면 다른 방도가 있을지도....
수호	혹... 좌상댁 며느님을 그 수로 두시는 것입니까!
윤학	그것은 내가 결정할 일이 아니다.
수호	형님.
윤학	..?
수호	(단호하게) 전, 그 누구도.. 이제 더 이상.. 제 곁에 있는 사람들이 다치지 않도록 할 겁니다.
윤학	그 부인이... 네게 그리 중요한 사람이냐.
수호	(잠시 생각하다) 그분이 위험해지지 않도록 제가 지킬 것입니다.

윤학, 수호를 보는 데서.

S#43. 여화의 별채, 담장 안 + 밖 / N

여화, 별채 마당을 걷고 있다. 생각에 잠겨 있는. 그 위로-

성후(E)	하지만 분명 네 힘으로 할 수 있는 일이 있을 게다. 그 일을 찾게 되면 기꺼이 해야 한다..
여화	(혼잣말) 기꺼이... 해야 되는 거겠지요, 오라버니...

그때!! 툭! 여화의 발밑으로 작은 돌 하나가 떨어진다.
돌이 날아온 곳을 보면 수호의 갓이 보이고 !!
주변을 살피다 담장 옆으로 다가가면

수호(OFF)	잠시 나오시겠습니까.
여화	(주변 살피다) 기다려주십시오. (후다닥 별채로 들어가는 데서)

S#44. 한적한 골목길 / N

소복 위에 색장옷을 걸친 여화, 수호와 말없이 나란히 걷고 있다.
여화를 힐끗 바라보는 수호. 여화도 수호를 힐끗 바라보는데.
서로의 시선은 마주치지 않는

수호	... 괜찮으십니까?
여화	괜찮습니다. (하다) 나리는 괜찮으십니까...?
수호	....
여화	만약... 형님의 말이 사실이면 나리와 저희 집안은 원수가 아니겠습니까.
수호	(여화를 가만히 보다가) 만약, 그렇다 해도.. 부인에게 복수하진 않을 테니 걱정 마시지요.
여화	(보면)
수호	제가 부인과 칼을 겨뤄 이긴다는 보장도 없지 않습니까.

여화	(피식 웃다가 !!! 번쩍, 걸음 멈추고) 아!! 생각났습니다.
수호	(? 따라 걸음을 멈추는)
여화	그날 나리의 상처를 확인했던 자들, 제가 칼을 겨눠본 자였습니다.
수호	그게 누굽니까.
여화	하... 그놈을 진작 죽였어야 했는데...
수호	부인-
여화	그것이... (하다) 분명 강필직이었습니다.
수호	!!! 확실합니까?
여화	(고개 끄덕) 특이한 모양의 칼을 사용해서 분명 기억합니다. 그날은 나리가 쓰러지는 바람에 경황이 없어서...
수호	... 그 칼을 보고 그때의 고통이 떠올랐었습니다.
여화	(안쓰럽게 수호 보고) 이 일은 제가 확인해보겠습니다.
수호	아닙니다. 강필직은 제가 잡아야지요.
여화	(미소 지으며) 정 그러시다면 기꺼이 양보해드리지요. (하다) 그자는 저와도 악연이 깊은 자니 거칠게 잡아주시길 부탁드립니다.
수호	그리하겠습니다.
여화	그럼... 조심하세요. (하고 돌아서면)
수호	(여화의 뒷모습에 나지막이) 조심하십시오.

수호, 여화의 뒷모습 바라보는 데서. F.O

S#45. 좌상댁, 전경 / D

S#46. 좌상댁, 사랑채 방안 / D

등청 준비를 마친 지성 앞에 하인이 들어 있는

지성	명도각으로 가서, 주씨라는 자가 떠났는지 은밀히 알아보거라.
하인	예, 대감 마님.

지성, 밖으로 나가는.

좌상댁. 사랑채 마당 / D

방에서 나오는 지성의 뒤로 하인이 따라 나오고 있고.
마당으로 내려오는 지성에게 다가오는 여화.

여화	아버님, 등청 준비는 다 끝나셨습니까.
지성	그래, 너 혼자 집안 살림을 돌보려니 고생이 많겠구나.
여화	아닙니다. 잠시 긴히 드릴 말씀이 있사온데...
지성	(다정하게) 무엇이냐?
여화	어제 제게 이런 이상한 쪽지가 왔습니다. (쪽지*를 보여주는)
지성	!!! (건네는 쪽지 보고 깜짝 놀란) 이게 어디서 났느냐?
여화	어젯밤에 별채 마당에 떨어져 있는 것을 주웠습니다.
지성	(서늘해진) 분명 누군가 장난을 친 게로구나. 누가 이런 불측한 짓을 저지른 것인지, 내 알아보마.
여화	(간절하게) 그래도 혹시 모르니, 제가 직접 만나보면 안 되겠습니까?
지성	(날카롭게) 이런 일에 수절 중인 과부가 어찌 나선단 말이냐!!!
여화	송구합니다. 허나, 정말 오라버니에 대한 소식을 전하고자 하는 것이면 어찌합니까. (고개 숙이며 애원하듯) 부탁드립니다, 아버님!

*   여화가 만든 가짜 쪽지 : [오라버니에 대한 이야기를 알고 싶으시다면 닷새 후 부인을 찾아가는 사람에게 서찰을 전해주십시오.]

| 지성 | (표정 다시 부드러워지며) .... 알았다. 허나 경솔히 행동해서는 안 된다. |

하고 지성 돌아서 가면 지성을 보는 여화의 표정에서.

S#48. 금위영, 집무실 안 / D

치달을 바라보는 수호의 눈빛! 치달, 그 눈빛을 의식하고 한숨 푹 쉬는데
수호, 일어나 성큼성큼 치달에게 다가온다. 치달, 모르는 척 문서 보고 있으면

수호	금위대장님!
치달	(문서 보며) 무슨 일인가, 박수호 종사관?
수호	강필직을 조사할 수 있도록 허락해주십시오.
치달	(잘못 들었나) 뭐.. 뭐어? 강필지이이익?

치달, 열 받아 자리를 박차고 일어나는데 이때! 집무실 안으로 윤학 들어오는

수호	형님!
치달	(목소리 나긋하게) 아니, 좌부승지영감이 여기까지 웬일이십니까?
윤학	긴히 드릴 부탁이 있어 들렀습니다.
치달	(감격하며) 제게... 부탁이요?
윤학	(치달 데리고 구석으로 가 낮은 목소리로) 은밀한 윗전의 명이십니다.
치달	은밀한 윗전..이라면... 허억! 설마!! (슬쩍 한 손으로 엄지 척, 다른 한 손으로 받치며) 이분요?

윤학	맞습니다. 전하의-
치달(O.L)	(결의에 차서) 뭐든 말만 하십시오!! (엄지손가락 받치고) 이분의 명이시라면 그 어떤 것도 해낼 각오가 되어 있습니다!
윤학	강필직을 조사하라 하십니다.
치달	강필직요?! (살짝 쫄린 얼굴 하다 힘내며) 염려 붙들어 매십시오! 먼지 하나까지 탈탈 털어 (엄지손가락 받치고) 이분께 바치겠-!!!

놀라 굳은 치달의 표정에 보면, 지게를 메고 힘겹게 집무실로 들어오는 비찬.!!!
비찬, 문서 묶음이 잔뜩 실려 있는 지게를 멘 채 애써 굳은 미소를 지어 보이고.
치달을 보며 미소 짓는 수호와 윤학의 모습에서.

S#49. 명도각, 앞 / D

꽃님, 도도도- 뛰어와 명도각 안으로 들어가려는데

하인(OFF)	거기!

꽃님, 돌아보면 하인이 꽃님을 바라본다.

꽃님	(해맑게) 무슨 일이십니까?
하인	(명도각 안을 바라보며) 여기, 주씨라는 사람이 장사를 하고 있다던데...
꽃님	(긴장하며) 주씨...요..?
하인	(방긋 웃으며) 내 용건이 있어 찾아왔는데.. (하다) 혹시, 안에 있는가?

꽃님	(말을 주저하다 도리도리 젓고) 모릅니다! 그런 사람 없어요!
하인	그래? (하다, 명도각 안으로 들어가려고 하면)
꽃님	(양손을 펴서 막고) 없다니까요!
하인	내 잠깐 들어가 확인만 할 테니 어서 비키거라.

| 활유(OFF) | 누구요! |

때마침 활유, 명도각에서 나와 꽃님 앞에 선다.
하인, 활유를 보자 힐끔 쫄고. 하인과 활유가 옥신각신하고 있는데
그 뒤로 나오던 석정, 하인과 활유를 보고 멈칫!
겁먹은 표정의 꽃님, 하인과 명도각 안쪽을 번갈아 보다가
문 뒤쪽 숨어 있는 석정을 봤다. 급하게 명도각 안으로 뛰어 들어가는 데서.

S#50. 명도각, 안채 마당 / D

꽃님의 손에 이끌려 안채 마당까지 들어온 석정.

석정	꽃선배! 이제 멈추시지요!
꽃님	(헉헉대며, 겁먹은) 주씨후배님 혹시 빚지셨어요?! 얼마나요? 많이요?
석정	(겁먹은 꽃님을 안쓰럽게 보는)
꽃님	(석정의 표정 보고 맞구나! 발 동동하다) 이럴 때가 아닙니다!! 어서 숨으셔야 합니다!!

석정, 다시 꽃님의 손에 이끌려 안채 안으로 들어가는 데서.

여화의 별채, 마루 / D

여화, 태연하게 다듬이질을 하고 있고 연선, 안절부절못하고 있다.

연선   이제 어쩌실 거예요?

여화   어쩌긴. 아버님께 서찰을 보여드렸으니 상황을 지켜봐야겠지.

여화   ?

연선   (작게) 대감 마님이 진짜... 그 모든 일을 꾸민 분이라 믿으시는
          겁니까?

여화   아버님이 진짜 역모를 꾸몄다 해도 난 어쩔 수 없을 거야.

연선   (역모라는 말에 눈 똥그랗게 뜨고)

여화   삼족을 멸하는 처형을 받으시면 나 또한 같이 처형을 당해도 어
          쩔 수 없는 일 아니겠느냐.

연선   (당황해) 그런 말씀 마십시오!!

여화   부모의 죗값을 자식이 받는 것이 이 나라 법도일 테니...

연선   (보면)

여화   (다듬이질 멈추고) 허나, 만약 무슨 이유든 나를 이용하고, 내 오라
          버니에게 해가 된다면 그건 얘기가 다르겠지...

연선   아씨가... 대감 마님보다 더 무서워 보이는 건 기분 탓이겠죠?

여화   내 이 집에서 귀신이 돼서라도 반드시 아버님의 속내를 알아낼
          것이다.

S#52.   명도각, 안채 마당 / D

석정, 트렁크 가방을 들고 서 있고.
그 앞에 엉엉 울고 있는 꽃님과 활유, 둘 다 훌쩍훌쩍 울고 있는데
석정, 가방에서 선글라스 꺼내 활유에게 주고 예쁜 머리핀을 꽃
님에게 주는

꽃님	(훌쩍이며) 주씨후배님! 꼭 가셔야 합니까?!
석정	(꽃님 머리 쓰다듬으며) 여기 더 있다간 폐만 끼칠 것 같습니다. 꽃 선배, 건강히 잘 지내십시오. (활유 보고) 잘 있거라.
활유	(훌쩍 울며) 갈 데는 있으십니까? 대행수께 잘 말씀드려 빚을 갚는 방법이 좋을 듯한데...
석정	세상엔 돈으로 해결될 문제가 아닌 게 더 많은 법이다. (하다, 급히 떠나며 손 흔드는) 언젠가 또 뵙겠습니다. 씨유!!

석정, 손 흔들면 꽃님과 활유 훌쩍거리며 손 흔든다.

꽃님	주씨후배님! 바이!!
활유	(선글라스 쓰며) 땡큐우!! 땡큐우!!

석정, 급하게 걸어가는 뒷모습에서.

S#53. 금위영 전경 / N

S#54. 금위영, 집무실 안 / N

[수리 중 출입 불가 –금위대장-]이라 적힌 종이가 붙은 집무실 문.
집무실 안, 문서 묶음들이 높게 쌓여 있고.
문서와 함께 바닥에 널브러진 치달과 비찬, 피곤에 지친 표정으로 문서를 보고 있다.
수호 또한 열심히 문서를 뒤적이는데

치달	(보던 문서를 탁 내려놓으며) 필 상단 이거 이거 수상한 점이 한두

개가 아닌데, 문제는 봐도 봐도 끝이 없다는 거야!

수호   (치달에게 장부 보여주며) 금위대장님, 뭔가 이상하지 않습니까?

치달   (문서 보며) 이건, 호판부인이 필 상단에 맡겨놓은 구휼미 목록 아닌가.

비찬   (쓱 다가오며) 뭐가 이상한데요?

치달   (수상한) 대비마마께서 작년에 하사한 구휼미가 10만 석인데... 정작 풀린 곡식이 만 석이 채 안 되는구만.

비찬   엥? (하다) 그럼 9만 석은요?

치달   쌀에 발이 달린 건 아닐 테니... (킁킁대며) 뭔가 냄새가 나는 것 같은데..

비찬   (자신의 옷 킁킁 맡으면)

치달   (수호 보며) 박수호 종사관! 이건 뭐, 흐린 눈으로 봐도 큰일인데... (하다) 대책은 있나...?

수호   대책은!

치달, 비찬   (반짝이는 눈으로 보면)

수호   지금부터 찾아봐야지요.

치달   아... (하다) 궐에 입성하려는 내 꿈은 여기서 이만 접어야 하는 건가..

수호, 문서를 바라보는 단단한 표정에서.

S#55.   좌상댁, 사랑채 마당 / N

지성, 마당에 서 있고. 하인, 지성에게 다가오는

하인   알아보라고 하신 자는, 이미 떠나고 없었습니다.

지성   수고했다.

하인, 돌아서서 가면 지성, 생각에 잠겨 고개를 들어 밤하늘을 응시하는

여화(E) (간절하게) 그래도 혹시 모르니, 제가 직접 만나보면 안 되겠습니까?

지성 그냥 이 집안 사람으로 조용히 살면 될 것을... 그리 세월이 흘렀건만 여즉 미련을 버리지 못하고... 미련한 것. (쯧쯧)

S#56. 금위영, 집무실 안 / N

수호, 앉아 문서들을 보고 있는데 금위영 수하 하나가 급히 뛰어 들어온다.!!

수하1 움직이기 시작했습니다.

!!! 수호, 급하게 뛰어나가고 비찬과 치달, 꿈벅꿈벅하는 데서.

S#57. 호판댁, 안채 방 안 / N

어둠 속에 소복 차림의 난경과 필직, 마주 앉아 있다.

난경 이리 불쑥 찾아온 용건이 무엇이냐.
필직 어르신의 급한 전갈이 있어 찾아왔습니다.
난경 (보면)
필직 아무래도 누이께서 어르신의 심기를 몹시 건드린 모양입니다.
난경 (조소하며) 그러니, 가만히 두었으면 좋았을걸... (하다) 왜, 당장

죽여 바로 입막음이라도 하라더냐.

필직   (눈썹 치켜올리며) 살 방도를 찾으셔야 하지 않겠습니까.

난경   (비웃) 내 구차한 목숨을 너같이 천한 것한테 빌 성싶으냐.

필직   (비릿하게 웃으며) 개똥밭에 굴러도 이승이 좋다지 않습니까. 천하디천한 몸으로라도 사는 쪽을 택하는 것이 나을 수 있습니다.

난경   너 따위가 날 이해할 필요는 없다.

필직   반쪽짜리라도 피를 나눈 누이라고 염려가 되어 한 말이었는데...

난경   (매섭게) 어디서 감히 너 따위 것과 같은 취급을 하는 게야!!

필직, 자리에서 일어나 난경을 노려보면
난경, 상대할 필요도 없다는 듯 고개 돌려 앉는다.

필직   (공손하게) 송구하게 됐습니다, 정부인 마님.

난경   썩 나가거라! (하다) 넌 일평생 좌상의 개로 살아도 그만이겠으나 난 내 뜻대로 살 것이니!

필직   (난경에게 넙죽 절한다)

난경   !!!

필직   절 한시도 동생으로 여기시지 않는 걸 확인했으니 제 마음이 이리 편할 수 없습니다. (비죽대며 웃는)

쫙! 난경, 고개를 돌리는데 순식간에 난경의 목에 둘러지는 하얀 명주천!!
버둥거리는 난경의 하얀 버선발.!!

S#58.   사찰, 안 / N

사찰 안에 앉아 기도하는 금옥.

석정(OFF)   어머니...

금옥   내 아직 이리 헛것이 들리니... 이 일을 어찌해야 한단 말이냐,
          정아...

석정(OFF)   (금옥 바로 뒤에 서서) 어머니.

          금옥, 목소리에 놀라 돌아보면 석정이 금옥의 뒤에 서 있다.

금옥   !!!! 정...아... (하다, 어지러워 휘청하면)

석정   (급히 금옥을 부축하는) 죄송합니다, 어머니... 소자.. 이제야 돌아
          왔습니다... (눈시울이 붉어지고)

금옥   (석정을 보고도 믿기지 않는) 정이... 내 아들 정이가 맞느냐... (놀
          라 석정의 얼굴을 만져보다가) 아이고! 내 아들!! 살아 있었구나아...

          금옥, 석정을 와락 안고 우는 데서.

S#59.   좌상댁. 사랑채 방 안 + 밖 / N
          지성의 방 문 앞에 서 있는 여화, 긴장한 기색이 역력하고

여화   아버님, 부르셨습니까.

지성(OFF)   들어오거라.

          여화, 방문을 열고 들어가 지성 앞에 앉으면

지성   (인자한) 여태 사당에 있었던 것이냐.

여화   예, (하다) 헌데, 무슨 일로 찾으셨습니까.

지성   내 여인들의 법도를 잘 알진 못하나 네가 그간 누구보다 잘해주

었다는 것을 모르지 않는다.

여화 ....

지성 대비전에서도 너를 열녀문을 받아 마땅한 덕이 높은 여인이라,
    몹시 치하를 하시더구나.

여화 다 아버님, 어머님 덕입니다.

지성 (미소 지으며) 그래서.... 이제는 그 보은을 네가 해야겠다.

여화 ..?

지성 여묘살이 갈 준비를 하거라.

여화 ...?!!!!

여화, 놀란 눈으로 지성을 바라보는 데서. 엔딩.

에필로그

S#60. **북촌 거리, 한적한 곳 / N (S#44 이후 상황)**

수호를 등지고 걸어가던 여화, 멈칫하다 뒤돌아 수호에게 따라
오라 눈짓하고 걸어가면.
수호, 의아한 표정으로 거리를 두고 여화를 따라가는.

S#61. **여화의 별채, 담장 앞 / N**

여화와 수호, 별채 담장 앞에 서 있다.
수호, 의아한 표정으로 여화를 보고 있고
여화, 나무에 매달린 대나무 통을 스윽 당겨와 보여주는

수호 ? 이게 뭡니까.

여화	이 집안 사람들 아-무도 모르는 겁니다.
수호	아-무도 모르는 것을 제게 알려주시는 겁니까?
여화	(민망한 듯 헛기침, 괜히 경고하듯) 남의 집에 돌 던지지 마시라고.

여화, 뒤돌아 총총총 별채 안으로 들어가면.
여화의 뒷모습을 보며 웃는 수호.

S#62. 여화의 별채, 마당 / D

여화, 별채에서 마당으로 나오는데 담장 앞에 서 있는 연선이
손짓한다.
얼른 연선에게 다가가보면, 대나무 통 안에 곱게 싼 약과 하나
가 놓여 있는

여화	(얼른 꺼내 들고, 둘러대는) 활유가 내게 무슨 잘못이라도 한 모양 이다.
연선	(의아한 표정) 활유가요?

CUT TO

늦은 밤, 기지개를 켜며 마당으로 나오는 여화.
주위를 어색하게 둘러보며 슬금슬금 대나무 통 앞으로 가는
대나무 통 안을 보면 엿 하나가 놓여 있다.
앗싸! 엿을 들고 신나게 별채 안으로 들어가는 여화의 뒷모습.

CUT TO

이른 아침, 별채에서 다다다- 뛰어나오는 여화.
대나무 통 앞에 서서 주위를 휙휙 둘러보고 대나무 통 안을 보면.

꽃 한 송이가 놓여 있다. 발개진 얼굴로 꽃을 보는 여화의 수줍은 표정에서. 엔딩.

젊음 더 웃가시

프롤로그

S#1.　　호판댁, 안채 방안 / N (9부 S#57 연결)

화면 밝아지면 버둥거리는 하얀 버선발. 필직, 명주천으로 힘껏
난경의 목을 조른다.
난경, 어떻게든 필직의 손에서 벗어나려 버둥거리는데
그럴수록 명주천을 잡은 손에 힘이 들어가는 필직.!!

난경　　(고통스러워하며) 네 놈이... 감...히..

난경, 버둥거리다 자신의 품에서 은장도를 꺼내 필직의 팔에 탁
찌르고 !!
악!! 비명을 지르며 필직, 명주천을 놓치는 순간.!! 문이 탁 열리
며 수호가 들어온다.
놀란 필직, 자신의 도포 자락으로 얼굴을 가린 채 수호를 밀치
고 후다닥 달려 나가는 !!
도망치는 필직을 알아본 수호, 고개 돌려 난경 보면 숨을 몰아
쉬다 의식을 잃고 쓰러지는 !!
급히 난경에게 다가가 상태를 확인하는 수호.

S#2.　　좌상댁, 사랑채 방안 / N

놀란 눈으로 지성을 바라보는 여화.

여화　　여묘...살이라 하셨습니까?
지성　　(서늘하게) 왜, 싫은 것이냐?
여화　　(당황한) 너무 갑작스러운 말씀이셔서...

지성	그간 명문가 여인들 사이에서 열녀문에 대한 적지 않은 언쟁이 있었다고 들었다. 사소한 시샘이려니 싶어 굳이 관여하지 않고자 했으나, 네 어머니까지 저리 힘들어하는 걸 보니 더 이상 무심할 수만은 없구나.
여화	허나, 제가 갑자기 여묘살이를 가게 되면 가뜩이나 심약해지신 어머님을 보필할 사람이-
지성(O.L)	그건 내 알아서 할 테니 걱정 말거라. 너는 네가 할 도리를 다하면 되는 것이다.
여화(E)	뭔가... 내가 더 알아낼까 미리 수를 쓰시는 거다.
지성	어째서 아무 대답도 하지 않는 게냐.
여화	...
하인(OFF)	대감 마님! 잠시 나와보셔야 할 것 같습니다.
지성	무슨 일이냐.

하인, 문을 열고 들어와 꾸벅 인사하고.

하인	금위대장님이 뵙고자 청하십니다.
지성	이런 야심한 시각에?
여화	(의아한, 보면)

S#3.   좌상댁, 사랑채 마당 / N

지성, 마당으로 나오면 여화, 조용히 뒤를 따라 밖으로 나와 별채로 향하는데.
보면, 치달과 함께 서 있는 수호 보이고. 무슨 일이지? 여화, 의아하고.
치달과 수호, 지성을 보자 서둘러 예를 갖춰 인사하고

치달	금위대장 황치달! 늦은 시간에 송구하오나 도성에 변고가 생겨 급히 북촌의 경계를 강화하는 중입니다.
지성	(다가오며) 변고라니, 무슨 일인가?
치달	좀 전에 호판대감댁에 괴한이 들어... 호판부인을 살해하려 했습니다.
여화	!!!! (치달의 말에 멈칫, 멈춰 서는)
지성	(놀란 척) 뭐라?? (하다, 별채로 향하는 여화 의식하는)
치달	발 빠르게 괴한을 쫓고 있으나 워낙 위중한 일이라 우리 금위영에서는!! 무엇보다 조정 대신들의 안전을 위해 사력을 다하고 있습니다.

!!! 여화, 수호를 보는데 수호와 허공에서 마주치는 시선.

지성	(여화 쪽 돌아보지 않고) 큰애야, 너는 그만 들어가거라.
여화	(꾸벅 인사하며) 예, 아버님.

수호를 한 번 더 보고 별채로 걸어가는 여화.

여화(E)	호판부인을 죽이려고 하신 겁니까... 아버님이... 정말 그러신 겁니까.

여화의 의미심장한 표정 위로-

10부

적은 더 가까이

S#4. 북촌, 골목 / N

금위영 군관들과 포청 포졸들이 깔린 북촌 골목, 경계가 삼엄한 상황인데

으슥한 골목에 숨어 이 상황을 지켜보는 필직. 자신의 팔뚝을 바라보다 이내 사라지고

지성(E) 그래, 괴한은 잡았는가.

S#5. 좌상댁, 사랑채 마당 / N

치달 그것이... (난감한, 수호 툭 치고)

수호 (지성 보며) 놓쳤습니다.

지성 괴한을 본 자는?

수호 제가 보았습니다.

지성 !!! (눈빛, 날카로워지며) 자네가... 직접...?

수호 예, 어두워서 자세히 보지는 못하였고.

지성 (살짝 안도하는)

수호 호판부인께서 괴한의 얼굴을 보았을 테니 깨어나시면 범인이 누군지 바로 찾을 수 있을 겁니다.

지성 그래... 범인이 누군지 찾을 수 있다니 다행이네.

치달 조정 대신들의 집 곳곳마다 개미 새끼 한 마리 들고 나지 못하

도록 철저히 경계를 서겠습니다! 특히! 좌상대감댁은 더더욱! 신경 쓸 터이니 안심하고 편안한 밤 되십시오!

지성   고맙네. (하다) 그럼, 수고들 하시게.

지성, 몸을 돌려 사랑채 마루로 올라가면 수호, 지성을 바라보다 여화가 간 별채 쪽을 바라보는.

수호   혹시 모르니 한 번 더 살펴보고 나가겠습니다.
치달   그래, 꼼꼼히! 꼼꼼히 살피게!

치달, 밖으로 나가고 수호, 주변을 살피다가 별채 쪽으로 걸어 가는.

S#6.   좌상댁. 사랑채 방 안 / N

어두운 표정으로 서안 앞에 앉아 있는 지성, 그 앞에 하인 들어 있고

지성   지금 당장 가서 병판을 불러오너라.
하인   예, 대감 마님.

하인, 방 밖으로 나가면

지성   (주먹을 꽉 쥐고) 기어이 일을 이리 번거롭게 만드는구나.

지성, 서안 서랍을 열어 여화가 건네준 가짜 쪽지 꺼내 잠시 바 라보다

서랍 안쪽 깊숙이 넣어두었던 문서* 하나를 꺼내는 데서.

S#7.   여화의 별채, 마당 / N

수호, 별채를 향해 걸어가는데 연선, 수호에게 다가와 스치듯
지나가며

연선   (작게) 명도각에서 뵙자 하셨습니다.
수호   오늘은 관군이 깔려 있으니 절대 복면으로 나오지 마시라 전해
         주시오.
여화(OFF) 누가 호판부인을 죽이려고 했습니까.
수호   (놀라 뒤를 보면 여화 뒤쪽 가까이 서 있고) 강필직이었던 것 같습니다.
여화   아버님께서 제게 여묘살이를 명하셨습니다.
수호   !!!!!
여화   (주변 살펴보다) 바로 명도각에 갈 방도를 찾아봐주세요.

여화, 주변을 살피다가 이내 연선과 함께 별채 안으로 들어가는
데서.

S#8.   필여각, 강필직 사무실 / N

다급히 들어오는 필직, 그 옆으로 만식이 따라 들어오고 있고

필직   (자리에 앉아 상처를 살펴보며) 모아둔 금붙이들부터 모조리 챙겨라.
만식   (놀라) 예?
필직   바로 개경으로.. 아니, 청나라로 떠날 것이다.

*   호판부인과 강필직이 구휼미를 착복한 정황이 담긴 문서입니다.

만식	!! 현장에서 잡힌 것도 아닌데, 왜 도망가려 하십니까?
필직	내가 고작 금위영 따위가 무서워 도망가는 걸로 보이느냐?
만식	(보면)
필직	이번 일에 실패했으니 어르신이 날 그냥 두시지 않으실 게다!
만식	걱정 마십시오! 형님이 어르신의 칼인데, 칼을 버리겠습니까.
필직	칼 따위를 갈아치우는 건 그분에게 아무것도 아니다. (하다) 서둘러라. 누구에게 잡히든 간에 이번엔 정말 끝이다.
만식	예!!

만식, 서랍을 열어 이것저것 짐을 챙기고, 그 모습을 바라보는 필직의 불안한 표정.

S#9. 좌상댁, 근처 골목 / N

연선, 걱정스럽게 나오면, 윤학 골목에 서 있다.

윤학	진짜 그렇게 하고 나올 수 있는 게냐?
연선	걱정 마십시오. 아주 감쪽같이 나오실 겁니다.
윤학	(좌상댁 대문으로 나오는 금위영 무관 둘 보며) 도성이 시끄러워지고 있구나...
연선	(걱정스럽게) 무슨 일인지 자세히 여쭙지는 않겠습니다. 그런데, 나리와 아씨께서 하시는 일이... 위험한 거지요?
윤학	아마도.... 이 댁 며느님과 늘 함께 있는 너 또한 위험할 수 있으니 앞으로 각별히 더욱 조심하여야 한다.
연선	저는... 너무 걱정이 됩니다.
윤학	미리 염려 말거라. 너희 아씨는 별일 없을 게다. 너만큼 그분을 걱정하는 사람이 곁에서 지켜주고 있으니.

연선	(머뭇거리며 말없이 윤학 쳐다보는)
윤학	(보면) 뭐 더 하고 싶은 말이 있는 게냐.
연선	부디- 조심하십시오. (고개 숙여 시선 외면하며)... 전, 나리도.. 걱정 됩니다, 많이.
윤학	!!! (연선 바라보는)

두 사람의 모습을 금위영 무관 하나가 지켜보고 있다.

여화(OFF)	지금 이렇게 으슥한 곳에서 뭐 하시는 겁니까아?

윤학, 연선 뒤돌아보면 여화, 금위영 무관의 복장으로 서 있다.
연선과 윤학, 당황해서 훅- 떨어지는.

S#10.   운종가 거리, 근처 / N

여화와 윤학, 함께 걸어가는데. 곳곳에 금위영 무관들이 지나다 니고 있고

윤학	도대체 무슨 일로 이리 다 모이게 하는 겁니까?
여화	제 아버님 얘기를 할 것입니다. 자세한 건 당도하여 다 같이 얘기하시지요.
윤학	그럽시다. 헌데 예전부터 궁금한 것이 있는데 물어봐도 되겠습니까.
여화	(별일 아닌 듯) 예.
윤학	제 아우에 관한 것입니다.
여화	(멈칫했다가 걸으며) 무엇이 궁금하십니까.
윤학	제 아우와 무슨 사이십니까?

여화	(걸음을 멈추고 윤학 보며) 무슨 사이라니요?
윤학	형제, 벗, 연인, 부모, 부부같이 사람과 사람 사이를 규정하는 말을 여쭙는 겁니다.
여화	(생각하다) 꼭 설명을 해야 한다면 벗이라 해두지요.
윤학	(놀리듯) 여인과 사내가 벗이라... 이 나라 조선에서 그게 가능키나 합니까.
여화	(빠직, 금위영 복장을 한 자신을 아래위로 가리키며) 지금 내가 여인으로 보이십니까? (하다) 아까 나리께선 우리 연선이와 무슨 얘기를 그렇게 다정히 하셨습니까! 여인과 사내가 으슥한 곳에서어?
윤학	(피식) 좌상댁 며느님이 이런 분이었군요.
여화	친형제도 아니시라면서 하는 행동이 종사관 나리와 퍽! 닮으셨습니다.

그때! 멀리서 경계를 서며 사람들의 얼굴을 확인하던 비찬, 윤학을 발견하고 달려온다. !!

비찬	좌부승지 나리!
윤학	(여화를 슬쩍 보고 난감한 표정) 비찬이구나.
비찬	지금 북촌이 이렇게 어수선한데 대체 어디 가십니까?! (하다, 여화 보고) 어? 첨 보는 얼굴인데... 신참이냐?
여화	(고개 숙이고) 종사관 나리가 좌부승지 나리를 모시라 명하여-
비찬(O.L)	뭐?! 그런 중요한 일을 네게 맡겼다고?!
윤학	내가 이자를 직접 청하여 같이 가는 중이다.
비찬	(더 절망) 나리께서요...?
윤학	(큼, 헛기침하고) 아까 수호가 널 애타게 찾던 것 같은데...
비찬	진짜요?! 지금 어디 계시는데요?
윤학	그게... (하다) 금위영으로 오라 했다.

비찬	예! (하다, 여화에게) 담에 보자, 신참! (후다닥 뛰어가는)
윤학	(여화 흘깃 보며) 옷이 꽤나 잘 어울리십니다. (걸어가고)
여화	(이걸 그냥! 확! 뒤따라 걸어가는 데서)

S#11. 필 여각, 앞 / N

괴나리봇짐을 지고 문밖으로 나오는 필직과 만식. !!!
그 앞에 이미 수하1, 2* 둘을 데리고 문 앞을 막아서고 있는 병조
판서.

필직	!!!!
병조판서	어디를 그리 급히 가시나...
필직	(꿀꺽, 침 삼키고)
만식	(칼에 손을 대며, 필직에게) 형님!!
병조판서	대감께서 이미 산길도 뱃길도 다 막아놓으셨으니, 여기서 빠져 나간다고 뭐가 다르겠는가.
필직	(참담한 표정 짓는)

S#12. 명도각, 장소운 집무실 안 / N

윤학, 소운, 여화** 심각한 표정으로 앉아 있는데. 수호 들어오면

수호	(들어오자마자 여화 보고) 여묘살이라니, 그게 무슨 말입니까.
윤학(O.L)	북촌에 괴한이 나타났는데 너는 지금 그게 제일 급한 일이냐.
수호	(보면 옆에 윤학과 소운이 빤히 보고 있고, 민망해 자리에 앉으면)

*	병판의 비밀 무사쯤. 관리로 보이지 않는 평범한 옷을 입고 무관들이 쓰는 칼을 들고 있다.
**	금위영 복장에 모자는 쓰지 않고 있습니다.

여화	아버님이 많이 신경 쓰이긴 하셨나 봅니다. 가짜 쪽지 하나에 여묘살이라니.. (정정하며) 그리고 괴한이 아니라 강필직이지요.
소운	(여화 보며) 아씨, 여묘살이 가시는 겁니까?
여화	갑자기 제겐 여묘살이를 가라 하시고, 강필직이 호판부인을 죽이려 한 것이 우연은 아닌 듯합니다.
수호	그래서 가시겠다고 하신 겁니까?
윤학	(쓰읍) 수호야.
소운	잘됐습니다.
수호, 윤학	(보면)
소운	그간, 아씨를 청나라로 보낼 궁리를 하고 있었는데 이제야 기회가 왔네요.
수호	(버럭 다시 일어나고) 청나라라니! 안 됩니다!!
윤학	(끌어다 앉히며) 설마 지금 좌상댁 며느님이 청나라로 떠나겠느냐. 자중하거라.
여화	전 아무 데도 가지 않습니다. (하다) 자, 그럼 제가 어찌하면 여기에 남을 수 있을지 방도를 내보실까요?
수호, 윤학, 소운	(띠용!) 우리가요?
여화	(윤학 보고) 여묘살이를 가라 하신 속내가 이 모든 일과 연관이 있을 듯한데, 그게 뭔지 알아내는 데는 제가 적임자가 아니겠습니까.
윤학	!! 그야...
여화	호판부인 일을 보니, 제가 여묘살이를 가는 길에 죽을 모양이었던 것 같습니다.
수호, 윤학, 소운	!!!
여화	호판부인과 저는 지아비를 따라 자결한 장한 과부들로 남겠지요.
수호, 윤학, 소운	...
여화	절대 그렇게 되진 않을 테니 그렇게 보지 마시고 (수호에게) 강필

	직 수사에서 호판부인과 관련된 건 없었나요?
수호	... 구휼미 착복 정황이 있긴 하나, 아직 조사 중입니다.
여화	(놀라며) 구휼미요?

INSERT

3부 S#28 빈민촌 아이들을 살피는 난경의 모습.

여화	그간 멀건 죽 한 그릇 먹는 그 불쌍한 이들의 것을 빼앗았단 말입니까.
윤학	그들 눈엔 백성들의 삶이 중하지 않은 것이지요. 그래서 밤마다 복면까지 쓰고 다니신 거 아닙니까?
여화	(윤학을 찌릿 보고) 우선, 제가 호판부인을 맡겠습니다.
수호	저는 강필직을 좀 더 알아보지요.
윤학	(여화, 수호 번갈아 보다가) 그럼 나는... (잠시 생각하는)
수호	형님은 부인이 떠나지 않을 방도를 찾아주시지요.
윤학	내가?
여화, 소운	좋은 생각입니다. / 그리해주시지요.
윤학	(난감한 듯) 허허, 그게 제일 어려운 듯한데...

S#13. 명도각, 안채 복도 / N

수호와 윤학, 집무실에서 나오며 소운에게 인사하는데
수호, 선뜻 윤학을 따라나서지 않고 주저한다.

윤학	대행수, 내 물어볼 말이 있는데 잠시 얘기 좀 나눌 수 있겠소?
	(소운에게 알아서 빠지라는 듯 눈짓하는)
소운	(아...) 저도 마침 여쭐 말이 있었는데 잘되었습니다.

윤학과 소운, 급히 복도를 걸어 밖으로 나가면 수호, 방 앞에서 멈칫하다 다시 들어가는.

수호와 여화, 마주 보고 앉아 있다.

여화 (수호 보며) 하실 말씀이 있으시다면서요.. (하다) 하십시오.

수호 ... (주저하다) 만약, 여묘살이를 꼭 가야 하는 상황이 생긴다면 말입니다.

여화 (보면)

수호 청나라로 가지 않더라도 도성에서 지낼 다른 방도도 있지 않습니까..?

여화 (피식) 남장하고 금위영에 무관으로라도 들어갈까요?

수호 (사뭇 진지하게) 것도 좋은 방법이고... (심각하게 고민 중이고)

여화 나리..

수호 (보면)

여화 좌부승지 나리가 제게 질문을 하나 했습니다.

수호 형님이요?

여화 나리와 제가 무슨 사이냐 물으셨습니다.

수호 !!!!

여화 나리와 저는 아무 사이도 될 수 없습니다.

수호 (보면)

여화 제가 언젠가 더 이상 좌상댁 며느리가 아니더라도 말이지요.

수호 부인...

여화 예.. 부인. 나리께서 저를 그리 부르시지요. 저는 누군가의 부인입니다.

수호	!!!
여화	그러니 우린 아무 사이가 될 수도, 되어서도 안 됩니다. 같은 운명에... 같은 목적을 갖고 일을 해결해야 하는 사람들일 뿐... 하여, 앞으로는 다른 이의 오해를 사지 않았으면 합니다.
수호	(여화를 잠시 보다가) 무슨 말씀이신지 잘 알겠습니다. (일어나 돌아서는데)
여화	(수호를 바라보는)
수호	(문 앞에 문득 멈춰 서서 돌아보지 않은 채) 다른 이들이 오해를 한 것은 아닌 듯합니다.
여화	!!
수호	부인을 곤란하게 하는 일은 없도록 하겠습니다.

수호, 문을 열고 나가면 여화, 수호가 나간 문 슬픈 표정으로 바라보는.
홀로 덩그러니 남겨져 있는 여화의 모습에서. F.O

S#15. 금위영, 전경 / D

S#16 금위영, 집무실 안 / D

수호 집무실 안으로 들어오면 비찬, 밤을 새운 듯 피곤한 기색이 역력하다.

비찬	(투덜거리며) 어디 계셨습니까?! 제가 여기서 밤새 기다렸는데!
수호	날... 왜 기다린 것이냐?
비찬	좌부승지 나리께서 나리가 저를 애타게 찾으신다고...

수호	아...
비찬	아! 맞다! 그 금위영 신참! 누굽니까?!
수호	넌 모르는 자다.
비찬	어딘가 되게 낯이 익은 게- (하다) 지금 어딨습니까?
수호	그만두었다.
비찬	에?
수호	(말 돌리며) 호판부인은, 깨어나셨느냐.
비찬	(고개 저으며) 충격이 크셨는지 아직 깨어나지 못하셨답니다. (하다) 말 돌리지 마시고! 그 자식 누구냐구요!
수호	(버럭!) 그 자식이라니! 누구더러- (번쩍!)

INSERT

10부 S#14 여화의 말.

"저는 누군가의 부인입니다. 그러니 우린 아무 사이가 될 수도, 되어서도 안 됩니다."

수호	... (혼잣말) 내가 죽은 사람을 투기할 줄이야...
비찬	(못 알아듣고) 투전이요?
수호	되었다. (하다) 지금, 필 여각으로 갈 것이니 따라오거라. (나가고)
비찬	에에? (하다) 거긴 왜 또 가십니까? (따라 나가는 데서)

S#17.   사찰, 방 안 / D

석정 앞에 음식들이 놓여 있고. 석정과 금옥, 마주 보고 앉아 있다.
울다 지친 표정의 재이, 석정의 옆에 붙어 앉아 석정의 옷 끝자
락을 손으로 꼭 붙잡고 있는
금옥, 반찬들을 석정 앞에 밀어주는

금옥	(반찬 올려주다 또 울컥하고) 내 손으로 밥을 먹이는 날이 이리 다시 오다니...
재이	(금옥이 울컥하자 같이 눈물 훔치는)
석정	... 어제 밤새 우셔놓고 또 그러십니까...
금옥	(눈물 닦으며) 미안하다. 내가 도무지 진정이 되질 않아...
석정	(재이 보며 아이 대하듯) 너도 뚝! 계속 울면 호랑이가 잡아간다지 않았느냐.
재이	(피이- 옅게 웃으며 눈물 훔치다) 오라버니 좋아하시는 감주라도 얼른 챙겨올 테니.. (석정 옷자락 꼭 잡는)
석정	(재이 손 토닥토닥, 따스하게) 내 여기 꼭 앉아 있으마.
재이	(고개 끄덕이고 밖으로 나가면)
금옥	어서 먹고 집으로 가자꾸나. 네 아버지가 널 보면 얼마나 기뻐하시겠느냐.
석정	(멈칫) ... 여기서 하루 더 어머니와 시간을 보내고 싶은데... 어머니와 단둘이 있으니까 꼭 어릴 때 같아서 그럽니다.
금옥	(또 울컥) 그래, 그러자꾸나... (하다) 그간 얼마나 고생이 많았을까.. 기억을 잃고 헤매다 청나라까지 갔으니... 그러니 네 아버지가 백방으로 너를 찾아 헤매도 찾을 수가 없었던 게구나.
석정	... 아버지께서 저를 많이 찾아다니셨습니까?
금옥	당연하지. 조선 팔도 안 다녀본 데가 없을 정도로 널 애타게 찾으셨다..
석정	...
금옥	하늘이 우리 정성을 돌보신 게지.. (하다) 네 부인도 얼마나 정성을 다해 치성을 드렸는지..
석정	(잠시 생각하며) 부인...
금옥	(흐뭇하게) 참으로 조신하고 참한 아이지. 어찌나 몸가짐이 바른지...

여화(E)	아이고오- 아이고오-

S#18. **좌상댁, 사당 안 / D**

사당 안, 위패 앞에 앉아 곡을 하는 (척) 여화, 연선 의아하게 여화를 바라보고

연선	대체 뭐 하시는 겁니까? 갑자기 곡이라니요?
여화	뭐든, 시간을 끌어봐야 하지 않겠냐. 아이고오오오-
지성(OFF)	잠시 들어가도 되겠느냐.
여화	(왔다!) 아이고오-

덜컹, 문이 열리고 지성 들어오면 연선, 꾸벅 인사하고 밖으로 나간다.

지성	여묘살이를 준비하라 일렀더니 어찌 이리 곡소리가 큰 것이냐? 혹, 다른 생각을 하는 것이냐?
여화	아닙니다, 아버님! 제가 어찌 감히 아버님의 명을 거역하겠습니까. 다만, 어젯밤에 서방님이 꿈에 나오시어 부인께서 떠나면 사당에 남은 나는 어쩌라고 슬피 우시는데- 차마, 발길이 떨어지지 않으니...
지성	그래, 네 어머니도 나도 긴 세월 너를 보았으니, 네가 정이에 대한 마음이 어떤지 잘 안다. 그러니 네가 정이와 이 집안을 위해 옳은 선택을 하겠지. 사흘 후에 선산으로 데려다줄 사람들이 올 것이다.
여화	!!! 아버님!!
지성	그리 알고 준비하거라.

| 여화 | (지성이 나간 문 바라보다 위패 보면) 이제 제 앞에서도 본색을 숨기지 않으실 모양입니다. |

여화, 표정 굳어지는 데서.

S#19. 궐, 후원 / D

이소, 윤학과 걷고 있고, 멀찍이 상선과 궁녀 몇 명 있는

윤학	조씨부인이 여묘살이를 가지 않을 방도를 찾아야 할 것 같습니다.
이소	(피식 웃는) 그 일에서 자네가 맡은 일이 고작 그것이냐?
윤학	(낮은 한숨) 그게 가장 어려운 일입니다.
이소	어마마마께서 평소 좌상댁 며느리를 궁금해하셨으니 자리를 만들어달라 말씀드리면, 얼마간 시간은 벌 수 있을 게다.
윤학	(미소 지으며) 성은이 망극하옵니다.
이소	과인의 넘치는 성은을 베풀기 어려운 사람이 저기 오고 있구나.

윤학, 고개 들어보면, 저쪽에서 지성 걸어오고 있는.
지성, 다가와 예를 표하는

지성	전하, 드릴 말씀이 있사옵니다.
이소	하세요.
지성	여기서 올릴 말씀은 아니온지라.
이소	(윤학 보고 눈짓하며) 그럼 편전으로 가시지요.

S#20. 궐, 소편전 안 / D

좌락! 이소, 문서[*]를 펼쳐보고 읽다 얼굴 창백해지고

이소	이게 다 뭡니까?
지성	대비마마께서 지난 10년간 구휼미로 가져가신 곡식의 수량과 실제 빈민들에게 나눠준 수량입니다.
이소	(당황한) 이것이...
지성	선왕 전하께서 승하하시고 주상 전하께서 백성들에게 성군이란 칭송을 받으시는 데는 대비마마의 공이 작지 않으셨는데... 구휼미를 착복해오셨다는 것을 백성들이 안다면...
이소	(분노하며) 좌상!!!! 할 말과 못할 말을 가려 하세요!!
지성	아, 조정 대신들이 아는 것이 더 큰 문제일 테지요. 어쩌면 대비마마의 폐위를 논할 수도 있겠습니다.
이소	이 일이 어찌 어마마마의 책임이란 말이요? 이것은 모두 호판 부인이 벌인 일 아닙니까!!
지성	(음...) 호판부인이 이런 일을 벌이고 있다는 것을 알고 계셨습니까.
이소	(지성에게 말렸음을 깨닫고)
지성	조정 대신들이 어찌 대비마마의 명 없이 고작 판서의 부인 따위가 그런 일을 벌였다 생각하겠습니까?
이소	어마마마는 평생 내명부를 평온하게 다스린 왕실의 어른이십니다. 지금껏 무탈하게 자신의 자리를 잘 지켜오신 분이 그런 억울한 누명을 쓰도록 과인이 절대 가만두고 보지는 않을 겁니다.
지성	(서늘하게) 바로 제가 드리고 싶은 말입니다. 가만히만 계시면, 평생 잘 지켜낼 수 있는 그 평온한 자리를, 전하께서 경솔하게 움직이시니 모두가 제자리를 놓칠 상황 아닙니까.
이소	(분노로 주먹을 꽉 쥐는)
지성	호판부인이 겁도 없이 천한 무뢰배들과 결탁하여 사리사욕을

---

[*]　　　S#6 지성이 서안 서랍에서 꺼낸 구휼미 착복 정황 문서입니다.

채웠으니, 어젯밤 일어난 불미스런 일도 아마 개인적인 원한 때
문이겠지요. 해서 대비마마께서도 더 이상은 호판부인을 감싸
주시면 안 될 것입니다.

| 이소 | !!! (분노로 얼굴 떨리는) |
| 지성 | (서늘하게) 허면, 소신의 말을 뼛속 깊이 새기셨으리라 믿으며, 이만 물러나겠나이다. |

지성, 인사도 없이 휙 돌아 편전을 나가는.

S#21. 호판댁, 안채 방안 / D

난경, 천천히 눈을 뜬다. 주변을 둘러보다 자리에 앉으면.

INSERT

10부 S#1 난경의 목을 조르던 명주천, 필직의 모습.

난경, 말없이 분한 표정으로 이불을 꼭 쥐는데.
드르륵, 문이 열리고 여종, 조용히 문을 열고 들어오는데 난경
이 깨어나 앉아 있다. !!

여종	마님!! 깨어나셨습니까!!
난경	... 어찌 된 것이냐.
여종	금위영 종사관께서 마님을 구하셨습니다.
난경	... 그놈은... 잡았느냐.
여종	아직 잡지 못했답니다. 밖에 금위영에서 보초를 서고 있습니다.
난경	(생각에 잠긴 표정)
여종	아! 그리고 화연 상단 단주라는 분이 기다리고 계십니다. 긴히

드릴 말씀이 있다고.

난경   (의아한) 화연 상단 단주? (소운 떠올리며) 대행수가 왜?

S#22.   호판댁, 인근 골목 / D

소운, 색장옷을 들고 있는 연선과 담벼락 앞에 서 있다.

소운   상단을 다 준다 그럴 때는 싫다, 싫다 그러더니 이제 와 홀랑 가
          져가겠다고 내놓으라니... 하... (기막혀하는)

연선   잠깐 빌리시는 거잖아요, 이름만.

소운   장사치가 빌려주는 게 어딨어? 가져가면 끝인 게지.

연선   (툴툴대는 소운 보며) 다 주신다 그럴 땐 언제고 주기 싫으셨던 겁
          니까?

소운   (큼, 아무 일 없었다는 듯 진지하게) 제발 계획대로 잘되셔야 할 텐데...

연선   (피식) 너무 걱정 마세요. 아씨도... 상단도..

걱정 어린 시선으로 호판댁을 바라보는 소운의 시선에서.

S#23.   호판댁, 안채 방안 / D

화려한 복색과 흰 가리개를 한 여화, 난경에게 인사하고 앉는다.

난경   장소운 대행수가 화연 상단의 단주로 알고 있는데... 뉘신지요.

여화   대행수는 그저, 대리인일 뿐 실질적인 상단의 소유주는 저입니다.

난경   ... 내 어찌 그 말을 믿습니까.

여화   (상단의 단주패를 꺼내 보이는) 이걸로도 믿기 힘드십니까.

난경   (가소롭다는 듯) 고작 그 패 따위가 무슨 소용입니까.

여화	제가 상단을 갖고 있다 보니 아는 것이 꽤 많은데... 이건 어떻습니까.
난경	(보면)
여화	호판대감의 그림과, 강필직 상단과의 연에 대해 말입니다.
난경	!!!
여화	강필직이 부인과 어떤 사이인지, 그림에 들어 있던 꽃잎은 무엇인지, 그런 것도 알고자 하면 쉬이 알게 되는 게 단주의 자리입니다.
난경	... (서늘하게) 누구냐... 혹, 어르신이 보냈느냐!
여화	(천천히 가리개를 벗으면)
난경	!!!!!
여화	좌상대감의 며느리이자, 조성후의 누이 조여화입니다.
난경	(놀라 당황하며) 어찌... 며느님이...
여화	부인께서 무슨 연유로 제게 미끼를 던지신 건지는 모르겠으나 제가 잡기 쉬운 물고기일 거라고 잘못 알고 계신 듯해서...
난경	(놀라서) 믿을 수가 없습니다. 그간 모두를 감쪽같이 속이고...
여화	그런 말씀을 제게 하시기엔 아직 이르십니다. (하다) 저는 부인에 대해 아는 것이 많은데, 부인은 저에 대해 모르는 게 많으실 테니까요.
난경	(여화를 빤히 보다가) 이리 찾아온 이유가 뭡니까.
여화	제 미끼가 되어주셔야겠습니다.
난경	!!!!
여화	아시다시피 아버님께 15년이란 세월을 속고 살지 않았습니까. 모든 사실을 알았는데 제가 가만히 있을 수는 없지요.
난경	... 모든 사실을 알았다...
여화	그러니 저를 도와주신다면 부인이 살길을 열어드리겠습니다.
난경	(서늘하게 보며) 내가 그리할 것 같습니까.

여화	다른 방도가 없지 않습니까? 내일은 또 어떤 이가 와서 부인의 목을 조를지... 어찌 압니까. 아버님께선 한번 마음먹은 일을 놓으신 적이 없는 분인데...
난경	...
여화	마음을 정하시면 연통을 주시지요. 3일 후에도 소식이 없으면 거절하신 걸로 알고 있겠습니다.
난경	... 내가 무엇을 도우면 되는 겁니까.
여화	그것은 부인께서 결정하신 후에 말씀드리겠습니다. (일어나며)
난경	모든 것을 알았다고 하니.. 오라버니에 대해서도 다 알고 계신 겁니까.
여화	(멈칫) ... 물론입니다.
난경	그래요...?

여화, 난경에게 인사하고 나가면 난경, 알게 모르게 피식 웃는 데서.

S#24. 호판댁, 인근 골목 / D

흰 가리개를 한 여화, 호판댁에서 나오면 골목에서 손짓하는 연선, 여화, 서둘러 그쪽으로 걸어간다.

연선	(얼른 자신이 들고 있던 색장옷을 씌워주며) 어찌 되셨어요?
여화	(주변 눈치 슥- 보고) 분명 오라버니의 행방을 알고 있어. 최소한 내가 아는 것보단 더 많이 알고 있는 게 확실해. (하다, 소운에게) 종사관에게 소식을 전해주세요.
소운	예. (여화에게 인사하고)

여화와 연선, 소운과 다른 방향으로 급히 걸어가는 데서.

S#25. 필여각, 앞 / D

수호와 비찬, 필 여각으로 걸어오는데 필 여각 직원 하나가 문 앞에 떡하니 서 있다.

비찬   (직원에게 가서) 오늘은 장사를 안 하는가?
직원   예, 내부 공사를 할 거라 당분간 장사 안 합니다.
수호   강단주는, (하다) 안에 계시는가?

그때 만식*과 병조판서의 수하1이 안에서 나온다.

만식   종사관께서 무슨 일이십니까?
수호   강단주를 만나러 왔는데... 안에 계시는가? (뒤쪽 수하1 보고)
만식   (잠시 눈치 슬쩍) 단주님 출타 중이십니다.
수호   그래? (하다) 오면 내가 찾더라 전해주게. 금위영으로 오라고. 꼭.

수호, 돌아서서 비찬과 함께 걸어가는데 비찬, 힐긋 뒤를 바라보다

비찬   벌써 도망간 거 아닙니까?
수호   저자의 뒤에서 있던 자를 보았느냐? 같은 패가 아니다.
비찬   그럼요? (다시 뒤를 돌아보고)
수호   복장은 평범한데 들고 있는 칼은 무관의 것이다. 그리고 강필직 수하는 칼이 없었다. (하다) 누군가 감시를 하고 있는 것 같으니

*   칼을 차고 있지 않습니다.

비찬이 넌, 멀찍이 사람을 붙여 강필직의 동태와 드나드는 자를
확인하거라.

비찬   예!

S#26.   궐, 이소의 방 안 / N

서안을 사이에 두고 이소, 윤학 마주 앉아 있다.

이소   (고뇌하는) 좌상이 어떤 자인지... 잠시 잊고 있었다.
윤학   (안쓰러운) 전하.
이소   어떤 것도 빈틈을 만들어뒀을 리가 없는데...
윤학   이제 얼마 남지 않았습니다. 이미 많은 것을 찾아내지 않았습니까.
이소   왜 호판부인을 앞세웠는지, 생각해보니 그것부터가 이상했다.
호판부인과 좌상 사이에 고리를 찾을 것이 아니라 호판부인과
같이 침몰할 사람들이 누구인지를 먼저 생각했어야 했는데...
아바마마의 죽음에 어마마마를 볼모로 잡아두고 있었던 것이
아니냐!! (분노하며 서안 위의 서책을 확 집어던지고)
윤학   분명 다른 방도가 있을 것입니다. 좌상을 잡을 수 있는 증좌를
제가 꼭 찾아오겠습니다. 반드시, 찾겠습니다, 전하!!

S#27.   궐, 빈청 안 / N

병조판서와 지성, 같이 앉아 있다.

병조판서   강필직은 필 여각에서 한 발자국도 움직이지 못하게 묶어놨습
니다. 대체 그놈이 무슨 큰 사고를 친 겁니까?
지성   그것까지 자네가 알 건 없네.

병조판서	괜히 일을 그르치기 전에 아예 없애버리는 게 낫지 않겠습니까.
지성	(생각하며) 더 일을 그르칠지 더 쓸모 있는 짓을 할지... 없애는 것은 급한 것이 아니니 잠시 지켜보시게. 그것보다는 주상이 어찌 나올지가 걱정이네...
병조판서	?
지성	(생각에 잠긴) 알아듣게 말을 하긴 했지만, 만약 주상이 또다시 과욕을 부리면, 아예 새판을 짜야겠지. (한탄하듯) 같은 일을 번거롭게 두 번 하지는 않았으면 싶네만.

S#28. 명도각, 장소운 집무실 안 / N

무사복을 입은 여화, 들어오면 수호와 윤학 이미 와 앉아 있다.

여화	(윤학이 있는 것에 살짝 당황하고)
윤학	(여화 무사복 입은 모습 보고) 그날은 경황이 없어 자세히 보질 못했는데 양반가 부인께서 그런 복장으로 다니다니, 참으로 신기합니다.
수호	(조용히 '왜 이러십니까' 눈빛) 형님.
윤학	(조용히 '내가 뭘?' 눈빛) 칭찬이다, 칭찬.
수호	(여화에게) 대행수에게 오늘 호판부인을 만나 뵈었단 얘긴 들었습니다.
윤학	상단 주인 행세를 하셨다면서요? 다른 정체가 있다 하신 것은 너무 위험한 것 아닙니까?
여화	자부심이 높은 사람입니다. (하다) 아는 것을 알려달라 협박이나 애원으로는 통하지 않을 분이지요. 허니, 저희 아버님도 죽이려고 한 것이 아니겠습니까.
수호, 윤학	(보면)

여화	그러니 한번 해본 것입니다. (하다) 나는 다 안다. 알고 있다... 아쉬울 것 하나 없어 보이게. 우린 같은 편이니 같이 복수하자...
수호	(놀라) 같은 편이라니요?
여화	속이는 겁니다. 저는 호판부인과 같은 편 할 생각은 추호도 없습니다. 다른 건 몰라도 먹는 걸로 장난치는 사람은 절대!! 같은 편이 될 수 없습니다.
수호	(여화 보고 피식)
윤학	(그런 수호 보고 표정 어두워지며) 호판부인이 무슨 말을 하든 아무 쓸모가 없을 수도 있습니다.
여화	!!!
수호	(조심스레) 좌상대감이 대비마마를 두고 전하를 겁박했습니다.
여화	?
윤학	처음부터 호판부인의 배후로 대비마마를 만들 계획이었던 게지요.
여화	(어이없는) 와... 어찌 매번 혈육을 볼모로 잡으시는 건지... (수호 보며) 강필직은요?
수호	필 여각에 갇혀 있는 것 같습니다.
여화	(일어나며) 가시지요.
수호	(보면)
여화	(씨익 웃으며) 말보단 몸이 먼저 움직여야 하지 않겠습니까.

S#29. 필 여각, 전경 / N

S#30. 필 여각, 안 / N

소리 없이 필 여각 안으로 빠르게 들어가는 두 복면의 그림자,

여화와 수호다.

조용히 다가와 강필직 사무실 앞을 지키던 병판의 수하1, 2를 단번에 쓰러트리고 !!

그때, 이들에게 달려오는 무사 하나도 거뜬히 쓰러트리는!

S#31. 필여각, 강필직 사무실 안 / N

필직, 건조하게 앉아 있고 만식 그 옆에 서 있는데

덜컹! 문이 열리고 여화와 수호 들어오는 !!!

만식   (복면을 알아보고) 너는!! (하고 자기 옆구리를 보는데 검이 없다, 젠장)

필직   (복면을 보자 이를 부득 갈고 쳐다보는)

여화   오랜만입니다. (창포검을 들고 만식 쪽으로 슬슬 다가오면)

필직   (저것들이 왜 왔지?) 겁도 없이 여기가 어디라고 기어 들어온 것이냐!

여화   지금 큰소리칠 때가 아닌 것 같은데... (만식에게 검을 겨누면)

만식   (검이 없어 반격 못하고) 형...님...

여화   검도 빼앗기고. (주변 보더니) 모양새를 보아하니 갇혀 있는 것 같은데... 기분 탓인가?

만식   (버럭) 누가 감히 우리를 가둬둔단 말이냐!!

필직   (돈 꾸러미 꺼내 던지며) 사사건건 내 일을 방해한 것은 잊어주마. (하다) 가지고 나가거라.

여화   (수호에게 속닥) 지금, 저거- 내가 뭐 훔치러 들어온 줄 아는 거요?

수호   (여화에게 속닥) 그간 해온 일이 있으니... (큼, 필직에게 검을 겨누며) 네 뒤에 있는 자가 누구냐.

필직   (수호를 빤히 보며) 그러는 너는 누구냐.

수호   (검을 바짝 가져가며) 네 대답부터.

필직   (빤히 수호를 바라보다) 복면과 같이 다니는... 박수호 종사관 아니

	십니까?
수호, 여화	!!!
필직	(그럴 줄 알았다는 듯 피식 웃는) 복면과 꽤 가까운 사이라는 것쯤은 알고 있었습니다.
여화	!!! (당황하고)
필직	(수호의 검 끝을 잡아 자신의 가슴으로 가져가며) 금위영 종사관께서 복면을 쓰고 사람을 죽일 순 없지 않습니까. (비직거리며 웃는)
수호	(그런 필직의 얼굴을 보며 잠시 생각하는데 손에 힘 꽉 들어가고)
필직	제게 죄가 있다면 금위영으로 데려가 수사를 하시면 될 것을 (빈 정거리며) 이렇게 다짜고짜 칼부터 겨누다니 죄목이 무엇입니까?
수호	죄목이라...
필직	절차도 없이 이렇게-
수호(O.L)	내가 진짜 누군지 알면 죄목이 생각나시겠나? (하며 복면을 착! 벗고)
필직	!!!
여화	!! (놀라 수호 보면)
수호	(칼을 조금 더 깊게 가슴을 찌르는 듯) 네 놈이 내 가족 모두를 죽였을 때도 혼자 기어이 살아남은 내금위장 임강의 아들, 임현제.

INSERT

2부 S#47-1 등에 칼을 맞고 쓰러지는 수호.

필직	(순간 겁을 먹어 뒤로 물러나며) 그것을... 기억하고 있었던 것이냐...
수호	고맙게도 네 덕에 기억이 났지, 네가 누군지.
필직	나...나..나는 아무것도 모른다.
수호	(여화에게) 계획이 바뀌었습니다. 그냥, 지금 죽이는 걸로 합시 다. (필직에게 한 걸음 다가가면)

여화	(수호 팔 잡고) 잠깐!!
필직	잠깐!! 잠깐!!!
만식	형니임!!!
수호	(필직의 외침엔 관심도 없고) 말리지 않겠다, 했잖습니까.
여화	(하... 어쩔 수 없다, 필직 한 번 슥 보고 수호의 잡은 손 놓으면)
필직	(여화 보고) 이자 좀 말려주십시오! 제발!! 살려주십시오. (싹싹 빌고)
여화	(고개 저으며) 내가 이자와 한 약조가 있어서.
필직, 만식	!!!
여화	(수호에게) 하고 싶은 대로 하시오.
필직	(후딱 무릎 꿇고 싹싹 빌며) 시키는 대로 다 하겠습니다!!
수호	(서늘하게) 내 가족을 죽인 이유가 무엇이냐.
필직	(고개 숙인 채 싹싹 빌며) 내금위장이 교지를 갖고 있었습니다! 그걸 빼앗아오면 큰돈을 준다기에.. 자세한 내막은 저도 잘 모르옵고. 그저 호판부인이 시키는 대로 했을 뿐입니다. (넙죽 엎드리는)
여화, 수호	(서로 눈빛 주고받는)
여화	그 말을 증명할 수 있느냐.

여화를 슬쩍 보던 만식, 천천히 품에서 작은 단도를 조심히 꺼내는데

필직	(자신을 탕탕 가리키며) 제가 증좌입니다. (하다) 저를 살려만 주신다면 제가 어떡해서든 증언하겠습니다! 제가 여기서 죽으면 평생 증명하실 수 없을 겁니다!!!
여화	(수호에게) 이자도 가지고 있는 다른 증좌가 없다면- 악!!!

순간 만식, 여화 쪽으로 단도를 휘익 휘두르고 수호, 순간 여화를 잡아당겨 둘이 넘어진다.

여화의 팔에 피가 맺히고. 서둘러 필직을 부축해 밖을 빠져나가는 만식.!!

수호   (당황해) 괜찮으십니까!!!!

S#32.   명도각, 장소운 집무실 안 / N

소운, 다친 여화의 팔을 살펴보고 있다.

소운   (상처를 살펴보다) 이만하니 다행이지 정말 큰일 날 뻔했습니다.

여화의 팔을 붕대로 감싸고 소매 내리는. 소운, 치료를 마치고 밖을 나가면
문 앞에 있던 수호, 들어온다.

수호   미안합니다... 제가... (지켜주지 못해 미안해하는)
여화   네, 미안해하셔야지요. 원래 계획이 적당히 겁박하고 빠져나가게 한 다음 뒤를 쫓기로 한 거 아닙니까? (슬쩍 흘기며) 복면의 기본은 상대방에게 얼굴을 들키지 않는 건데 가자마자 홀딱 들켜서는.
수호   사람을 붙여놓았으니 계획이 실패한 건 아닙니다.
여화   나리가 누군지를 말하지 않았습니까!! 그건, 계획에 없었습니다.
수호   내가 아무것도 모른다 생각하는 그 뻔뻔한 얼굴을 보니 그 자리에서 진짜 죽일 뻔했습니다.
여화   !!
수호   내가... 무엇을 하러 갔는지도 잊고...
여화   나 혼자 갈걸 그랬습니다.

수호	(풀 죽어) 혼자 가셨으면 이리 다치지도 않았겠지요...
여화	(에이, 뭘 또 그렇게) 생각해보니 혼자 갔으면 진짜 위험할 뻔했습니다. (수호 힐끗 보다) 나리가 도와주지 않았다면 그 칼에 등짝을 찔렸을 수도 있었겠지요.
수호	(생각만으로도 끔찍한) 부인!
여화	(보면)
수호	그런 일은 없습니다. 절대, 다시는, 부인이 다치는 일은 없을 겁니다.
여화	(수호를 빤히 바라보다 이내 말 돌리며) 하... 강필직 이놈.... (하다) 다음엔 말리지 않을 테니 죽이십시오.
수호	(쓰게 웃는)
여화	(서둘러 자리를 피하려는 듯) 그럼 전, 늦어서 먼저 일어나겠습니다.

여화, 서둘러 밖으로 나가면
수호, 걱정스러운 시선으로 여화가 나간 문을 바라보는 데서.

S#33. 좌상댁, 사랑채 마당 / N

무사1, 지성에게 다가와 은밀히 속삭이는

무사1	강필직이 달아났다 합니다.
지성	(얼굴 굳어지며) 뭐?
무사1	복면을 쓴 자들이 갑자기 나타났는데... 그 소란을 틈타 도망을 간 모양입니다.
지성	복면 쓴 자들이라? 그자들이 누군지 당장 찾아내거라.
무사1	강필직은 어찌할까요?
지성	두거라. 다시 길에서 개처럼 살아가긴 어려울 테니. 그냥 맥없

이 사라지진 않을 게다.

무사1이 황급히 밖으로 빠져나가고 지성, 서늘하게 표정 짓는데 이 모습을 뒤에 숨어 바라보는 연선의 모습에서. F.O

S#34. 성문 인근 / D

평민 복장을 하고 성문 인근을 살피는 만식과 필직.
그들의 눈에 필 여각을 지키던 것과 같은 평민복에 무관 칼을 찬 남자 둘이 보인다.

만식   아무래도 성문을 통과하긴 어려울 것 같습니다.
필직   (표정 굳어 어떻게 해야 할지 머리를 굴리는)

저 멀리, 그들의 모습을 바라보고 있는 금위영 무관1과 비찬 서 있다.

비찬   지금부턴 내가 쫓을 것이니 너는 나리께 가서 어찌할지 듣고 오너라.
무관1   예! (꾸벅 비찬에게 인사하고 가고)

비찬, 이들을 날카로운 눈으로 바라보는데.

S#35. 궐, 이소의 방안 / D

이소, 윤학과 마주 앉아 있다.

이소	아바마마의 교지가 정말 있었구나. 내금위장의 죽음이 아바마마의 명을 받아서였으니. 자네 아우에게 참으로 미안한 마음뿐이네.
윤학	(보면)
이소	충신이 목숨으로 지키고자 했으나, 그리 처참하게 빼앗기고 말았으니... (낙망한) 이젠 어쩔 도리가 없는 것 아니냐.
윤학	전하! 조성후는 내금위장이 죽은 이후에, 선왕 전하의 부름을 받고 사라졌습니다. 좌상대감이 그자를 그리 찾았다면 분명, 조성후가 받은 밀명이 있었을 겁니다.
이소	그것을 정말 찾을 수 있을지...
윤학	호판부인이 그것에 대해 알고 있는 듯하오니, 조씨부인이 알아낼 때까지 조금만 기다려주시옵소서.
이소	만약 호판부인이 어마마마에게 위해가 된다면?
윤학	!!
이소	호판부인이 결국 좌상의 편에서 살길을 도모한다면, 그땐 또 어찌할 것이냐?
윤학	(냉정하게) 호판부인의 죄는 이미 참형에 처해도 모자라지 않습니다. 조씨부인이 호판부인에게 얻을 것이 없다면, 그 즉시, 그 죄를 직접 다스리시면 됩니다.
이소	(씁쓸하게 고개를 끄덕이는)

S#36. 여화의 별채, 마루 / D

별채 마루에 앉아 옷을 정리하고 있는 여화와 연선.

연선	(옷을 개며) 어젯밤, 낯선 이가 사랑채에 들었습니다.
여화	(낮은 목소리) 강필직을 지키던 자들이겠지. 아버님이 움직이는

자들이 곳곳에 있는 것 같아.

연선	쪽지를 보낸 자들이 누군지도 찾고 계실 텐데...
여화	나를 내쫓는 게 우선이시지... (에잇!) 대체 좌부승지는 뭐 하는 거야! 나랑 종사관이랑 밤을 꼴딱 새고 뛰어다니는 동안 고작 그거 하나 해결 못하고!! 쯧!
연선	사정이 있으실 수도...
여화	지금... 혹시... 좌부승지 편을 든 것이야?
연선	(깜짝 놀라며) 네에? (손사래 치는) 편이라니요! 무슨 사정이라고 고작 그거 하나를 못하시고!!
여화	(연선 귀엽게 보는)

그때, 별채 마당으로 봉말댁이 들어온다. 여화와 연선 보면

봉말댁	아씨 마님! 마님께서 돌아오셨습니다.
여화	(반갑게 일어나며) 어머님께서 오셨는가!
봉말댁	어서 나오시지요. (후다닥 별채 밖으로 나가면)
여화	(연선에게 흥!) 좌부승지에게 전해, 방법 안 찾아도 된다고.
연선	(보면)
여화	어머님께서 시간을 벌어주실 거야. (하다) 어머니임~ (여화 신이 나 후다닥 뛰어 마당을 나가면)
연선	대감 마님보다 마님께서 여묘살이를 더 보내고 싶어 하셨던 거 잊으셨습니까? (연선, 서둘러 여화를 따라 나가는)

S#37. 좌상댁, 안채 마당 / D

당황한 표정으로 안채 마당으로 들어서는 지성, 그 뒤로 지성의 하인 따라 들어오는.

석정을 보며 함박웃음을 짓고 있는 금옥과 그 옆에 서 있는 석정.!!
그 뒤로 재이와 봉말댁, 하인들 눈물을 훔치며 서 있다.

재이   아버지!!

금옥   (고개 돌려 지성 보며) 대감! 우리 정이입니다. (하다) 우리 정이가
           돌아왔습니다.

지성   !!!!

석정   아버님, 불효자 정이 이제야 집을 찾아 돌아왔습니다.

지성   ... 네가 어찌...

재이   아버지께서도 믿기지 않으시지요? 저도 돌아오는 길 내내... (말
           멈추고 훌쩍이면)

석정   (조용히 재이의 어깨를 토닥이는)

금옥   (재이와 석정을 흐뭇하게 보다) 화적떼에게 쫓겨 죽을 뻔하고 기억
           을 잃은 것을 상인 하나가 구해 청나라로 데려갔다고 합니다.

지성   (석정 보면) ... 그래...?

석정   (지성 앞에 서서) 소자, 아무것도 기억나질 않아 돌아오지 못했습
           니다. (하다) 그간 상심이 크셨다 들었사온데... 이제 다시는 그런
           불효를 저지르지 않겠습니다. (석정, 지성에게 다가와 와락 안는)

지성   (석정 마지못해 안으며) 그...래... 네가 드디어.. 살아 돌아왔구나. (놀란
           기쁨에 어찌할 바를 모르는 것으로 보이고)

금옥   내 두 부자가 저리 다정한 것을 다신 못 볼 줄 알았는데.. (눈물 찍고)

그때 안채 마당으로 들어오는 여화, 금옥에게 다가와

여화   어머님!! (꾸벅 인사하며) 다녀오셨습니까. (재이에게도 꾸벅 인사하고)

재이   (여화의 눈을 맞추지 못하고, 눈물 훔치며 고개 돌리면)

금옥   (방긋 웃으며) 어서 오너라!! 아가!!

여화	(무슨 상황인지 의아한 표정인데)
금옥	우리 정이, 네 지아비가 살아서 돌아왔다.
여화	(못 알아들었다) 누구....요..?
금옥	내 아들 정이 말이다! 이리도 멀쩡히 살아 있지 뭐냐!!
여화	(꿈벅꿈벅, 이게 무슨 소리지? 하는데)
석정(OFF)	(여화에게 다가와) 미안합니다. 내 이제야 와서-
여화	(돌아보는데 꿈벅, 응??? !!!!!)
여화(E)	이 자식은?!
석정	(웃으며) 우리 어디서 본 적이 있지 않소? (여화의 팔에 손을 올리는데)
여화	(자기도 모르게 타악! 석정의 손을 쳐낸다)
지성, 금옥, 재이	!!!!
석정	(놀란 표정 스치고)
금옥	(미소) 큰아이가 수절 중이라... 사내가 낯설어 그런 것이다. (하다) 정이 네가 이해하거라.
석정	(여화 보고) 쏘리! (아! 절레) 미안합니다. 내 부인에게 결례를- (잠깐! 어디서 많이 본 상황인데...)

INSERT

7부 S#38 여화를 품에 안는 수호.

석정	!!! (천천히 여화에게 다가가 얼굴을 바라보려는데)
여화	(석정을 확 밀치고 돌아서서 사당으로 뛰어가는 데서)
금옥	(어색하게 웃으며) 15년이나 수절을 했으니... 사내가 낯설어...서... 저리 순진할 수가... (하다) 곧 따뜻하게 대할 테니 너무 상심 말거라.
석정	... (분명 닮았는데 의아한 표정에서)

덜컥! 문이 열리고 여화, 급하게 사당 안으로 들어온다.
문을 꼭 닫고 당황한 표정, 역력하고

여화   (혼잣말) 이제 별 해괴한 꿈을 다 꾸는구나...

고개 들어보면 석정의 위패가 보인다. 여화, 석정의 위패로 성큼 걸어가
위패를 들어 밑을 보면 여화가 그린 석정의 그림.

여화   (위패 보며) 여묘살이 간다 하고 딴 데로 샐까 봐 이러시는 겁니까? (하다) 여기 계실 분이 왜 밖에 나오십니까?
석정(OFF)   (노크 소리) 잠시... 들어가도 되겠소?
여화   (다급하게) 서방님, 제발 저놈이 아니라고 해주세요. 제발..
석정(OFF)   들어가겠습니다.
여화   (단호하게) 안 됩니다!
석정   (덜컹! 문을 열고) 실례하오.
여화   (깜짝 놀라 위패를 들고 뒤도는)
석정   (등을 돌리는 여화를 보고) 많이 당혹스러운가 보오. (하다) 알겠소. 마음이 진정되면 불러주시오, 기다릴 테니. (다시 문을 닫고 나간다)
여화   (위패에게) 어머님께서 여묘살이를 이런 식으로 막아주실 줄은 몰랐습니다.

여화, 어쩔 줄 모르는 표정에서.

사랑채 방 안에 지성과 금옥이 앉아 있다.

금옥   (눈물 훔치며) 대감, 애끓는 대감과 제 마음을 차마 외면할 수 없
        어 하늘이 우릴 살핀 겝니다.

지성   그런 것 같소이다. 부인의 정성이 하늘에 닿았나 봅니다.

석정(OFF) 소자 들겠습니다.

금옥   (미소) 어서 들어오거라.

지성   부인, 잠시 내 정이와 단둘이만 있고 싶구려.

금옥   그러시겠지요. 저도 어제부터 꼬박 붙어 있었습니다.

지성   (온화하게 미소 지으며) 그랬습니까.

금옥, 미소를 띤 채 일어나 방 밖으로 나가면

지성   (서늘하게) 어쩌자고 감히 이리 기어 들어온 것이냐.

석정   모두가 행복해지지 않았습니까?

지성   (분노로 뺨을 때리려 손을 확 올렸다가 때리지는 못하고) 네 이놈을!

석정   아버지께서 제게 한 일을 모두 덮고 어머니와 부인을 잘 살필
        테니 너무 걱정 마십시오.

지성   네놈이 일을 얼마나 망쳤는지 아느냐?

석정   제발... 이제 그게 무엇이든 아버지 계획에 다른 사람들이 상처
        입지 않길 바랍니다. (일어나 꾸벅 인사하고 나가면)

지성   저..저 자식을!

집무실 안, 치달과 수호 이야기 중이다.

치달	(은밀하게) 그자는 비찬이 놓치지 않고 쫓고 있네.
수호	접근하는 자가 있는지, 어디로 가는지 놓치지 않고 살펴야 합니다.
치달	내 수시로 연통하고 있으니 걱정 말게!

이경(OFF)	아버지이이이-

치달, 이경의 목소리에 움찔 놀라는데.
우당탕! 문이 열리며 이경이 들어온다.

치달	딸! (수호 눈치 보며) 여긴 또 왜 왔어어-
이경	패설 책에서나 나올 운명 같은 사랑 이야기가 또 도성에 나타났습니다!
수호, 치달	(귀 기울이면)
이경	그게- 좌상대감님댁 아드님이 살아 돌아와 그 집이 지금 난리랍니다!
수호	!!!!
이경	(두 손 꼭) 그리, 매일같이 치성을 드린다 소문이 자자하더니- !! 하늘도 그 정성에 감동한 겁니다!!
수호	(털썩 자리에 앉는)
치달	(놀라며) 세상에!! 어찌 그런 일이!! 이거 정말 경사 아닌가!! 좌상댁 며느님, 을마나 좋아! 소복도 벗고, 지아비도 생기고!!
이경	저도 그런 연모를 하고 싶습니다! 아니 할 겁니다, 아버지!
치달	응?(하다) 그러려면 수절부터 하고 시작해야 되는데... 괜찮...겠니...?
수호	말도 안 됩니다!!!
치달, 이경	(꿈벅, 보면)
수호	.... 그럴 수는 없습니다... (밖으로 뛰쳐나가고)
치달	(문 보며) 박종사과안!! (한숨 폭, 이경에게) 지아비 될 사람 앞에서

어찌 그런 말을 하니이-

이경   ? 제 지아비를 왜 아버지께서 정하십니까?

치달   ?? (수호가 나간 문과 이경을 번갈아 보는)

이경   (수줍게) 저는 눈여겨보는 사내가 따로 있습니다. 정해지면 알려
드릴 테니 그럼. (꾸벅 인사하고 뛰어나가는)

혼란스러운 치달의 표정에서.

S#41.   윤학의 집, 마루 / D

윤학, 심란한 얼굴로 서책을 보고 있는데, 책이 눈에 들어오지
않는 듯하고.
그때, 마당으로 정신없이 들어서는 수호가 보이고.

수호   형님! 들으셨습니까?

윤학   (일부러 담담하게) 들었다.

수호   죽은 사람이 살아 돌아왔다니, 있을 수 없는 일입니다.

윤학   (그런 수호를 안쓰럽게 보다, 엄하게) 일단 좀 앉거라.

S#42.   호판댁, 안채 방 안 / D

붓과 종이가 놓여 있는 서안 앞에 앉아 있는 난경.
수척해진 얼굴로 빈 종이를 보며 생각에 잠겨 있는데.
그때, 드르륵, 문이 열리며 여종이 들어온다. 난경 보면

여종   이 서찰을 전해달라는 분이 계십니다. (난경에게 서찰을 내밀면)

난경   (서찰을 열어보다 놀라는 데서)

여화의 별채, 누마루 / D

석정, 재이의 색옷을 입은 여화와 마주 앉아 있고 금옥, 둘을 흐뭇하게 바라보는데

금옥 이리 버젓이 살아 있는 남편 앞에서 소복을 입고 있을 순 없지 않겠느냐.

여화(E) 여태 소복 입고 몇 번 봤습니다, 어머님.

금옥 재이가 시집가기 전에 있던 옷을 입히긴 했지만 이렇게나 잘 어울리다니... 정말 곱구나. (석정 보며) 그렇지 않느냐.

석정 예, 어머님.

석정(E) 저리 색옷을 입으니... 더 그 여인 같은데...

여화 (애써 표정 관리하는)

금옥 시집와 내내 소복만 입고 살았는데... 네가 정말 고생이 많았다.

여화 아닙니다. 저는 정말 괜찮았습니다. 정말입니다.

금옥 이게 모두 네 정성으로 우리 정이가 무탈하게 돌아왔으니 예쁜 옷도 입고 담장 밖 구경도 하며 행복하고 다복하게 살자꾸나.

여화(E) (울상) 아니요, 어머니... 저는 그냥 소복 입고 사당에 있을게요. 소복 말고 검은 옷도 입구요. 담장 밖도 구경 잘 하면서 살아요.

금옥 그래, 이 감격을 어찌 말로 표현할 수 있겠느냐. 낯선 것이 당연하겠지만, 이제 익숙해져야 한다. (슬쩍 석정 보고) 이만, 자리를 비켜줄 테니 (석정에게 눈짓하며) 얘기들 나누거라.

여화 (당황하고) 어머! 어머님!!

여화, 당황하고 석정, 그런 여화를 바라보는 데서.

S#44. 윤학의 집, 마루 / D

화면 밝아지면 얼굴이 발갛게 달아올라 잔뜩 취해 있는 수호.
주안상이 놓여 있고 그 앞에 윤학이 앉아 있다.

수호   제가.. 그러니까... 제가.. 형님..! 어찌해야 합니까..?
윤학   (안쓰럽게 보면)
수호   (잔뜩 취해) 이럴 수는 없는 겁니다. 이럴 수는 없어요. 푸우.
윤학   제발.. 좀 그만.. (하다) 그래, 더 말하거라. 말이라도 하지 않으면
         그 속을 어찌 달래겠느냐.
수호   (큰 소리로) 궁금해 죽겠습니다! 대체 그놈이 어떤 놈인지!!
윤학   (화들짝, 너 또... 난감한 표정인데)

S#45.   여화의 별채, 누마루 / D

         찻상을 앞에 두고 앉아 있는 여화 *와 석정, 어색한 기류 속에서
         서로 탐색전을 하는

석정(E)   분명... 종사관의 정인, 그 여인과 비슷한데...
여화(E)   왜 그런 눈으로 봐? (하다) 설마.. 기억하는 거야?
석정   그간 고생이 많았소.
여화   (다소곳하게) 아닙니다.
석정   내 지난번 명도각에선-
여화(O.L) (화들짝) 명도각이라뇨! 전 한 번도 명도각에 간 적이 없습니다!!
석정   (자신의 옷 가리키며) 그때 내 여기, 머리카락...
여화   (띠용!) 아... 그때는 제가 누군지 몰라 뵙고...
석정   미안하오. (하다) 그때는 나도 부인이 내 부인인 줄 모르고... 헌
         데, 왜 명도각에 간 적이 없다고 한 것이오?

*   여화는 S#45부터 S#53까지 재이의 색옷을 입고 있습니다.

여화(E)	아픈 놈인 줄 알았는데... 눈치는 빠른 것 같고...
석정(E)	(의심스러운) 뭔가... 숨기는 게 있는 것 같은데...
여화	수절 과부가 담 밖을 나서면 안 되는 처지라... 혹여, 어머님께서 아시면 노하실까 그리 말한 것입니다.
석정	... 그렇군요. 내 그 생각을 못했소. 헌데, 금위영 종사관이랑 아는 사이요?
여화	!!!!!! 그게 누굽니까?! 저언혀 모르는 사람입니다만.
석정	아, 모르면 되었소.
여화	(미치겠다, 불편해 죽겠는 표정에서)

S#46. 좌상댁, 전경 / N

S#47. 좌상댁, 사당 안 / N

벽장 안에 있던 물건들을 서둘러 보따리에 챙기는 연선.
그 옆에 여화, 멍한 표정인데

연선	(물건들 보따리에 담으며) 오늘 밤이 마지막 기회일 수 있어요!
여화	(보따리 물건을 빼며) 잠깐 기다려 봐. 어찌할지 생각 좀 하고.
연선	(다시 담으며) 생각하고 말고 할 게 어딨어요! 그럼 여기 계실 거예요?
금옥(OFF)	아가!
여화, 연선	!!!! (급하게 물건 도로 집어넣으면)

덜컹, 문을 벌컥 열고 들어온다. !! 여화, 연선 급하게 일어나며
꾸벅 인사한다.

금옥	왜 또 사당에 들어 있는 게냐.
여화	... 아무래도 제겐 이 공간이 익숙한가 봅니다.
금옥	... 엄연히 지아비가 살아 있거늘! 이제 이곳엔 올라오지 말거라.
여화	... 예...
금옥	그리고 정이의 방이 마련될 때까지 당분간 별채에서 지낼 것이니 그리 알고.
여화	예... (하다) 예에???
금옥	너도 대를 이어야 하지 않겠느냐. 아들을 생산하기 전까진 정이에게 계속 별채에 머물라 그리 전했다.
여화	??????
금옥	(인자한 미소) 어서, 손주를 보고 싶구나. 어서 내려가거라.

금옥, 나가면 휘청! 하는 여화. 연선, 잡아주는 데서.

S#48. 여화의 별채, 방 안 / N

방안에 이불 한 채가 놓여 있고 술상을 두고 어색하게 마주 앉은 여화와 석정.
여화, 난감한 표정인데

석정	너무 걱정 마시오! 내가 꽤 매너 있는 사내라... (하다) 아! 매너가 뭐냐면- (술 한 잔 홀짝 마시고)
여화(E)	매를 버는구나, 아주.
석정	(미소 지으며) 예의를 아는 사람이오.
여화	예의를 아신다 하니 말씀드리는 거지만...
석정	(보면)
여화	(단호하게) 혼례도 저 혼자, 합환주도 저 혼자 마셨으니 그 모든

절차를 정식으로 해야 진정한 부부가 아니겠는지요.

석정   아! 그 생각을 못했소! 혼례식은 다시 합시다. 헌데, 우리가 사주단자는 주고받았소? 당연히 받았겠지. 함은? 그것도 받았을 거고. (술 따르며) 자, 일단 먼저 합환주. (술 들이켜고)

여화(E)   그냥... 죽일까?

석정   (빈 술잔 보다 장난기 거두고 툭) 그 모든 것을 혼자 하게 해서.. 미안하오.

여화   (보면)

석정   오늘 종일 그 말을 하고 싶었습니다. ... 나는 부인에 대해 아무것도 모르지만 나 때문에 이리 살게 된 것은 분명하니... 그것만으로도 부인께 꼭 사과를 하고 싶었습니다. 정말 미안하오.

여화   누군가 잘못한 이가 있다 해도.. 서... (다시 마음잡고) 서... (서방님 소리가 안 나온다) 그쪽 탓은 아닙니다.

여화(E)   위패 보고 잘만 하더니... 살아 있는 사람한테 서방님 소리는 안 나오는구나.

석정   (여화를 한참 보다가) 자, 이제 그만 잡시다.

여화   !!!!

석정   불편하면 내가 윗목, 부인은 아랫목에서 주무시오.

여화   (놀란 마음 진정시키고)

석정   그럼, 먼저 이만 자겠소. (옷고름을 풀면)

여화   (당황해) 뭐 하는 겁니까! (하다) 그냥 주무십시오!! (눈을 가리고)

석정   아... 내가 옷을 입고는 못 자는 버릇이 있어서...

여화(E)   내가 진짜... 첫날부터 이러고 싶지는 않았는데...

여화   그럼, 제가 도와드릴 테니 돌아서시지요.

석정, 뒤돌아 윗옷을 벗으려고 하는데 여화, 석정의 목덜미를 타악! 친다. 꼬르륵.

석정, 그대로 누워 기절하고

여화   서방님, 술이 이리 약하셔서 어찌합니까.

여화, 급히 밖으로 나가는 데서.

S#49.   명도각, 장소운 집무실 안 / N

소운, 집무실 보료에 누워 잠을 청하려고 하는데 덜컹! 문이 열
리고
채색옷*을 입은 여화 급히 들어온다.

소운   (다시 일어나며) 왜 이제야 오십니까.
여화   나오느라 애를 좀 먹었습니다.
소운   앞으로 계속 이러실 수도 없을 텐데... 이제 어쩌실 겁니까.
여화   빨리 집을 나올 방도를 찾아야지요.
소운   어제까진 안 나올 방도를 찾았는데.. 정말 극한 며느리십니다.
        헌데, 살아 돌아온 서방님은 어떻습니까?
여화   어후! 그 서방님 소리는 좀!! (하다) 그놈입니다.
소운   (보면)
여화   여기서 장사하던 주씨 말입니다.
소운   ???????? 주씨요오?????
여화   하는 짓도 이상하고, 뭘 알고 그러는 건지 모르고 그러는 건지...
        여튼, 좀 알아봐주세요.
소운   주씨라니... 이상하긴 하네요. 우연 같진 않아 보이고.
여화   (한숨 쉬고) 내일 호판부인을 어떻게든 털어놓게 해야 합니다. 이

*   여화는 10부 S#45부터 S#53까지 재이의 색옷을 입고 있습니다.

번이 마지막 기회일지도 몰라요. 호판부인이 말하지 않는다면 오라버니를 영영 못 찾을까 두렵습니다.

소운	(얕은 한숨 쉬며) 아씨와 똑같이 안쓰러운 분이 옆방에서 자고 있으니 깨워서 좀 가시라 전해주시겠습니까.
여화	(??? 소운 보면)

S#50. 좌상댁, 사랑채 방 안 / N

지성, 심기 불편한 표정으로 서책을 넘기고 있다.

하인(OFF)	대감 마님, 손님이 들었습니다.
지성	들라 해라.

문이 열리면, 두려움에 떠는 듯 안절부절못하는 표정으로 들어오는 필직.

지성	(올 줄 알았다는 듯 다정한 목소리로) 왔는가.
필직	(넙죽 엎드리며) 소인, 어르신께 목숨을 내어놓겠습니다.

필직을 보며 미소 짓는 지성의 모습에서.

S#51. 명도각, 직원 숙소 방 안 / N

여화, 문을 열고 들어가면 수호가 방 안에서 자고 있다.
여화, 들어와 자고 있는 수호를 바라본다.

| 여화 | (수호에게 가까이 다가가 큼큼) .... 대체 얼마나 드신 겐지.. (조금 더 |

	가까이 얼굴을 가져다 대는데)
수호	(천천히 눈을 뜬다. 꿈벅꿈벅)
여화	!!!
수호	(꿈인 줄 알고 손을 뻗어 여화의 뺨에 손을 대는) 내... 이제 헛것이 보입니다.
여화	(그대로 얼음!!)

S#52.　여화의 별채. 방 안 / N

석정, 목이 아픈 듯 끙! 하고 일어나다 잠시 주변을 살펴본다.
옆 침구가 비어 있는 것을 보고.

석정	(주변 살펴보며) 부인...?

S#53.　명도각. 직원 숙소 방 안 / N

여화, 놀란 얼굴로 그대로 멈춰 있고

수호	부인...
여화	(당황해 보면)
수호	누군가의 부인이신 부인...

여화, 숨도 못 쉬고 그대로 멈춰 수호를 바라보고 애틋하게 여화를 보는 수호.
그 둘의 모습에서. 엔딩.

S#54.   윤학의 집, 마당 / D (S#44 이후 상황)

몸으로 대문을 막은 채 지친 표정으로 서 있는 윤학, 옷매무새
가 풀어헤쳐져 있고.
그 앞에 윤학을 몸으로 밀며 대문 밖으로 나가려는 수호의 모습
이 보인다.

수호   (정신 못 차리고) 명도각으로 갈 겁니다!!
윤학   (휘청이는 수호 잡느라, 대문을 막느라 정신없는) 지금 몇 시진째 이러
       는 줄 아는 게냐?
수호   형님!!
윤학   (힘겹다)
수호   대체 그놈이 어떤 놈인지 물어보러 가야 합니다! (혀 꼬인) 명도
       각으로 갑시다아!
윤학   (더는 안 되겠다) 그래, 가자! 가!

윤학, 지친 듯 몸을 비켜주면
퉁- 하고 대문 밖으로 튕겨 나가는 수호의 모습에서.

바람 삼희 등불

S#1. 명도각, 직원 숙소 방 안 / N (10부 S#51 연결)

화면 밝아지면 꿈인 줄 알고 여화의 뺨에 손을 올리는 수호, 여화와 시선 마주치고.
여화, 자신의 뺨을 만지는 수호 때문에 당황하는. 쿵쿵.. 쿵쿵..

수호	내... 이제 헛것이 보입니다.
여화	!!!
수호	부인...
여화	(쿵쿵.. 쿵쿵.. 가슴이 뛰는)
수호	누군가의 부인이신 부인...

수호, 여화를 애처롭게 바라보고 여화, 자기도 모르게 뻗은 수호의 손을 천천히 잡는다.
그대로 서로에게 온기가 전해지고 !!!
허공에 마주치는 두 시선, 여화와 수호, 둘 다 눈이 커지며 꿈벅. 꿈벅. !!
화들짝 정신이 들어 여화, 그대로 수호의 손을 놓고 수호도 놀라 벌떡 일어나는 !!!

여화, 수호	미안. / 미안합- (동시에 말하는)
수호	(서둘러) 미안합니다.
여화	(아무 일 없었다는 듯) 속상한 일이 있으셨나 본데...
수호	...
여화	그냥 툭, 털고 잊으십시오. 지나면 모든 것이 다 괜찮아질 겁니다. (서둘러 나가려는데)

수호(OFF)	... 괜찮으십니까?
여화	(뒤돌아보면)
수호	... 좌상댁 큰아드님이 돌아왔다 들었습니다.
여화	(잠시 수호를 보다) 전 괜찮습니다.
수호	전, 걱정됩니다.
여화	!!!
수호	혹, 그 사람이 돌아와서 좌상에게 매이는 것은 아닐지... 그자의 부인으로서 도리를 강요 받거나 하는 것은 아닐지...
여화	그런 걱정은 안 하셔도 됩니다.
수호	(보면)
여화	이제껏 수절 과부로서 도리를 지키고 산 건 제 선택이 아니었지만 앞으로의 제 삶은 누구에게도 강요 받진 않을 겁니다.

여화, 수호에게 인사하고 나가면 여화가 나간 곳을 바라보는 수호.

S#2.　명도각, 장소운 집무실 안 + 복도 / N

여화, 집무실 안으로 들어와 자신의 가슴에 손을 대본다. 쿵쿵...
여전히 심장이 뛰고.
슬쩍 문을 열면 수호가 복도를 지나간다. 후다닥 문을 닫는.
그러다 다시 문을 열어 빈 복도를 바라보는 데서.

바람 앞의 등불

S#3.   좌상댁, 사당 안 / N

여화, 사당 안에 앉아 발갛게 달아오른 뺨을 손으로 식히는

INSERT

11부 S#1 자신의 뺨을 잡은 수호의 손에 자신의 손 포개는.

여화   미쳤지, 조여화. 정신 나간 거야? (창피해 죽겠는데)

연선, 사당 안으로 급히 들어온다.

연선   아씨!!
여화   (순간 당황하고)
연선   (문 쪽 슬쩍 보고 목소리 낮추며) 행색이 추레한 자가 방금 사랑채
       안으로 들어갔는데 아무래도 수상합니다.
여화   이 시간에? (가만히 생각하다 이내) 그자가 누군지 확인해봐야겠다.

여화, 방장을 올리고 벽장문을 여는 데서.

S#4.   좌상댁, 사랑채 방 안 / N

필직, 몸을 부들부들 떨며 지성 앞에 앉아 있고

지성, 필직을 차가운 눈으로 응시하고 있다.

지성   행색이 말이 아니로구먼. 그 꼴을 보니 처음 너를 거두었던 때가 생각나는구나.

필직   소인, 대감 마님의 은혜는 한시도, 한 톨도 잊지 않고 있습니다.

지성   그런 생각을 하는데... 도망을 갔다?

필직   아닙니다. 도망이라니요! 당치 않습니다! 이 조선 땅에서 누가 대감 마님의 눈을 피해 살아남을 수 있겠습니까. 다만, (눈빛 변하며) 소인이 죽기 전에 꼭 해야만 할 일이 있어 어쩔 수 없었습니다.

지성   (비웃듯) 꼭 해야 할 일이라...

필직   (납작 엎드리며) 전 내금위장의 아들이 살아 있습니다!

지성   !! 뭐라, 누가 살아 있어?

필직   임강의 아들-

지성   (순간, 벌떡 일어나 필직의 뺨을 일격에 내려치는)

필직   (휘청 쓰러졌다 설설 기어 지성의 발을 잡고) 박윤학입니다! 박윤학이 그날, 다 죽어가던 아이를 데려가 살렸다 합니다!

지성   !!!

S#5.   좌상댁, 사랑채 방 앞 / N

복면을 쓴 채, 사랑채 방 앞에서 지성과 필직의 이야기를 몰래 엿듣고 있는 여화.

필직(OFF)   박윤학의 아우, 박수호가 임강의 아들입니다!

지성(OFF)   (분노하며) 그것들이... 처음부터 모든 것을 알고 나를 농락한 것이구나. 발톱을 숨기고 때를 보고 있었던 것이야...

여화	(표정 굳어지고)
필직(OFF)	박수호가 15년 전 일을 쫓고 있습니다. 대감 마님! 제가 반드시 박수호와 박윤학을 잡겠습니다!
여화	!!!

S#6.　좌상댁, 사랑채 방안 / N

필직	(엎드리며) 그놈들을 없앤 후에 대감 마님께 목숨을 내놓겠습니다.
지성	(잠시 생각에 잠겼다, 서안 서랍에서 쪽지*를 꺼내 찢어버리며) 호판부인 짓이 아니라, 박윤학 짓거리일 수도 있겠구나.
필직	(쪽지를 찢는 지성 보는)
지성	감히 이 따위 얄팍한 미끼를 내게 던지다니!! (이때 문밖의 인기척을 느끼는, 날카롭게 문 쪽을 보고 천천히 일어나 문 쪽으로 조심스레 가며) ... 이참에 제대로 화근을 없애버리거라!
필직	(긴장한 눈빛으로 지성을 보고)

S#7.　좌상댁, 사랑채 방 앞 / N

!!! 여화, 점점 목소리가 가까워지자 순간 뒤를 돌아 나가면 지성이 문을 벌컥 연다.

지성	웬 놈이냐!!

S#8.　좌상댁, 사랑채 마당 / N

마당으로 내려온 지성의 앞으로 하인들 뛰어오면

* 　9부 S#47 여화가 준 가짜 쪽지입니다.

지성	(매섭게) 수상한 자가 들었다. 당장 찾아내거라!!
하인들	예!! (급하게 흩어져 뛰어가면)

필직, 하인들이 모두 흩어진 걸 확인한 후 지성의 뒤로 와 고개
숙여 인사하면

지성	가거라.

지성의 뒤로 마당을 가로질러 빠져나가는 필직의 모습.

S#9. 좌상댁, 사당 가는 길 / N

여화, 정신없이 사당 쪽으로 내달린다.

S#10. 몽타주 / N (좌상댁 동선)

#10-1. 별채 마당으로 들어가는 하인들.
#10-2. 안채 쪽으로 뛰어가는 하인들.
#10-3. 여화, 정신없이 뛰어가는 모습. cut, cut.

S#11. 좌상댁, 사당 가는 길, 일각 / N

하인1, 사당 쪽으로 뛰어가는데 퉁! 반대편에서 내려오던 연선,
하인1과 부딪쳐 넘어진다.

연선	아야!!
하인1	(놀라) 괜찮으냐?

연선	사당엔 무슨 일로 올라가세요?
하인1	웬 놈이 집에 들어왔다길래 찾고 있는 중이여-
연선	예에? (일어나려다가 의도적으로 하인1을 잡고 다시 풀썩)
하인1	(어쩌지, 발 동동하다) 미안혀어-

하인1, 연선을 놓고 사당 쪽으로 달려가면 연선, 안 되겠다, 하인1 뒤따라 뛰어가고.

S#12. 좌상댁. 사당 앞 / N

하인1, 사당 앞으로 뛰어온다. 사방은 고요하고. 사당 주변을 천천히 돌면서 살피던 하인1,
불이 켜진 사당 안으로 왔다 갔다 하는 그림자가 보이고. 문을 천천히 열려고 하는데

석정(OFF)	무슨 일이냐.

하인1, 뒤돌아보면 석정이 사당 문 앞에 서 있다.
하인1의 뒤를 따라오던 연선, 석정이 보이자 몰래 숨어 사당 쪽을 바라보는데

하인1	수상헌 자가 집에 들어왔다고 혀서 찾고 있는 중입니다요.
석정	뭐?

쉿! 석정, 살금살금, 사당 문 앞으로 가더니 벌컥! 문을 여는데.!!

좌상댁, 사당 안 / N

덜컹! 사당 문이 열리고 석정, 보면 소복을 입은 여화가 앉아 위
패를 닦고 있다.

여화   (아무렇지 않게) 무슨 일이십니까?
석정   (당황한) 버린 위패는 왜 닦고 있소?
여화   저... 그것이... (자기가 생각해도 이상한) 자기 전에 항상 하던 버릇
          이라...

          !! 이때 석정의 눈에 여화의 치마 밑 검은 바짓단이 보인다. !!
          이때 하인이 사당 안으로 들어오면
          석정, 급히 옆에 널브러진 여화의 색장옷을 휘익! 여화의 치마
          밑에 던지고.
          ??? 여화, 자신의 발밑에 떨어진 색장옷을 보는데

석정   (태연하게) 부인 것이 맞소?
여화   ??? (뭐래는 거야)
석정   (하인1에게) 여긴 별일 없는 것 같으니 이만 나가보거라.
하인1   예..!! (급히 밖으로 나간다)

          석정, 여화를 바라보는.

S#14.   금위영, 집무실 안 / N

수호, 집무실에 홀로 앉아 있다. 일이 손에 잡히지 않는데

비찬   (뛰어들어오며) 나리!! 나리이!! 큰일 났습니다!

수호	무슨 일이냐.
비찬	그게! 강필직이 좌상댁으로 들어가서 그 앞을 지키고 서 있었는데요!
수호	강필직이 좌상댁에 들어갔단 말이냐!
비찬	지금 그게 문제가 아니라! 그 집에 괴한이 들어 난리가 났습니다!
수호	(생각하다 이내) 내가 가볼 테니, 넌 강필직의 행적을 계속 쫓아라.
비찬	예!

수호, 급히 뛰쳐나가고 비찬도 수호 따라 뛰어나가는 데서.

S#15. 좌상댁, 사당 안 / N

사당 안에 앉아 있는 여화와 석정, 어색한 기류가 감돌고

여화	(석정의 시선이 부담스러운) 여긴 어찌 올라오셨습니까?
석정	수상한 자가 집에 들었다는데.. 부인은 괜찮소?
여화	(놀라는 척) 수상한 자라니요?
석정	아마 도망친 모양이요.
여화	(덮여 있던 색장옷, 걷으려는데 치마 속 검은 바지 힐끗! 얼른 감추며) 먼저 내려가 계세요. 금방 따르겠습니다.
석정	근데-
여화	(보면)
석정	옷이 왜 그러오?
여화	!!! (바짝 긴장하는)
석정	이상하지 않습니까.
여화	(당황해) 그것이...
석정	왜 다시 소복을 입은 겁니까?

여화(E)	!!! (자신의 옷을 보니 소복 차림이다) 하... 적응 안 돼. 하필...
석정	소복을 입고... 위패를 닦는 걸 보니... 혹, 내가 돌아온 것이 싫소?
여화	아닙니다!!
석정	그럼 좋소?
여화	... (보면)
석정	옷은 다시 잘, 입고 나오시는 게 좋겠습니다. (일어나 나가며) 어머니께서 아시면 부인을 혼내실 거요.
여화	예.
석정	(나가려다 여화 보며) 부인은 참, 씨크릿이 많은 사람인 것 같소.
여화	(???)
석정	(사당 밖으로 나가면)
여화	(긴장 풀리다 이내, 심각하게) 뭐가 많다는 거야.

여화, 석정이 나간 문을 심각하게 바라보는 데서.

S#16.   좌상댁, 담장 밖 / N

수호, 천천히 담장을 따라 걷는다. 소란이 끝난 듯 조용하고. 수호, 별채 쪽으로 가는.

S#17.   여화의 별채, 담장 안 + 밖 / N

여화, 색옷*을 입고 별채로 들어가다 문득 담장을 보는데
담장 밖으로 수호가 걸어오는 게 보인다. !!
여화와 수호, 담 사이를 두고 멀리서 서로를 바라보는.
수호, 여화에게 '괜찮은 걸 봤으니 됐다' 고개 살짝 끄덕이면

*   10부 S#48의 재이의 색옷입니다.

여화, 괜찮다 수호에게 고개 끄덕여주는. 수호, 돌아서서 걸어
가고
그 모습을 바라보는 여화의 모습에서. F.O

S#18. 금위영, 전경 / D

S#19. 금위영, 집무실 안 / D

수호, 책상에 놓여 있던 자료들, 한쪽으로 치우고 있는데

치달(OFF) 박수호 종사과안!!

덜컹! 문이 열리며 치달과 잔뜩 얻어터진 비찬이 수하1에게 몸
을 기댄 채 절뚝이며 들어온다.
수하1의 몰골도 만신창이고.!!

치달 강필직이 (비찬의 얼굴 가리키며) 이 모양 이 꼴로 만들었네!!
수호 (비찬과 수하1을 보고 놀라) 많이 다친 것이냐!!
비찬 (수호 보고 울먹이며) 나리이! 송구합니다. 갑자기 웬 놈들이 나타
나는 바람에... 강필직을 놓쳤습니다.
치달 감히 금위영의 무관들을 건드려? 내 이것들을 그냥!! (부들부들)
수호 그자들의 얼굴은 봤느냐?
비찬 (고개 끄덕) 왜 그때 강필직을 가뒀던 무사들 있잖습니까. 그들이
었습니다.
수호 ... (잠시 생각하다 이내) 좌상대감이 어디까지 아는지 확인해봐야
겠다. (치달 보며) 금위대장님, 드릴 말씀이 있습니다.

치달	(응? 수호 바라보면)

S#20. 도성 외각, 숲속 일각 / D

필직과 만식을 비롯한 병조판서 수하들이 함께 서 있다.

만식	금위영놈들, 계속 우리 뒤를 밟더니! 속이 다 후련합니다! 이참에 싹-다 밀어버릴까요?
필직	밀어야지... (이를 부득 가는)
만식	지난번처럼 박수호를 쫓을까요?
필직	박수호는 복면과 한 방에 잡을 것이다. (곰곰이 생각하는) 헌데, 어찌 알고 좌상댁까지 쫓아왔을까...
만식	그러고 보니 우릴 쫓던 금위영놈들도, 복면이 오고 나서 움직였습니다.

INSERT

8부 S#47.
필직, 수호를 내리치려는 순간 어디선가 날아온 돌. 보면 복면 여화!! cut.

필직	복면과 박수호.. (번쩍!! 빙고! 뭔가 생각났다는 듯 사악하게 웃는 데서)

S#21. 좌상댁, 사랑채 방안 / D

지성의 등청 준비를 옆에서 돕고 있는 금옥.

금옥	대감, 그래도 금위영이나 포청에 알려 그놈을 잡아야 하지 않겠

습니까. 아무에게도 말하지 말라 하시니, 걱정입니다.

지성 잃어버린 물건도 없고, 다친 사람도 없으니 내 조용히 알아보리다. 괴한의 소문이 커져 백성들까지 불안해하면 어쩝니까.

금옥 (뭔가 이상한) 그래도...

지성 (금옥 토닥토닥) 염려 마세요. 내 알아서 잘 처리할 테니... (금옥으로부터 몸을 돌려 방문 쪽으로 향하며, 눈빛 서늘해지는) 설마, 좌의정 집 담장까지 넘은 놈을 그대로야 두겠소.

S#22.   여화의 별채, 누마루 / D

채색옷*을 입은 여화와 연선, 수틀을 앞에 놓고 앉아 은밀히 얘기 중이다.

연선 집에 강필직까지 들이신 거 보면 이제 막 나가자는 거죠! (부들부들)

여화 어쩌겠어. 그렇게 나오시면 나도 거기에 장단을 맞춰야지. (심각하게) 강필직에게 화근을 없애라고 하신 걸 보면 내일 그곳으로 나올 법한 사람들을 죽이거나 숨기시려는 게 분명해.

연선 (놀라) 죽여요? 누굴요?

여화 종사관이든... 호판부인이든... 어쩌면 좌부승지까지도... (하다) 이 일에 대해 더는 아무것도 못하게 발을 묶으시는 거겠지.

연선 (!!! 좌부승지라는 말에 놀라 순간 멈칫하는)

여화 (연선 표정 보고) 걱정 말거라. 좌부승지 나리를 죽이진 못하실 테니. 더 늦기 전에 호판부인을 만나야겠다.

연선 (여화가 걱정되는) 꼭 나가셔야 합니까?

여화 (보면)

연선 (한숨 푹 쉬면서) 아씨도 위험할 수 있단 얘기잖아요.

*   이 시점부터는 재이의 채색옷이 아닌 여화의 채색옷을 입게 되는 설정입니다.

여화   이게 마지막 기회일 수 있어.

연선   (보면)

여화   무슨 수를 써서라도 이번엔 오라버니에 대해 들어야지.

S#23.   좌상댁, 사랑채 마당 / D

지성과 금옥, 등청 준비를 마치고 마당으로 나오는.
하인들 대여섯, 지성의 등청을 배웅하러 줄지어 서 있고,
이때 수호와 치달이 마당으로 들어온다. 수호와 치달, 지성에게
꾸벅 인사하는

수호   어젯밤 댁에 복면을 쓴 괴한이 들었다 해서 왔습니다.

지성   도성에 흉흉한 소문이 날까 우려되어, 내 금위영엔 알리지 말라
       했는데.. (서늘하게 수호를 보며) 그걸 어찌 알았는가?

치달   저희가 누굽니까! 금위영 아니겠습니까! 불철주야, 밤낮을 가
       리지 않고 도성 치안에 힘쓰니!! 복면을 쓴 괴한이 좌상댁 담을
       넘는 걸 순라군이 보았습니다.

수호   혹, 어제 없어진 물건이라도 있었는지요.

지성   피해는 없었네.

수호   집 안에서 그자를 본 사람은 없었습니까.

지성   사랑채로 들어오다 나를 보자마자 도망을 쳤으니...

치달(O.L) 감히 겁도 없이!! 대감 마님을 노리다니!! 네 이놈을!! (오버하고)

수호   (금옥에게) 정경부인께선 좌상대감님과 함께 계셨는지요.

금옥   아닙니다. 저는 일찍 안채에서 잠이 들어 한참 후에나 알았습
       니다.

수호   (지성 보며) 허면, 혼자 보신 겁니까.

지성   (요것 봐라, 수호를 보다가 얼굴 찌푸리며) 이보게, 금위대장!

치달	옙!!
지성	금위영이 그리 복면에 대해 관심을 가지고 있다니... 그럼 이 일은 자네에게 맡기겠네. 허나, (시선 수호 향하며) 식솔 모두 그자가 달아나는 것밖에 보지 못했으니, 집 안에서는 단서를 찾지 못할걸세.
치달	(비장하게) 온 도성을 다 뒤져서라도 그놈을 꼭 잡겠습니다!!
지성	(수호에게) 헌데, 혹 복면이... 호판의 그림을 훔친 그자 같은가?
수호	단정하긴 어렵습니다. 헌데, 그런 생각을 하신 연유를 여쭈어도 됩니까?
지성	(어이없다는 듯) 그걸 지금 내.게. 묻는 건가!! (매섭게) 복면이 도성을 휘젓고 다닌 지가 언젠데, 어찌 그자에 대해 알아낸 것이 하나도 없어!!
수호	...
치달	(쭈굴)
지성	(수호 보며 서늘하게) 일부러 잡지 않는 것이 아니고서야, 금위영이 이리도 허술하다니...
수호	송구합니다. 반드시 찾아 (단단하게) 그자가 무슨 목적으로 대감댁에 들어온 것인지 알아내겠습니다.
지성	내 앞에서 다짐까지 했으니, 꼭 그래야 할걸세. (수호를 무섭게 바라보는 표정에서)

S#24. 좌상댁, 앞 / D

수호와 치달, 당당하게 대문을 나서는데 치달, 대문을 나서자마자 휘청! 다리에 힘 풀리고.

치달	아- 박수호 종사과안- (휘청 쓰러지고)

수호	(치달을 잡아주면)
치달	내 (엄지손가락 한 손으로 바치며) 이분의 뜻이라길래 돕고 있네만... 좌상대감은 무서워- 무서워도 너무 무서워!! 봤는가? 그 눈을?!
수호	... 금위대장님 도움이 없었다면 제가 여기까지도 오지 못했을 겁니다.
치달	(쑥스러운 듯) 그렇게 말하면 내가 안 도와줄 수 없지 않은가.

그때 좌상댁 앞으로 걸어오는 석정을 발견하는 수호.

석정	(수호 쪽으로 걸어와서) 여긴 어쩐 일이신가?
수호	일 때문에 왔습니다만, 그쪽은 여기 무슨 일로-
석정	아! (하다) 여기가 우리 집이라..
치달	(히이익! 놀라며) 혹시, 그 살아 돌아왔다던 좌상댁 큰아드님임???
석정	(치달에게 예를 갖춰 인사하고) 본의 아니게 너무 늦게 내 신분을 밝힌 것 같습니다.
수호	??? (석정 보는)
석정	(손 쓱쓱 닦아 내밀며) 정식으로 인사하겠소. 석 정이라 하오.
수호	(당황해 석정을 보며) 지금... 그쪽이...
석정	(쩝, 민망한 듯 손을 거두며) 그렇잖아도 내 종사관에게 할 얘기가 있소만 (대문 한 번 보고 수호를 보며) 내, 부인이 기다리고 있어서...
수호	!!!
치달	아이고오! 을마나 좋으실까! 어서 들어가십시오!
석정	(수호에게) 좀 이따 명도각으로 가겠소. 거기서 봅시다.
치달	(들어가는 석정 보며) 저렇게 훤언칠한 지아비가 살아 돌아왔으니.. 좌상댁 며느님은 을마나 좋으시겠나... 헌데, 자넨 저분을 어찌 아는가?

수호	(상황 정리가 되지 않고) 저자가.. 방금... 누구라 했습...니까..?
치달	(수호 탁! 치며) 정신 차리게! 좌상댁 큰아드님 아닌가아! (하다, 꿈벅) 헌데, 아는 사이... 아니었나?
수호	(기막힌 표정)

S#25. 여화의 별채, 누마루 / D

연선, 별채 마당으로 들어와 여화에게 다가간다.

연선	아씨! 방금, 종사관 나리가 다녀가셨습니다.
여화	그래? (하다, 중얼) 종사관이 아주 눈치가 없진 않지...
수호(E)	누군가의 부인이신 부인...
여화	(갑자기 떠오른 수호에 놀라 자신의 볼에 손을 대는 !!)
석정(OFF)	부인!!
여화(O.L)	(환청이 들리는 듯) 부인! 부인! 그놈의 부인 좀 그마안!!

연선, 띠용! 마당으로 들어오던 석정도 띠용! 이 둘을 바라보던 여화, 급 당황하고

석정	(누마루에 걸터앉으며) 부인을 부인이라 부르지 말라 하시면- 대체 뭐라고 불러야... 달링? 허니?
여화	(석정의 다음 말을 기다리듯) 허니, 말씀하시지요.
석정	(여화 보고 재밌는, 웃으며) 듣기 좋구려. 허-니이- 어머니께서 부인과 나들이를 다녀오라 허락해주셨소.
여화	제가 워낙에 집밖에 몰라, 어디 나가 즐길 줄을 모릅니다. 허니, 여태 하던 대로 수나 놓겠습니다.
석정	저런! 부인과 나가 어여쁜 장신구도 사주고, 실컷 구경도 하고

오라고 허락을 받았는데.. 아쉽군요. (강조하며) 명도각에 가서.
(일어나면)

여화   (급히 석정을 잡으며) 제가 안 가면 어머님께서 섭섭해하실 겁니
다! (벌떡 일어나) 채비를 할 테니 잠시만 기다려주세요. (연선 보
고) 연선아!

여화, 연선과 함께 별채 안으로 들어가면 석정, 그런 여화를 바
라보는 데서.

S#26.   명도각, 안채 마당 / D

수호, 안채 마당에 서성이고 있다.

INSERT

11부 S#24 석정의 말.
"내, 부인이 기다리고 있어서..."

수호(E)   어찌 그자가... (하다) 헌데, 나를 왜 만나자 하는 것인지..

INSERT

7부 S#38 수호, 여화의 얼굴을 안고 가려주는.

수호(E)   설마... 그때 얼굴을 본 것인가...

수호, 표정 어두운데 누군가 수호의 어깨를 툭 치는. 돌아보면
윤학이 서 있다.

수호	형님!
윤학	안 그래도 이리 오라고 금위영에 전갈을 보내놓고 왔는데... 어찌 먼저 알고 왔느냐.
수호	잠시 누굴 좀 만나러...
소운(O.L)	아씨는 오늘 밤에 오신다 했는데 두 분은 벌써 오셨습니까.

수호, 윤학 돌아보면 소운이 예를 갖춰 인사한다. 소운에게 인사하는 수호와 윤학.

수호	대행수! 마침 잘 만났소. 그 여기서 일하던 주씨 말이요!
석정(OFF)	대행수! 오랜만입니다!

석정의 목소리에 수호, 윤학, 소운 돌아보면 명도각 안채로 석정이 들어온다.
뒤에 여화, 따라 들어오는 !!
여화, 이 셋을 보고 난감한 표정인데 소운, 당황한 표정으로 석정과 여화에게 다가가는

석정	(예를 갖춰 인사하며) 이리 다시 뵙습니다.
소운	(여화 슬쩍 보다) 좌상대감님댁 아드님이신 줄도 모르고 그간 결례가 많았습니다.
석정	아니오. (미소 지으며) 미리 말하지 못해 미안합니다. (하다) 그간 고마웠소.

소운에게 인사하는 석정과 뒤따라 서 있는 여화를 멀리서 바라보는 수호와 윤학.
수호, 표정 굳어 있고

윤학	저 상황은 무엇이냐. 혹, 저자가... 좌상댁 큰아드님이냐?
수호	(석정 뒤에 서 있는 여화를 바라보다 성큼성큼 다가가는데)
윤학	(수호 말리려는) 잠시만... 수호야!

수호, 윤학의 만류를 뿌리치고 여화 쪽으로 바짝 가는가 싶더니

수호	(석정 보고) 저를 여기로 부르신 이유가 뭡니까.
석정	아! 내 인사하느라 정신이 없어서. (하다) 미안하오!
여화	!!! (석정을 바라보다 이내 수호 보면)
수호	제게 용건이 있으신 것 같은데... 말씀하시지요.
석정	(여화를 슬쩍 보다) 여기서 얘기하긴 좀 그러니 자리를 옮깁시다!
여화, 소운	!!!
여화	??? (수호 바라보는데)
수호	(안심하라는 듯 고개 끄덕이고)
석정	(찰나, 여화와 수호가 주고받은 눈빛 보고)
소운	(수호와 석정 사이를 슬쩍 보다 여화에게) 그때 말씀하셨던 산호 뒤꽂이가 마침 들어와 있지 뭡니까. 이리로 오시지요.

소운, 여화 끌고 들어가면 수호, 석정도 자리를 옮기고.
혼자 명도각 마당에 덩그러니 남겨진 윤학.

윤학	어쩌려고 그러느냐... (수호의 뒷모습을 보다 보니 혼자 멀뚱하게 서 있고) 근데, 지금 모두 나만 두고 간 것이냐?

윤학, 어색하게 소운과 여화가 간 쪽으로 가는.

S#27.   명도각, 일각 / D

수호와 석정, 마주 서 있다. 어색한 기류가 맴도는

석정   내 궁금한 것이 있어 결례를 무릅쓰고 종사관을 보자 했소.

수호   (보면)

석정   이걸 어디다 말을 할 수도 없고... (하다) 수사를 하는 것이 그쪽
         일이니 잘 알지 않나 싶어서...

수호   무슨 말씀을 하시는 겁니까.

석정   내 부인이 수상하오.

수호   (바로) 수상하다니요. 좌상댁 며느님은 평판이 높고 현명한 분
         으로 누구 하나 함부로 입에 올리지 않는다 들었습니다. 수상
         하다는 표현은 그분에게 어울리지 않을 듯합니다.

석정   ... 내 부인에 대해 잘 아시오?

수호   15년 만에 도성에 돌아왔고, 부인을 처음 뵈었을 테니... 그쪽보
         다는 많이 알겠지요.

석정   오케이! 좋소!!

수호   (보면)

석정   그럼 내게 부인에 대해 알려주시겠소?

수호   ???

S#28.   명도각, 장소운 집무실 안 / D

집무실 안에 여화와 윤학, 소운이 함께 앉아 있다.

여화   강필직이 좌부승지 나리와 종사관 나리를 잡겠다 했습니다.

윤학   (생각에 잠겨 있는)

소운   수단과 방법을 가리지 않는 자입니다. 언제든 죽이고자 하면 달

	려들 수 있으니 조심하셔야 합니다.
윤학	명색이 좌부승지인 나를 함부로 죽이기 어려울 겁니다. 헌데... (염려스러운) 수호가 표적이 될 수는 있겠습니다.
여화	가짜 쪽지를 보여드린 후, 아버님은 제가 절대 알면 안 될 뭔가가 있는 것처럼 감추려 하셨습니다.
윤학	(보면)
여화	분명, 그 내막을 알고 있는 호판부인의 입을 막고, 좌부승지 나리가 더는 쫓지 못하게 먼저 수를 쓰려 할 겁니다.
윤학	상황을 알았으니 대비책을 강구해놓겠습니다..
여화	그리고 종사관 나리는.
윤학	그 아인, 자기 몸 하나는 지킬 수 있을 겁니다.
여화	강필직이 무슨 비겁한 짓을 할지 모릅니다.
윤학	수호가 걱정되십니까?
여화	(아닌 척) 종사관 나리에게 무슨 일이 생겨 이 일을 그르칠까 염려하는 것뿐입니다.
윤학	(그런 여화를 보는)
소운	헌데, 종사관께선 좌상대감댁 아드님과 무슨 얘길 나누시는 걸까요?

S#29. 명도각, 일각 / D

수호와 석정, 계단에 걸터앉아 이야기하고 있다.

수호	저는 더 이상 할 말이 없습니다. (일어나고)
석정	그렇다면 이것만 묻겠소!
수호	(보면)
석정	내 부인이, 그쪽 정인인 게 나은 거요, 아니면 복면 쓴 괴한인 게

나은 거요?

수호   !!!

석정   내가 밤새 곰곰이 생각해봤는데, 영 답을 찾지 못해서.

수호   내 정인이거나 괴한이면 어떻게 하실 겁니까.

석정   어떻게 한다기보다... 내가 무얼 해야 할지 생각 중이라는 것을 미리 알려주는 것이오.

수호   (생각하다 이내) 내게 이런 질문을 하기 전에 그분의 마음부터 살펴보는 것은 어떻습니까.

석정   (보면)

수호   어떤 사람인지, 어떤 마음으로 살고 있는지... 그걸 알면, 그분을 지금처럼 단정 짓지 못할 겁니다.

석정   !!!!

S#30.   명도각, 장소운 집무실 안 / D

여화와 윤학, 소운과 이야기 중인 상황에 벌컥! 문을 열고 수호가 들어온다.

수호   (여화 보다 윤학과 소운에게) 잠시 자리 좀 비켜주시겠습니까. 부인과 잠시 할 얘기가 있습니다.

윤학, 걱정스러운 듯 수호와 여화, 번갈아 보다 여화에게 인사하고 나가면
소운도 뒤따라 밖으로 나가는

여화   무슨 일입니까?

수호   정말 괜찮은 거 맞습니까?

여화	(??? 의아한 듯 보면)
수호	좌상의 아들이 부인의 정체를 제게 물었습니다.
여화	(크게 놀라지 않고) 눈치를 챘었군요.. 어제 급해 옷을 미처 갈아입지 못했더니-
수호(O.L)	그리 태연할 일입니까?
여화	(보면)
수호	(한숨 쉬며) 저는 내내 걱정했습니다. 그자가 호판 같은 개차반이면 어쩌나, 좌상을 닮아 무서운 자면 어쩌나..
여화	별걱정을 다 하십니다. 그런 자라면 제가 가만히 당하고만 있겠습니까.
수호	... 하물며 도성 안 모든 여인이 탐내는 사내일까... 그것마저도 걱정됐단 말입니다.
여화	(수호 보다가 웃는)
수호	(여화가 웃는 바람에 자기가 무슨 말을 하고 있는지 깨닫고) 헌데, 정체를 들키다니요! 이게 얼마나 큰일인지 모르십니까.
여화	지금 걱정해야 할 건 나리의 안위입니다. 강필직이 나리를 노릴 겁니다.
수호	(보는)
여화	좌부승지 나리는 염려하지 말라고 했지만 강필직 앞에서 쓰러진 적도 있지 않습니까.
수호	(큼, 헛기침하고) 그땐 갑자기 머리가 아파서-
여화(O.L)	(걱정 어린) 조심하셔야 합니다.
수호	(여화를 바라보다) 제가... 걱정되십니까...?
여화	당연하지 않습니까? ... 우리는 한 편인데...
수호	제가 조선 제일 검은 못 돼도 제삼 검쯤은 된다 하니 걱정하지 않으셔도 됩니다. (미소 짓고)
여화	(미소 짓다) 믿겠습니다. (하고 돌아서 나가다) 근데-

수호	(보면)
여화	한번 제대로 붙어봐야 그 말을 믿을 수 있을 것 같긴 합니다. (웃으며 나가는)

S#31. 명도각, 구석 / D

꽃님, 빨갛게 잘 익은 사과를 석정과 활유에게 건네고는 자신도 하나 드는.
세 명 쪼르르 앉아서 사과를 한입 아삭 씹는다.

석정	(감동) 와 이 맛이 얼마나 그리웠는지.. 청나라엔 이런 사과가 없습니다.
꽃님	(한입 또 아삭, 고개 끄덕이며) 청송에서 모란회를 위해 보낸 귀한 사과라는데 대행수님이 특별히 주신 거예요.
활유	(한입 와앙 깨물고) 나랏님이나 먹을 법한 걸- (또 한입 와앙!)
석정	그러니까 꽃선배 말은 복면이 괴한이 아니라 좋은 사람이라는 건데...
꽃님	(고개 끄덕하고) 밥 굶는 집에 쌀도 갖다주고 먹을 것도 챙겨줍니다.
활유	뿐입니까? 지난번엔 억울하게 멍석말이 당한 할배 끼니도 챙겨주고 양반놈을 아주 그냥 혼쭐내줬습니다!
석정	오호- 아주 멋진 사람이구나.
활유	그때 그놈을 더 혼내줬어야 했는데- (하다, 신이 나) 요즘 아씨를 전설의 미담이라 하더라구요. (하는데 입에 사과가 콱!) ??
꽃님	!! (활유 입에 자신의 사과를 콱 막고) 활유오라버니, 이것도 드세요. 사과가 얼마나 빨간지!! 하하하하!!
석정	(생각하며 고개를 끄덕, 혼잣말) 긴 세월을... 그렇게 보냈단 말이지..
꽃님	(석정 눈치가 이상한) 그나저나 후배님은 기억 소실이라면서요?

석정	(훅 들어오는 꽃님에게 놀라) 아... 그랬지. 그랬는데-
활유(O.L)	(꽃님 눈치 보고) 형님은 전에 모두가 반대하는 파란 눈의 여인을 연모했다고 하지 않았습니까?
석정	(당황) 어...?
활유	허면, 그 얘기도 다 지어낸 겁니까?
석정	!!!

그때! 안채에서 나오는 여화를 보고는 재빨리 자리를 털고 일어나며

| 석정 | 이만 가봐야겠다. (꽃님 보고) 자세한 얘긴 나중에 해드리지요. |

석정, 여화에게 걸어가고 꽃님과 활유, 석정을 이상하게 보는. 여화와 석정, 명도각을 나가는 데서.

S#32.   북촌, 거리 / D

집으로 돌아오는 길. 여화와 석정, 거리를 두고 어색하게 걷고 있다.

석정	(신나서 얘기하며) 도성에서 불쌍한 이들을 도와주는 복면이라니. 것도 몇 년 동안 야밤에 담을 넘는 전설의 미담!!
여화	(움찔하고)
석정	내 어제 집에 괴한이 들었다길래, 진짜 괴한인 줄 알았더니- 혹시 압니까. 전설의 미담! 그자였을지? (슬쩍 여화 보는)
여화	(날카롭게) 그자였으면, 좌상댁 담을 넘어도 되는 것입니까? (하다) 그자가 무슨 일을 벌였을 줄 알고.

석정	의로운 자라 들었는데 누굴 해하려 했겠습니까. 사정이 있었겠지요.
여화	기억을 잃고 그간 험하게 돌아다녔다 들었는데 아직도 세상 무서운 줄 모르시는 모양입니다.
석정	좌상댁 며느리로 담장 안에만 있던 부인께선 세상 무서움을 아는 것처럼 말씀하십니다.
여화	...
석정	나는 멋진 사람을 좋아하오. (하다) 하여, 복면인지 미담인지는 잡히지 않았으면 좋겠습니다.

석정, 먼저 성큼 걸어가고 여화, 석정을 바라보는 시선에서.

S#33. 길. 후원 / D

이소, 기분 좋은 얼굴로 편전을 향해 걸어가고 있고.
지성, 영의정, 병조판서, 이소를 따라 걷고 있다.
저편에서 걸어오던 윤학, 이소 일행을 발견하고 공손히 예를 표하곤 다가오는

이소	(윤학을 발견하곤 발걸음을 멈추고) 마침 좌부승지도 오는구먼.
윤학	(지성 보며) 집안에 큰 경사가 있다 들었습니다. 감축드립니다, 좌상대감.
지성	(담담하게) 고맙네.
이소	(활짝 미소 지으며) 안 그래도, 과인이 이틀 후에 간단한 다과연을 열까 합니다.
영의정	다과연이라 하시면?
이소(O.L)	(지성 보며) 죽은 줄 알았던 좌상의 아들이 살아 돌아왔으니, 좌

상과 기쁨을 함께 나누고 싶어서요.

지성   (순간, 불편한 얼굴로 변하며 이소 보는)

병조판서   (웃으며) 참으로 지당하신 분부시옵니다!!

지성   (서늘하게) 전하! 시국이 어려운 상황이오니, 사사로운 소신의
         집안일까지 챙기실 필요는 없사옵니다.

         서늘한 지성의 말에 일순 지성의 눈치 보는

병조판서   (얼른 말 바꾸는) 하긴, 도성이 흉흉하긴 합니다.

윤학   (미소 지으며) 그래도 그냥 넘어가긴 아쉽지 않겠습니까?

지성   (윤학 노려보는)

이소   얼굴을 보고 간단히 차나 나눌까 싶으니... (활짝 웃으며) 좌상께
         선 특별히 정경부인과 아드님, 며느님도 함께 데려오세요.

         이소, 다시 걸어가면 윤학, 이소의 뒤를 따르고.
         지성, 뒤에서 굳어진 얼굴로 보는 데서.

S#34.   금위영, 전경 / N

S#35.   금위영, 복도 / N

         비찬, 풀이 잔뜩 죽어 복도로 걸어 들어오는데

이경(OFF) 괜찮은 것이냐?

         비찬, 이경의 목소리에 놀라 고개 들어보면. 이경, 비찬에게 성

큼성큼 걸어오는

이경	(비찬의 얼굴을 잡고 살펴보며) 많이 맞았느냐? 어쩌다 그런 것인데?
비찬	(이경의 손 잡아 내리며 풀이 죽은 목소리로) 여긴 또 어쩐 일이십니까?
이경	사내가 큰일을 하다 보면 몸도 좀 다치고 그럴 수 있지. 그리 죽 상을 하고 있어?
비찬	(힘없이 가슴 탕탕) 무관의 자존심에 생채기가 나서 그럽니다.
이경	(비찬 잠시 보다, 들고 있던 작은 도시락 보자기 스윽 내미는) 기운 차려 되갚아주거라. 넋 놓고 있다고 회복이 되겠느냐.
비찬	(보자기 보고, 이경 보고)
이경	(기대하는 눈빛으로 뚫어져라 비찬 보면)
비찬	금위대장님은 오늘 굶으십니까?
이경	아잇! (발끈하려다 한 번 참고, 눈빛 반짝) 나 방금 되-게 현모양처 같지 않았느냐? 사내들이 껌뻑 죽는다는 여인의 정석이었는데.
비찬	(당황하는) 그랬..나? 예- 그랬던 것 같습니다. (눈치 보다 횡설수설) 근데 아씨는 아씨다울 때가 제일! 멋진 것 같기도 하고?
이경	(화색 도는) 그렇단 말이냐?

그때 집무실 문을 열고 나오는 치달, 이경에게 쩔쩔매는 비찬의 모습을 보고 한숨 뱉는

치달	비찬아-
비찬	!! (다행이다, 얼른 치달에게 다가가는) 예! 금위대장님!!
이경	(치달을 향해 가는 비찬의 뒷모습 보며 씨익 웃는)
치달	(안쓰럽게 비찬 보며) 자네가 여러모로 고생이 많네, 많아. (하다) 들어가보게. 박종사관이 자네를 기다리고 있으니.

수호, 책상 서랍을 열자 여화의 꽃신과 패랭이 손수건이 놓여 있다.
서랍을 연 채 한참을 바라보다 패랭이 손수건을 꺼내보는.
그때, 다급히 집무실 안으로 뛰어 들어오는 비찬.!!

비찬   (해맑은) 나리! 찾으셨습니까?

수호   (가만히 보다) 몸도 안 좋으니 본가에 내려가 푹 쉬다 오는 것이 낫겠다.

비찬   (엥?) 저 말쨍해졌습니다!

수호   이미 금위대장님과 얘기가 되었으니 그리 알고 날 밝는 대로 채비하거라.

비찬   (가만) ... 제가 강필직을 놓쳐서 그러시는 겁니까...? 제가 앞으로 잘하겠습니다! 절대 실수하지 않을게요!!

수호   그게 아니라는 걸 너도 잘 알지 않느냐.

비찬   전라도에서부터 나리를 모셨습니다! 지금 위험한 일을 하려는 거잖아요! 저 보내놓고!! 나리 혼자 위험한 일을 하려고 이러시는 거잖아요!

수호   (패랭이 손수건 꼭 쥐며) 비찬아... 나는 평온한 삶을 살 수 없는 것이 내 운명이라 어쩔 수 없지만, 너는 아니다. 이제 혼인도 하고, 어머님도 돌봐드려야지. 더는 개입하지 말거라.

비찬   저희 어머께선 제게 누누이 말씀하셨습니다! (울먹이는) 내 한 몸 안위를 위하는 자는 절대 가족도 누구도 지킬 수 없다고!! 저 비찬! 나리와 끝까지 함께할 겁니다. (눈물 닦고)

수호   ... (단단하게) 내가 죽을 수도 있고, 네가 죽을 수도 있다.

비찬   상관없습니다!

수호   비찬아...

비찬	죽기 전에 딱 한 가지만 약조해주십시오!!
수호	(보면)
비찬	미담님이 누군지 궁금해 잠도 안 옵니다. 그것만 알려주십시오!
수호	(정색하며) 그것만 빼고.
비찬	나리이!!!

S#37. 명도각, 앞 / N

명도각 직원들, 삼삼오오 밖으로 나오고 있다.
그 모습을 멀리서 바라보는 만식과 수하1, 2 고개 끄덕하고.
사사삭, 흩어져 명도각 주변을 살피다가 앞에 서 있던 호위1, 2
를 뒤에서 덮친다. !!

S#38. 명도각, 매대 앞 / N

안채 마당으로 몰래 들어오는 만식과 수하1, 2! 호위3, 4 지나
가면
몰래 기둥 뒤에 숨고. 다시 사사삭, 움직이는.

S#39. 명도각, 복도 / N

안채 복도에 소운과 활유 서 있다.

활유	벌써 들어가시게요?
소운	몸이 좀 고단하니, 일찍 들어가 쉬어야겠다.
활유	쉬십시오!!

활유와 소운, 각자의 방으로 흩어지면 그 모습을 서늘하게 바라
보는 만식과 수하1, 2
만식, 눈짓하고 수하1, 2와 소운을 따라가는. !!

S#40. 명도각, 장소운 집무실 안 / N

소운, 집무실 안으로 들어오는데 갑자기 문 뒤에서 서늘한 칼이
스윽!!
놀란 소운!! 당황하는데 그때 소운의 입을 막고 보자기를 뒤집
어씌우는 데서.

S#41. 좌상댁, 사당 안 / N

여화, 복면으로 나갈 채비를 하며 창포검을 꺼내다 피식.

INSERT

11부 S#30 수호의 말.
"제가 조선 제일 검은 못 돼도 제삼 검쯤은 된다 하니 걱정하지
않으셔도 됩니다."

여화, 수호 생각에 피식 웃음이 나는데 연선이 심각한 표정으로
슥, 얼굴을 들이민다.

여화   (큼큼, 정색하고) 또 왜 그러느냐 무섭게.
연선   그러니까, 그- 살아 돌아온 위패가 아씨께-

플래시백

S#41-1. 여화의 별채, 마당 / N
여화의 시선처럼 화면 가득 잡힌 석정의 얼굴.

석정   내 꽃님이가 준 꽃감이 너무 먹고 싶어 잠이 오질 않는데... 그 꽃
       감 좀 구해다 줄 수 없소? cut.

석정   부인 부려먹는다고 어머니께 혼이 날 테니 몰래, 들키지 않게
       부탁하오. cut.

현재

연선   라고 말도 안 되는 부탁을 했다는 거죠? 왜요?

여화   (채비하며) 내가 밤에 일이 있다는 걸 눈치챈 거겠지.

연선   그걸 어찌 알아요? (고개 절레절레, 등골이 오싹한) 설마... 위패도 아
       씨의 정체를 알았다고 하지 말아주세요!!

여화   오늘 밤에라도 호판부인이 오라버니 얘길 해준다면 내일이라
       도 당장 떠날 생각이다.

연선   ... 오늘 강필직이 호판부인을 또 죽이러 오면 어떡해요?

여화   그래서, 이렇게 준비를 하고 나가지 않느냐.

S#42.   금위영, 집무실 / N

       수호와 비찬, "알려주십시오." "모른다." 실랑이하고 있는데
       밖에서 '탁' 하는 소리가 들려 밖으로 뛰쳐나가면.

S#43.   금위영, 복도 / N

       집무실 문을 박차고 뛰어나오는 수호와 비찬.
       이때! 수하 하나가 급히 복도로 들어와 꾸벅 인사한다.

수호   무슨 일이냐.

수하1   (서찰 묶인 화살 내밀며) 방금 화살 하나가 금위영으로 날아왔사
온데-

수호, 급히 화살을 받아 화살에 묶여 있는 서찰을 펴보는데 강
필직의 서찰*이다.
수호 표정 굳는

비찬   나리!! 어쩌실 겁니까?

수호   (잠시 생각하다 수하1 향해) 서둘러 금위대장님께 필 여각으로 무
관들을 보내달라 하고.

수하1   예! (다급하게 복도 밖으로 뛰어나가는)

수호   비찬이 넌 호판댁에 무슨 일이 없는지 확인하거라.

비찬   나리!! 지금, 나리 혼자 필 여각으로 간다는 말씀이십니까? 저도
가겠습니다!

수호   (단호히) 강필직이 무슨 계략을 쓸지 모르니 호판부인의 안위가
먼저다.

수호, 급하게 뛰어나가면. 비찬, 걱정되는 표정으로 뒤따라 뛰
어나가는.

S#44.   호판댁, 인근 거리 / N

여화, 호판댁 인근 골목을 도는데 저쪽에서 비찬이 다급히 뛰어
가는 모습이 보인다.
여화, 무심히 지나치려다 이내 이상하다는 표정으로 돌아보는.

*   [장소운을 데리고 있으니 필 여각으로 와라.]

S#45.   필 여각, 앞 / N

영업을 하지 않아 고요한 필 여각, 곳곳에만 불이 켜져 있는.
수호, 조용히 다가가 앞에 서 있던 수하3, 4를 단숨에 제압하는.

S#46.   필 여각, 일각 / N

수하5, 6 걸어가는데 수호, 다가가 그들과 챙챙! 검집으로 쓰러
트리고.

S#47.   필 여각, 마당 / N

수호 보면 저 멀리 소운이 재갈에 물린 채 묶여 있다.!!!

필직(OFF)   오셨습니까, 종사관 나리!

필직의 목소리에 뒤돌아보면 마당으로 만식, 수하들과 함께 들
어오는 필직.
수호, 검을 빼어 드는!!

수호   곧 금위영이 올 것이다. 어차피 잡힐 거 다치지 않는 것이 좋을
       텐데...
필직   잡힐 때 잡히더라도 복면과 네놈은 내 손으로 거둬야 해서 말이
       지. (두리번거리며) 복면은 어디 있나?
수호   네놈이 죽을 때까지 보지 못할 것이다.
필직   내 그놈의 정체가 너무 궁금해서 말이지. 등잔 밑이 어둡다고
       대행수를 잡을 생각을 이제야 해서.

그때 무사1, 묶여 있는 소운의 목에 칼을 들이댄다.

수호   대행수는 놔주거라!!
필직   (비죽거리며 웃는) 대행수를 살리고 싶으면 칼부터 내려놓거라.
수호   (부들부들 떨다 검을 내려놓으려고 하는데)

여화(OFF) 그때 널 죽였어야 했어!

수호와 소운, 여화의 목소리에 놀라 보면 복면을 쓴 여화, 마당
으로 들어온다. !!
여화, 필직에게 달려들고 챙! 필직, 여화의 칼을 막아낸다.
이때! 수호, 무사1에게 달려가 챙! 무사1의 칼을 쳐내는데
그때 반대편에서 만식의 칼이 달려든다. !! 소운을 보호하느라
검을 떨어트린 수호.
찰나의 순간 수호의 목에 겨눠진 만식의 칼!!

만식   그만!
모두   !!!!
여화   (수호를 보고 !!!!)
필직   (웃으며) 임현제.
수호   (필직 보면)
필직   15년 전이랑 똑같지 않느냐. (하다) 조선 제일 검이라던 네 아비
    도 네 놈 때문에 칼 한 번 휘두르지 못하고 뒈졌잖아! (여화 보고)
    칼을 내려놔라.
수호   (부들부들) 저자는 나와 아무 상관이 없다! 허니, 나를 베거라!
필직   (여화 보고) 칼 안 내리고 뭐 하느냐!
여화   (수호를 보며 검을 점점 내리는데)

수호	(다급하게) 안 됩니다!!
필직	어차피 다 죽을 건데 뭐 이리 간절하신가.
수호	(여화를 잠시 보다가) 우리 처음 만났던 때를 기억하십니까?
여화	???
수호	그 모든 순간을 생생히 기억합니다. 그쪽도 기억하고 있길 바랍니다!
여화	갑자기 그게 무슨-
수호	그때, 그쪽이 어떻게 했는지, 날 어떻게 바라봤는지!!
필직	개소리 그만하고 (여화 보고) 칼 안 내려?!!
여화	(여화, 저 말이 무슨 뜻일까... 칼을 천천히 내리는) 내려! 내린다고!!

칼을 바닥에 내려놓는데. 바닥에 짱돌이 보인다. 이거구나!!
칼을 내려놓으려다 짱돌 하나를 들어 휘익! 만식의 이마에 정확하게 타악!!! 윽!!!

INSERT

1부 S#5 염홍집을 인질로 잡은 타짜의 이마에 정통으로 날아오는 찻잔!

순간 수호, 옆에 떨어져 있던 자신의 칼을 주워 만식의 다리를 벤다.*!!
만식, 윽! 하고 쓰러지고
여화 또한 자신의 검을 들고 무사들을 쓰러트리고 필직에게 검을 겨누는데 !!
그때 치달과 비찬을 포함한 금위영 수하들이 마당으로 들어온다. !!!

---

*   허벅지를 칼로 그어 움직임을 막을 정도입니다. 후에 절뚝거릴 정도의 상처입니다.

치달	금위영이다!! 꼼짝 마라!!!

????? 치달, 보는데 이미 상황은 종료됐다.
만식과 필직에게 각각 검을 겨누는 수호와 여화.

비찬	(울먹이며) 나리! (하며 가다가) 미담님!!!!! (하고 바로 여화 쪽으로)
치달	(민망한 듯, 쓰러져 있는 소운에게 다가가며) 괜찮으십니까아!!!
비찬	(울먹이며) 나리!!

비찬, 수호 쪽으로 급히 달려오면 수호와 여화, 서로 눈짓 주고
받는.
여화, 상황이 어수선한 틈을 타 서둘러 자리를 떠나면

비찬	(여화 뒷모습 보고) 미담- 읍!!
수호	(급히 비찬의 입을 막고는 여화의 뒷모습 바라보는)

금위영 수하들, 필직과 만식을 묶고·상황을 수습하고.

S#48.   필여각, 앞 / N

포승줄에 묶여 필직과 만식, 수하들 끌고 압송하면
그 모습을 바라보던 수호, 옆에 있던 비찬에게

수호	어찌 된 일이냐.
비찬	그게 어떻게 된 거냐면요. 제가 호판대감댁을 딱 지나가는데-

플래시백

S#48-1. 호판댁, 인근 거리 / N

S#44에 이어-

비찬을 따라 뛰어오며 비찬의 어깨를 잡는 여화. 비찬, 뒤돌아
보고 입틀막!!

여화	넌 종사관 나리의 수하가 아니냐.
비찬	미..담..님...?
여화	헌데, 왜 혼자 여길 온 것이냐? 종사관 나리는?
비찬	(울먹울먹)
여화	(!!!) 혹, 종사관 나리에게 무슨 일 생긴 것이냐.
비찬	(울먹하다, 울컥! 눈물 터지고) 흐아아앙.!! 미담니임!!! 큰일 났습니다아!

　　　　　현재

비찬	(감동에 젖어) 미담님을 만나 소식을 전했기에 망정이지! 나리 정말 큰일 날 뻔-
수호(O.L)	넌 왜 시키지도 않은 짓을!! 얼마나 위험할 뻔했는지 아느냐!!
비찬	미담님 덕분에 이리 무사하셔놓고- (하다) 이제야 알았습니다. (놀리듯) 나리보다 우리 미담님이 조금 더 쎄다는 거요!

비찬, 서둘러 치달 쪽으로 뛰어가면 혼자 남겨진 수호,
여화를 찾듯 주변을 둘러보는 데서.

S#49.　궐, 이소의 방 / N

이소의 앞에, 윤학 들어 있다.

윤학	지금 전갈이 왔사온데, 강필직을 추포해 금위영으로 압송했답니다.
이소	(흐뭇하게) 모처럼 좋은 소식이로구나. (눈빛 깊어지며) 남은 호판 부인도 그대로 두면 안 될 듯한테...
윤학	소신도 그리 생각하고 있습니다.
이소	호판부인이 좌상의 패가 되어선 절대 안 될 것이다!
윤학	예, 전하.

S#50. 좌상댁, 사랑채 방안 / N

분노에 찬 얼굴의 지성, 서안 앞에 앉아 있고, 그 앞에 하인 들어 있는

하인	대감 마님! 강필직이 금위영에 잡혀갔다 합니다!!

지성의 눈빛 서늘하게 변하고. 하인, 지성의 눈치를 보다 꾸벅 절하고 밖으로 나가면

지성	한심한 것들!

지성, 서늘한 얼굴로 생각에 잠겨 있다, 서안 서랍에서 옥패를 꺼내는.
벼루 옆에 놓인 문진(文鎭)으로 옥패를 내리쳐 반으로 탁- 자르는 데서. F.O

S#51. 호판댁, 앞 / D

화면 밝아지면 포졸들이 호판댁으로 우르르 몰려 들어가는.

S#52. 호판댁, 마당 / D

하인들, 삼삼오오 나와 "무슨 일이십니까?" 묻는데

포도부장   전 호조판서부인, 오가 난경은 어서 나와 어명을 받아라!!

포청의 포졸들, 급하게 마당부터 호판댁을 샅샅이 뒤지는.

S#53. 호판댁, 안채 방안 / D

드르륵, 문이 열리고 포도부장, 방 안으로 들어오는데
깨끗하게 정리된 보료, 서안 등이 보이고 방 안엔 아무도 없는.!!

S#54. 궐, 소편전 안 / D

이소, 마치 긴장한 듯 앉아 있고, 지성, 분노한 모습으로 편전에
들어온다.

지성   전하! 호판부인을 의금부로 잡아들이라 하신 것이 사실이옵
니까?
이소   (시선 피하며) 그렇습니다. 너무 이른 아침이라 좌상의 잠을 깨울
까 염려되어, 과인 혼자 결정을 했습니다.
지성   (서늘하게) 그런 중차대한 일을 혼자 결정하시다니요!!
이소   (천천히 지성 응시하며) 좌상께서 구휼미를 착복한 정황이 분명하
다 했으니, 내 친히 추국하여, 그 죄를 낱낱이 밝혀내려 한 것뿐

입니다.

지성　대비마마가 연루된 일일 수 있다 말씀드렸습니다.

이소　죄가 있다면 어마마마라 해도 예외를 둘 순 없는 일이지요. 허나-

지성　(이소 응시하는)

이소　(날이 서 있는) 감히 무죄한 어마마마를 음해하는 것이라면, 그 또한 좌시할 수는 없는 일 아닙니까?

지성　(비웃는) 설마 그런 일을 전하 혼자 할 수 있다 생각하신 겝니까?

이소　(분노 억누르며) 좌상! 과인이 그래도 이 나라 임금입니다. 군.주.로서 당연한 명을 내린 것을 지금 책망하시는 겁니까?

지성　(빈정거리며) 모처럼 호기롭게 어명을 내리셨는데, 호판부인은 벌써 도망쳐버리지 않았습니까? 기껏 발톱을 드러냈는데 고작 고양이 꼴이 된 셈이니, 전하의 체면이 말이 아니게 되었습니다.

한껏 빈정거리는 지성을, 때를 기다리듯 간신히 참아내는 이소의 얼굴에서.

S#55.　호판댁, 입구 / D

황망한 표정으로 호판댁에서 나오는 여화. 문 앞에 윤학 서 있다.

여화　(윤학의 등장에 놀라며) 나리께서도 소식을 듣고 오신 겁니까?

윤학　(난감한 표정 짓는)

S#56.　조용한 골목 / D

여화와 윤학, 인적 드문 골목에 서 있고

여화	(당황스러운) 이게 무슨 일입니까? 호판부인이 사라져버렸으니, 오라버니 얘기를 들을 길이 영영 없어져버린 것 아닙니까?
윤학	... (난감한)
여화	제가 아버님께 직접 물어볼 것입니다. 아버님을 겁박해서라도 들어야겠어요.
윤학	아직 섣불리 행동하셔선 안 됩니다. (의미 있게) 내일, 주상 전하께서 여는 다과연이 있습니다. 좌상대감과 부인 모두를 부르셨습니다.
여화	?? (윤학 보면)
윤학	전하와 좌상대감 사이에 무슨 일이 일어나도 부인은 절대 개입해서도, 아는 체를 해서도, 그리고 전하의 뜻을 꺾으셔도 안 될 것입니다.
여화	그게 무슨 말입니까.
윤학	그럼, 부탁드립니다.

윤학, 예를 표하고 돌아서 가고 여화, 의아하게 바라보는 얼굴에서.

S#57.   금위영, 집무실 안 / D

수호, 어깨 통증에 불편한데 치달, 집무실 안으로 들어온다.

치달	독하네, 독해. 아무 말도 안 해.
수호	제가 가보겠습니다. (힘겹게 일어나면)
치달	아니야. 10년간 금위영에 있으면서 저런 놈 많이 봤어. 저런 것들은 자꾸 불라 하면 절대 안 불어. (하다) 오늘은 아무도 가지 말

	고 있어보게.
수호	... 호판부인에 대한 소식은 없습니까.
치달	지난번에도 죽을 뻔하지 않았는가. (안타깝다는 듯) 결국, 쥐도 새 도 모르게 칵! 그리되신 것은 아닌지...
수호	(여화가 걱정되는) 결국 호판부인에게서 알아낸 것이 없으니... 걱 정입니다.
치달	(수호가 하는 말의 뜻 모르고) 강필직이 남아 있지 않은가. 강필직 의 입을 열게 할 방법이 딱 하나 있지.
수호	(보면)
치달	백정놈이 상단의 단주가 됐으면 그간, 어떻게 살아왔겠어?

치달, 짬바가 느껴지듯 여유롭게 웃는 데서.

S#58. 좌상댁, 사랑채 방안 / N

금옥, 퇴청한 지성의 관복을 받아 걸고 있다.

지성	(마뜩잖은) 내일 궐에서 다과연이 있소. 전하께서 부인과 정이, 며늘아가까지 불렀으니 입궐할 준비를 하세요.
금옥	(놀라는) 아니, 그런 일이 있으면 미리 말씀을 주시지 그러셨습 니까?
지성	정이가 돌아온 걸 축하하는 자리라고 하니, 너무 신경 쓸 것 없 소이다.
금옥	신경 쓸 게 없다니요? 우리 정이와 며느리가 주상 전하를 뵙는 일인데 이리 차분히 말할 일입니까.
지성	부인! 아직 관직도 없는 정이가 전하를 직접 뵙는 일이, 자칫 조 정 대신들 입에 오르내릴 수도 있습니다.

금옥	(생각하다) 대감 말씀이 맞습니다. (서운한) 그래도 정이가 영민한 아이인데... 출사는 해야...
지성	어허! 아직 그런 말을 하실 때가 아닙니다.
금옥	(보면)
지성	(표정 어두운) 내 정이의 일은 다 생각이 있으니, 전하 앞에서 실수라도 하지 않도록, 큰애를 잘 단속하세요.
금옥	예...

금옥, 서운한 모습으로 나가면, 지성의 복잡한 얼굴에서.

S#59.   금위영, 전경 / D

S#60.   금위영, 취조실 안 / D

수호 앞에 필직, 마주 앉아 있다.
그 옆에 문서들 쌓여 있고, 옆에 금위영 수하 둘, 지키고 서 있는

수호	인신매매, 구휼미 착복 문서는 여기 이렇게 쌓여 있고. (문서 하나를 들어 보이며) 이건 호판부인에게 상납한 증거.
필직	(수호를 비릿하게 바라보는)
수호	내 눈앞에서 대행수를 인질로 잡고 살해하려 했고 아! 나도 죽이려 했고.
필직	(건성으로) 예- 예-
수호	(나지막하게) 강필직.
필직	(보면)
수호	금위영 종사관으로서 합법적으로 자네를 벌하는 게 쉽진 않겠지?

필직	(피식)
수호	그래서 다른 방법을 써야겠다.
	하며 일어나 자신의 검을 꺼내 필직의 목에 겨눈다. !!!
필직	(놀라며) 이게 지금 뭐 하는 짓인가!! 금위영 안에서 사사로이 내 목이라도 칠 셈이냐!!
수호	네놈을 다루는 데 박수호가 있을 필요가 없지 않겠느냐. 임현제로 대하면 되는 것을. (수하들에게) 나가 있거라.
수하들	예.
필직	(당황하며 동공 커지는) 이게 무슨!! 어딜 나가?! 금위대장! 금위대장을 불러와아!!!
수하들	(못 들은 척 나가버리는)
수호	그냥 이 자리에서 끝내자. (칼을 휘익 휘두르려는데)
필직	잠깐!! 잠깐만!!
수호	(필직 보는)

S#61. 궐, 응접실 안 / D

다과상을 앞에 두고 이소 앉아 있고,
그 앞으로 윤학과 지성, 금옥, 석정, 여화 같이 앉아 있다.
뒤로는 작은 서안에 사관 한 명 앉아 있는

이소	이리 좋은 일로 모이게 되어 참으로 기쁩니다. (윤학 보며) 좌부승지도 좌상의 아들을 많이 궁금해하길래, 내 이 자리에 불렀습니다.
윤학	(공손히 예를 표하면)
지성	소신의 부족한 아들입니다.

석정	(공손히 예를 표하며) 전하를 처음 뵈옵니다.
윤학	(석정을 보며) 좌상대감을 많이 닮으셨습니다. (미소 지으며) 혹시 성품까지 비슷하십니까?
석정	아닙니다. 제 성품은 온유하신 어머니와 똑같습니다.
지성, 금옥	(찌릿! 석정 보면) / (미소 짓고)
이소	(금옥 보며) 죽은 줄 알았던 아들이 이리 살아 돌아왔으니 얼마나 기쁘시겠습니까?
금옥	예, 전하. 지금도 꿈만 같습니다.
이소	(울컥한 듯) 이리 기쁜 일을 보고 있자니, 15년 전 승하하신 아바마마가 갑자기 생각납니다. 아바마마도 이리 살아 돌아오실 수만 있다면...
지성	(불편한 기색으로 이소 보는)
이소	(여화 보며) 애절히 그리던 지아비가 살아왔으니 이제 아무 근심도 없으시지요?
여화	(의미심장하게 이소 보다, 일부러 울컥하며) 전하... 제게는 아직 15년째, 살아 돌아오기만을 기다리는 오라비가 있습니다.
이소	(놀란 척) 그렇습니까?
지성	(차가운 눈빛으로) 어째서 사사로운 일을 전하 앞에서 아뢰는 것이냐.
이소	그리 말씀하지 마십시오. 마치 과인의 일처럼 마음이 아프니... 좌상.. 어떤 일이건 힘써 도와드릴 테니, 며느리에게 오라비를 꼭 찾아주세요.
지성	예, 전하. 소신도 백방으로 찾아보고 있습니다.

S#62. 궐. 중문 앞 / D

다급하게 뛰어오던 수호, 궐 중문 앞 별감 앞에 멈춰 서서 자신

의 통행패를 꺼내며

수호   전하께 급히 아뢸 말이 있습니다.

별감이 길을 터주면 수호, 다시 급하게 궐 안으로 뛰어가는 데서.

S#63. 궐, 응접실 안 / D

이소   (활짝 웃으며) 이 기쁜 자리에 특별한 손님을 한 사람 더 불렀습
         니다.

지성   ... 특별한 손님이라니요.

이소   좌상께서도 보시면 크게 반가우실 겁니다. (이소, 사관 쪽을 의미
         있게 힐끗 보곤 상선 보며) 들라 하라!

         지성 고개 돌리면, 문이 열리고 소복 차림의 난경 들어오는.
         여화, 지성을 포함한 모두가 경악하는데 !!
         윤학, 얼굴엔 옅은 미소 어리고

지성   (분노하며) 전하! 이 무슨...!!

이소   많이 놀라셨나 봅니다. 미리 말씀 못 드려 미안합니다.

난경   (공손히 예를 표하는) 전하, 그간 저의 불찰로 대비마마께도 심려
         를 끼쳐드려 송구하였습니다.

이소   (의미심장하게) 부인이 어떤 사람인지 제대로 알지 못한 과인의
         허물도 적지 않습니다.

난경   전하껜 속죄의 마음으로, 그리고 경사를 맞이하신 좌상대감께
         는 감축드리기 위해 의미 있는 차를 준비해 왔습니다.

여화, 이게 지금 무슨 상황인지 윤학을 보는데 윤학, 여화의 시선을 피한다.※

이때, 상궁 손에 들린 찻상 들어와 난경 앞에 놓이는데,

찻상 위에 찻주전자와 독꽃잎 놓여 있다.‼

여화, 놀란 얼굴로 찻상 위 독꽃잎 보는‼ 난경, 찻상 앞에 앉으며

난경　(안색은 창백하고, 손수건으로 식은땀 닦아내는,※※ 지성 보며) 선왕 전하께서 승하하시던 밤 올렸던 차인데... 기억나십니까?

지성　‼! 그걸.. 내가 어찌 아는가?

　　　플래시백

S#63-1. 궐, 선왕의 방 / N (지금 이소의 방)

선왕, 근심 가득한 얼굴로 앉아 있고 큰방상궁, 난경과 함께 찻상을 들고 들어오는

찻상 위, 찻주전자와 꽃잎이 놓여 있고.

　　　현재

난경　좌상대감께서 제게 직접 명하신 일인데, 벌써 잊으셨다니 서운합니다.

지성　(얼굴 경련 일어나는, 순간 사관을 의식하고 표정 관리하는)

이소　좌상이 이 차를 아바마마께 올리라 했단 말입니까?

난경　예, 전하.

윤학　혹, 차를 한 모금 드시면, 기억이 나시지 않겠습니까? (난경 보며) 궁금하니 어서 준비해주시지요.

　※　이소와 이 계획을 같이 짠 윤학은 상황을 미리 알고 있었습니다(그러나 난경이 진짜 독차를 마시고 죽을 줄은 이소도 윤학도 전혀 예측하지 못한 돌발 상황입니다).

※※　한 시진 전에 마신 독꽃잎차로 인해 손떨림과 식은땀 증상을 보이는 겁니다.

난경, 이소의 말에 미소 지으며, 차가 따라져 있는 찻잔에, 독꽃
잎 떨어트리면
지성, 표정 굳어지고.

플래시백

S#63-2. 궐, 선왕의 방 / N (지금 이소의 방)
선왕의 찻잔에 꽃잎을 떨군 손, 난경이다.
큰방상궁의 기미가 끝나자 난경, 침착하게 임금의 잔을 큰방상
궁에게 건네면
큰방상궁, 임금 앞에 잔을 올린다.
선왕, 차를 한 모금 마시면 난경, 긴장감을 옅은 미소로 감추고.

현재

지성, 긴장한 채 난경 노려보고 있는데
난경, 이소에게 먼저 찻잔 올리면 이소, 받아 들고

이소	(받아 든 찻잔 바라보다) 이리 특별한 향이 나는 차인데... 좌상께서는 아직도 기억이 나질 않습니까?
지성	소신은 전혀 기억이 나질 않습니다.
이소	그렇다면 어쩔 수 없군요. (잔을 들어 석정을 보는) 내, 큰 경사의 주인공인 경의 아들에게 이 잔을 먼저 내리겠소.
지성	!!! (눈동자 흔들리는)
여화	(놀라 이소 보다 윤학 보면)
윤학	(절대 나서지 말라는 듯 눈빛 보내곤 지성을 응시하는)
난경	(지성을 보며 설핏하게 미소를 짓고 있는)
석정	(나아가 꿇어앉아 이소에게 잔을 받아 드는)
이소	(석정 보며) 먼저 드시게.

플래시백

S#63-3. 궐, 이소의 방 안 / N
이소와 윤학 앉아 있고

윤학   (침울한) 전하, 이 방법밖에 없습니다.

현재

윤학   (플래시백과 오버랩되며 석정을 바라보고)
석정   성은이 망극하옵니다!!
윤학   (지성 보면 지성, 미동도 하지 않고 있는)

플래시백

S#63-4. 궐, 이소의 방 안 / N
S#63-3에 이어-

이소   (결심한) 그래... 좌상이 아바마마를 죽인 것을 증명하기 위해선 내, 비겁한 짓도 기꺼이 해야겠지. 아들이 눈앞에서 죽는 걸 두고 볼 아비는 없을 테니...

현재

이소, 플래시백과 오버랩되며 괴로운 듯 눈을 질끈 감았다 뜨고
지성을 보면
지성, 석정을 보지 않고 이소만 차갑게 보고 있고.
석정, 차를 천천히 마시려는 순간

여화   (참지 못하고) 전하!!
모두   !!!

여화	그..그리 귀한 차를 어찌 자식인 서방님이 먼저 마시겠사옵니까.
지성	(서늘하게) 감히 네가 나설 자리가 아니다.
윤학	며느님께서 궐이 처음이라 많이 긴장하셨나 봅니다.
금옥	송구하옵니다. 저희 며느리가 그간 웃어른들에 대한 집안의 법도만 배웠지, 궐의 예법을 몰라 그런 것이니 너그러이 용서해주시옵소서.
이소	괘념치 마세요 (여화 보며) 내 오늘은 뜻이 있어 그러는 것이니... (지성 응시하며) 좌상! 좌상의 아들에게 먼저 차를 권해도 괜찮으시지요?
지성	감히 소신이 어찌 전하의 뜻을 거스르겠나이까. (태연하게) 전하의 뜻대로 하시옵소서.
이소, 윤학, 여화	!!
석정	(이상한 느낌에 이소와 지성을 번갈아 바라보다 찻잔을 들여다보고 여화 한 번 보는) ... 그럼 소신이 먼저 차를 들겠나이다. (하고 천천히 차를 마시려 하면)
지성	(살짝 긴장하고)
여화, 이소	(동시에 다급하게) 잠시만요!! / 멈춰라!!
석정	??? (찻잔을 마시려다 멈추고)
이소	(당혹스러움과 낭패함이 교차하는) 되었다!! 그만하거라.
지성	(비릿한 미소 번지고)
난경	(힘없는 목소리로 소리 내어 웃는) 참으로 대단하십니다. 아들에게까지 이리도 비정하실 줄은 몰랐습니다.
지성	전하, 호판부인은 이 자리가 아니라 추국장에 있어야 할 죄인입니다. 어찌 죽어 마땅할 죄인을 이런 자리에 불러 요설을 듣고 계시나이까. 여봐라!! 당장 호판부인을 끌어내거라!
난경	예! 저는 죄인입니다. 15년 전, 좌상의 명으로 이 차를 선왕 전하께 올려 독살하였습니다. 이 차에 든 것은 독꽃잎입니다.

석정, 당황하며 손에 든 찻잔을 보는데
금옥, 놀라 석정이 들고 있던 찻잔을 빼앗아 내려놓고는 지성을
바라보는

지성   지금, 감히 전하 앞에 독을 올렸단 말이냐!!!! 뭣들 하느냐!! 당장
         호판부인을 끌어내라!!

이소   (격분한 목소리로) 좌상! 가만 계세요!!

난경   (지성 똑바로 보며) 아들의 목숨도 아끼지 않으셨으니, 어쩔 수 없
         이 제가 증명해드릴 밖에요!! (하고 단숨에 차를 마시고)

윤학   (!!! 놀라 다급히) 안 됩니다!!

이소   (!!! 놀라 당황하는)

난경   (독이 퍼져 몸도 떨려오는, 간신히 미소 지으며) 전하! 실은, 여기에 오
         기 전에 이미 이 차를 마셨습니다.

이소,윤학,여화   !!!!

         난경, 들고 있던 찻잔을 툭, 떨어트린다. !!
         난경 쓰러지며 찻상 엎어지고. 여화, 이소, 윤학, 금옥, 석정 모두
         놀라 일어나면

여화   부인!! 부인!! (하며 난경에게 가고)

이소   여봐라!! 어의를 불러라!! 어의를!!

         이소의 화급한 명에 내관과 궁녀들 문을 열고 방 밖으로 급히
         나가면

S#64.   궐, 응접실 밖 복도 / D

수호, 입구 쪽 복도로 들어오면 내관 둘 서 있고, 수호 멈춰 서는데. 이때 다급히 저편에서 응접실 쪽으로 뛰어가는 어의와 들것을 든 의녀들의 모습 보인다.‼ 그 모습을 보고 놀라 그들을 따라가면.

S#65. 궐, 응접실 안 / D

난경, 떨리는 손을 들어 여화에게 가까이 오라 손짓하는. 여화, 다가가면

난경	며느님... 불쌍한 며느님... 나는 참으로 귀하게 살 줄 알았습니다. 내 삶이 망가진 것이 나 때문이 아니라 억울해했지요. 헌데... 이제 와보니.. 내 스스로가 망쳤습니다.
여화	(난경 얼굴에 귀를 가까이 대고)
난경	(여화만 겨우 들리게) 며느님의 오라빈, 이미 좌상의 손에 죽었습니다. (툭, 숨을 거두는)
여화	!!!!!!!!!!

문이 열리고 다급히 들어오는 어의와 의녀들!!!
열린 문으로 이 상황을 바라보는 수호. 놀란 여화를 차갑게 보는 지성.
이 모든 혼란한 상황에 놓여 있는 사람들의 경악하는 모습에서.

에필로그

S#66. 필 여각, 골목 일각 / N (11부 S#48 이후 상황)

인적 없는 골목. 주위를 살피며 발 빠르게 달려가던 여화, 서서

히 걸음을 멈추고.

걱정스러운 듯 고개 돌려 필 여각 쪽을 바라보는.

잠시 고민하다 다시 돌아서서 가려는데

수호(OFF)　　멈추십시오!

놀라 돌아보면 저편에서 여화를 발견한 수호가 급히 뛰어오고 있는!!!

수호　　　(여화의 팔을 잡고, 헉헉대며) 한참을 찾았습니다!!

여화　　　(보면)

수호　　　(숨 고르며) 우리가 한 편이어서입니까? 아니면 제가 걱정이 되어 오신 겁니까?

여화　　　(당황해 얼버무리는) 그것이...

수호(O.L)　묻고 싶은 것이 있습니다.

여화　　　...

수호　　　오라버니의 행방을 알게 되고, 좌상의 죄를 모두 밝히고 나면 그때 부인은 어찌 사실 겁니까?

여화　　　... 생각해본 적 없습니다.

수호　　　생각해봐주시겠습니까. 그리고, 제게 말씀해주시겠습니까.

여화　　　그걸... 왜 물으십니까.

수호　　　저는 생각해보았습니다.

여화　　　(보면)

수호　　　제 부모의 원수를 갚고, 전하의 명을 다하면 그때는...

여화　　　...?

수호　　　제가 당신을 위해서만 살아도 되지 않을까... 그리 생각했습니다.

여화　　　!!!!

수호   그러니, 저는 최선을 다해 이 일을 마무리 지을 테니, 부디, 그날이 올 때까지 조금도 다치시지 않길 부탁드립니다.

수호, 단단하게 여화를 바라보고 여화, 눈빛 흔들리는 데서.
엔딩.

밤에 피는 꽃

S#1. 궐, 응접실 안 / D

화면 밝아지면 난경, 숨을 헐떡이며 여화를 바라본다.
여화, 난경의 얼굴에 귀를 가까이 대는데

난경   (여화만 겨우 들리게) 며느님의 오라빈, 이미 좌상의 손에 죽었습니다. (툭, 숨을 거두는)

여화   !!!!!!!

이때, 방 안으로 급히 뛰어 들어오는 어의와 의녀들,
그 뒤로 방 안에 수호가 들어온다. !!
어의와 의녀들, 쓰러진 난경의 상태를 확인하고는 고개를 절레
절레 젓는 !!
의녀들, 난경의 시신을 들것에 실으려는데. 여화, 그제야 정신
차리고

여화   잠시만!! (일어나 난경의 시신을 붙잡으며) 지금 제게 뭐라 하셨습니까!

금옥, 석정   아가! / 부인!!

수호, 당황한 듯 주변을 보다 여화를 바라보는 그 위로-

플래시백
S#1-1. 금위영, 취조실 안 / D
11부 S#60에 이어- 수호, 필직에게 칼을 휘익- 휘두르려는데

필직	*잠깐!! 잠깐만!!*
수호	(필직 보다, 칼을 필직의 목에 겨누며) 조성후란 자를 아느냐.
필직	(조성후란 얘기에 버럭) *그걸 내가 어찌-!!*
수호(O.L)	(무표정하게 칼을 목에 더 깊이 대는)
필직	*전부!! 전부 말할 테니 이 칼 좀 치워주십시오!*
수호	(서늘하게 보면)
필직	*조성후는 죽었습니다! 사라진 후 1년 뒤에 찾아내 제가 죽였습니다!!*

현재
수호, 여화에게 다가가려 하면 윤학, 수호를 잡으며 고개 젓고
어의와 의녀들에게 들려 나가는 난경을 붙잡으려는 여화, 석정
여화를 붙잡는데
있는 힘껏 석정을 뿌리치고, 필사적으로 난경에게 다가가는 여화.
그런 여화를 다시 붙잡는 석정! 지성, 이런 여화의 모습을 차갑
게 보고 있는

| 여화 | (석정에게) 놓으십시오! 부인에게 물어볼 말이 있습니다! |
| 지성 | (서늘하게) 전하 앞에서 이 무슨 무례한 짓이냐!! |

여화, 분노가 서린 표정으로 지성을 돌아보다가 지성을 향해 다
가가려는데

| 이소 | (그 광경을 당혹스러운 얼굴로 보다가) 모두 들거라!! |

금옥, 여화를 잡아 앉히고 석정, 지성, 금옥, 윤학, 수호 고개를
숙이는데

| 이소 | 이 모든 일은 과인의 불찰이니... 이만 다들 돌아가세요. 오늘 일 어난 일에 대해선 반드시 그 진실을 밝혀낼 것이니 그때까진 그 누구도 함부로 행동해선 안 될 것이오. |
| 모두 | 예, 전하. |

여화, 눈물이 뚝뚝 흐르고 원망스러운 얼굴로 이소를 바라본다. 수호, 걱정스러운 눈빛으로 여화를 바라보는데 서로 안타까운 시선들이 스치면서.

12부

밤에 피는 꽃

S#2. 궐, 응접실 안 / D

어지럽게 흩어져 있는 찻잔을 보며 참담한 표정으로 서 있는 이소, 옆에 선 윤학.
고개를 들어 지성을 보면 지성, 비웃는 얼굴로 이소 보는

지성	(비웃는) 전하답지 않게 준비를 많이 하셨습니다.
이소	(분노에 찬 얼굴로 지성 보는)
지성	이리 번거롭지 않게, 소신을 추포하여 추국이라도 하시지 그러셨습니까?
이소	(분노하며) 호판부인이 죽음으로 증언한 걸 잊으셨소? 아바마마를 독살한 정황이 다 밝혀졌는데, 어찌 이리도 뻔뻔하시오!
지성	저는 모르는 일이라 하지 않았습니까. 그리고 그것이 설.령. 사실

	인들 호판부인이 죽은 마당에, 이젠 증명할 길도 없지 않습니까.
윤학	(격노한) 좌상대감!! 하늘이 두렵지도 않습니까?
지성	좌부승지! 전하의 목숨이라도 지키려면, 바른길로 인도하시게. 고작 이 따위 간계로 날 대적하려 하다니!
이소	(분노로 지성 노려보면)
지성	(이소 보며 빈정대는) 옛말에 원숭이가 물에 비친 달을 잡으려다 빠져 죽는다 했습니다.* 전하! 전하는 그저 주제넘은 원숭이임을 어찌 모르십니까?
이소	(부들부들 떨며) 감히... 임금인 나에게-
지성(O.L)	(이소 보며) 어찌 어리석은 선왕과 한 치도 다르지 않습니까?
이소	아바마마를 그 입에 담지 마시오!! 아바마마는 모든 백성이 잘 살 수 있는 좋은 나라를 만들고자 하셨소!
지성	(비웃는) 모든 백성들이... 잘 사는 좋은 나라라...

플래시백

S#2-1.궐, 선왕의 방 (지금 이소의 방) / N (15년 전)
지성을 바라보는 선왕의 시선.

지성	그래서 전하가 꿈꾸는 세상은, 반상의 법도도 없이 천한 것들이 과거를 보고, 노비가 조정 신료도 되는 그런 세상입니까? 그땐 나라 꼴이 어찌 될지 생각이나 해보셨습니까.
선왕	누구든 신분과 상관없이 능력껏 살 수 있게 해준다면 장차 이 나라가 더욱 강건해질 것입니다.
지성	(가소로운 듯) 지금 신분과 상관없다 하셨습니까? 전하! 전하도 그저 임금의 장자라는 이유 하나로 아무 한 일도 없이, 왕이 되시지 않았습니까?

* 猿猴取月 (원후취월)

선왕	(노여움에 떨며 지성 보면)
지성	*각자, 분수를 알고 자기가 태어난 자리를 잘 지키는 게...*

현재

지성의 말을 듣고 있는 선왕의 얼굴이 이소의 얼굴로 오버랩되며

지성	순.리.이고 세상의 이치임을 잊지 마소서! 그것을 기어이 거스르고자 한다면... 제일 먼저 전하의 자리부터 내놓으셔야 할 겁니다!!

지성, 오만하게 돌아서서 가면 좌절과 분노로 절망스럽게 남겨진 이소와 윤학.

S#3. 몽타주 / (여화의 꿈)

S#3-1. 자작나무 숲 / D (3부 S#6)

목검 연습을 하던 어린 시절의 여화와 성후 모습. cut.
여화를 보며 환하게 웃는 성후. cut.

S#3-2. 여화의 집, 마당 / D (3부 S#6)

걱정스러운 얼굴로 성후를 배웅하는 어린여화.

여화(E)	오라버니... 가지 마세요... 가면 안 돼요... 오라버니!!

S#4. 여화의 별채, 방 안 / D

여화, 보료에 누워 정신을 잃은 채 식은땀을 흘리는

여화	(의식을 잃은 채) 오라버니... 오라버니... (눈 번쩍! 뜨는)
연선(OFF)	괜찮으세요?

여화, 보면 연선이 걱정 어린 시선으로 여화를 바라보고 있다.

연선	(걱정스럽게 바라보는) 아씨...
여화	(보면) 아버님은.
연선	아직 퇴청하지 않으셨습니다.
여화	(몸을 일으키려는)
연선	(부축하며 조용히) 종사관 나리께서 급히 아씨께 전할 말이 있다고 오실 때까지 세책방에서 기다리신다고 하셨어요.

S#5.   좌상댁, 전경 / N

S#6.   좌상댁, 안채 방안 / N

석정과 금옥, 침울하게 앉아 있다.

석정	아무래도 호판부인의 죽음에 부인이 많이 놀랐나 봅니다. (금옥 보며) 어머닌, 좀 괜찮으십니까?
금옥	(혼란스러운) ... 괜찮다.
석정	저... 어머니...
금옥	(보면)
석정	오늘 일에 대해 혹, 아시는 바가 있으신지요.
금옥	내 어찌 밖에서 일어나는 일을 알겠느냐. 전하 앞에서 일어난 일이 궁금해도, 함부로 입 밖에 내서도 안 될 일이지.. 다만..

난경(E)	15년 전, 좌상의 명으로 이 차를 선왕 전하께 올려 독살하였습니다.

INSERT

난경 목소리 위로 11부 S#63 차를 마시려는 석정을 말리지 않는 지성.

금옥	(석정을 보다 고개를 저으며) 너와 큰애에게 아무 일도 없어야 할 텐데...
석정	어머니, 부인의 오라비가 사라졌다는 건 무슨 말입니까?
금옥	시집오기 몇 달 전에 사라져 여즉 소식이 없단다.
석정	(금옥 보면)
금옥	십 수년이 지나도록 소식 한 번 없었건만.. 아직도 살아 있을 거라 믿고 매년 치성을 드리는 걸 보면.. 그 힘들고 모진 세월을 버틴 것이 오라비를 기다리는 마음 때문 아니겠느냐.
석정	...
금옥	아마 그것이 그 아일 버티게 한 힘이었을 게다.

S#7.   세책방, 밀실 안 / N

수호, 밀실 안에서 여화를 기다리는데 무사복을 입은 여화가 문을 열고 들어온다.

수호	(여화의 표정 살피며) ... 괜찮으십니까?
여화	(고개 저으며) 제... 오라버니를... 아버님이 죽였답니다.
수호	(이미 들었구나)
여화	어찌 이럴 수 있단 말입니까. 어떻게! 오라버니를 죽이고 제게

그런 인자한 표정을 지을 수 있단 말입니까. (고개 저으며) 아닙니다. 분명 호판부인이 잘못 알았을 거예요.

수호	(보면)
여화	오라버니를 죽였다 단 한 마디만 하고 숨을 거두었습니다. 진실인지 아닌지 확인할 길도 없으니... 만약, 이게 진실이라면 저는 대체 어찌해야 합니까.
수호	그 얘길 해드리려 했습니다.
여화	(보면)
수호	강필직이.. 좌상의 명으로 부인의 오라비를 죽였다 자백을 했습니다.
여화	!!! (표정 굳어 밀실 밖으로 나가면)
수호	(뒤따라 나가며) 부인!!!

S#8. 금위영, 취조실 안 / N

필직, 취조실 안에 앉아 있는데 복면을 쓴 여화가 취조실 안으로 들어온다.

필직	(여화를 보고 놀라) !!
여화	조성후를 네가 죽였느냐.
필직	복면 네놈이 그자를 어떻게-
여화	묻는 말에 대답이나 해.
필직	밖에 아무도 없느냐!! 종사관!!
여화	내가 이길로 좌상에게 가 네놈이 금위영에서 모든 것을 실토했다 말해줄까? 그땐 정말 개죽음일 텐데.
필직	!!!!
여화	(서늘하게) 조성후를 언제, 어디에서, 어떻게 죽였는지 말하거라.

필직	(동공 흔들리다) 조성후를 찾아다닌 지 1년쯤 지나 그자가 북촌에
	나타난 걸 발견했다. (눈치 보다) 그자를 쫓아 소당골 뒷숲에서.
여화(O.L)	북촌엘 왔었다고?

INSERT

S#8-1. 여화의 별채, 담장 안 / D
성후의 시선으로 별채 마당에 지성과 함께 있는 어린여화, 미소
짓는. cut.
안타깝게 여화를 바라보는 성후의 목에 훅 들어오는 필직의 칼.
!!! cut.

필직	잡히면 죽을 줄 아는 놈이 굳이 누이를 보겠다고 돌아와서는.
여화	(허망한) 돌아왔었구나... 돌아왔었어... (정신 차리고 필직의 목에 칼
	을 확! 들이대고) 그자를 죽일 때 그 자리에 좌상이 있었느냐.
필직	(격하게 고개 끄덕이고)

여화, 분노에 차서 필직을 노려보다 돌아서서 나가는.

S#9.   금위영. 취조실 밖 / N

여화, 취조실 밖으로 나오면 그 앞에서 모든 걸 듣고 있던 수호,
안타깝게 여화를 바라보는. 여화, 그대로 나가려고 하는데 수
호, 여화를 붙잡는다.
여화, 슬픔을 간신히 참고 있는 얼굴로 수호를 바라보고 잠시,
서로 멈춰 있는

수호	어디 가십니까.

여화	따라오지 마십시오.
수호	같이 가겠습니다.
여화	(그제서야 눈물이 한 방울 뚝 떨어지며) 혼자 있고 싶습니다..

수호, 안타깝게 여화를 보다 여화의 팔을 놓으면 여화, 저벅저벅 걸어가는.

S#10. 북촌 일각 골목 / N

여화 골목을 힘없이 걸어가다 힘없이 벽에 기대 주저앉는 모습 위로

여화(E)	오라버니...

INSERT

3부 S#38-1. 사당에 앉아 기계적으로 곡을 하는 어린여화. cut.
1부 S#22. 재이에게 험한 말을 듣던 여화 표정. cut.

여화(E)	피붙이 하나 없는 낯선 곳에서 서러운 날들을 보내면서도 제가 굳건히 버틸 수 있었던 건...

INSERT

1부 S#5. 투전판에서의 복면 여화. cut.
2부 S#4. 꽃님이 손잡고 나오는 여화. cut.

여화(E)	할 수 있는 일을 기꺼이 하며 당당하게 살아 있는 조여화로, 오라버니의 자랑스러운 누이로 다시 만날 날만을 기다렸기 때문

입니다.

여화, 눈물 흐르는

여화(E)   그 일념으로 이 모진 세월을 견뎠는데...

S#11.   궐, 앞 / N
궐을 나서는 지성의 굳은 표정 위로-

여화(E)   부모로 섬긴 자가 오라버니를 죽인 원수라니요....

S#12.   북촌 일각, 골목 / N
자리에서 일어나 창포검을 꽉 쥐는 여화.

여화(E)   하늘이 어찌 이리도 제게 잔인할 수 있단 말입니까. 이 분노와 슬
          픔을 어찌 견뎌낼 것이며, 무엇을 위해... 제가 살아가야 합니까...

급히 뛰어가는

여화(E)   이제... 제가 해야 할 마지막 일을 하겠습니다.

S#13.   북촌, 거리 / N
인적이 없는 한적한 곳, 교자를 타고 지성이 집으로 오고 있다.
호위 두 명, 교자꾼 옆을 따르고

지성(E)	호판부인도 죽었으니, 이제는 그 어떤 증좌도 남아 있지 않을 터...

INSERT

11부 S#63. 독차를 마시려던 석정. cut.

12부 S#1. 독차를 마시고 쓰러진 난경. cut.

12부 S#2. 지성의 말에 좌절한 표정을 짓던 이소. cut.

지성, 가소롭다는 표정을 지으며 생각에 잠겨 있는데
저 멀리 검은 무사복의 복면 여화, 앞에 서 있는 !! 호위들, 지성 앞에 서서 막자
여화, 호위들을 단숨에 제압해 쓰러트리고. 지성 앞에서 칼을 빼 드는

지성	(놀란) 누구냐!!
여화	... 조성후를 죽인 것이냐.
지성	!!! 네놈이 그자를 어찌 알고?
여화	(지성에게 다가가며) 조성후를 죽였으면서도 멀쩡하게 살아 있는 척! 뻔뻔하게 굴었던 것이냐!!
지성	(당황해 보면)
여화	내가 누군지! 해서, 네놈이 무슨 짓을 했는지 똑똑히 알려주마!

여화, 자신의 복면을 내리려는 순간, 수호 나타나 여화를 잡아 휙! 돌려 마주 보고

여화	비키시오.
수호	(고개 젓고 낮은 목소리) 미안하오.

여화, 수호 무시하고 지성에게 다시 한 번 칼을 휘두르며 덤비려 하는데

여화의 칼을 막아내는 수호. 수호와 여화, 서로 검집과 칼을 번갈아 쓰며 싸우는데

수호, 검집으로 타악! 여화의 창포검을 날리는!!

그사이 호위들, 지성을 데리고 서둘러 자리를 피한다.

여화, 창포검을 주워 다시 지성을 쫓으려는데 수호가 여화 앞을 가로막고!!

여화, 수호에게 다시 한 번 칼을 휘두르는데

타악! 다시 한 번 서로의 칼과 검집이 부딪친 상태로 서로의 눈빛이 마주친다.

수호, 더 이상 싸울 의지가 없다는 듯 힘을 빼 자신의 검을 떨어트리고

그때 여화의 검이 수호의 옷자락을 사락, 자르는.

그럼에도 여화를 보내지 않겠다고 막고 서 있는 수호.

여화   왜 막으시는 겁니까! 왜!!

수호   이 자리에서 죽고자 한 겁니까? 정체를 드러내 좌상을 죽이고 부인도, 모든 것을 버리려고 하신 겁니까?

여화   예! 저자를 죽이고 저도 죗값을 치르면 그만입니다. 전하도, 나리도 그러고 싶지 않으십니까? 해서, 제가 끝내겠다는데! 왜 말리는 겁니까!!

수호   저도!! 좌상을 단숨에 죽이고 부모의 복수로 제 삶을 바쳐도 된다, 하루에도 수십 번 생각합니다. 헌데 그럴 수가 없습니다. 부인의 오라버니가 정녕 자신의 복수를 위해 부인이 죽기를 바라겠습니까!

여화   (눈물이 흐르고)

수호	만약!! 그렇게 끝내야 하는 방법밖에 없다면 제가 하겠습니다. (여화의 팔을 잡으며) 그러니 제발, 부인 스스로를 해치지 마십시오.

여화, 고개 숙이고 어깨가 들썩이게 울고 있고
안아줄 수도 없어 그저 주먹을 꼭 쥐고 앞에 서 있는 수호.

S#14. 좌상댁, 사랑채 마당 / N

지성, 분노에 찬 표정으로 들어오다가 마당에 서 있는 금옥을
보고 표정 바뀌는

금옥	(복잡한 표정으로) 늦으셨습니다.
지성	오늘 많이 놀랐을 텐데... 괜찮으십니까?
금옥	(지성 보지 않고) 예..
지성	부인, 부인께선 그저 집안 단속만 잘 해주시면 됩니다. 바깥일에 괜한 신경 쓰지 마세요.
금옥	(표정 없이 덤덤하게) 예.
지성	(그런 금옥의 반응이 신경 쓰이고) 피곤하실 텐데 그만 들어가 쉬세요.

지성, 사랑채로 올라가면. 그런 지성을 보는 금옥의 걱정스러운
표정에서.

S#15. 좌상댁, 사랑채 방 안 / N

지성, 앉아 깊은 근심에 쌓여 있는데, 방 안으로 병조판서 화들
짝 놀라 들어오는

병조판서	복면으로부터 습격을 당하셨다면서요?
지성	(서늘한) .. 그 자리에 박수호까지 나타났어. 그놈들이 모두 한패인 게 분명하네.
병조판서	(당혹스러워하며) 대체 일이 어찌 돌아가는 건지...
지성(O.L)	(눈빛 깊어지며) 그자가 조성후를 알고 있었네.
병조판서	(놀라며) 조성후를요? 혹시, 그때 선왕에게 밀명을 받은 자가 또 있었던 것 아닐까요?
지성	... 그건 아닐 게야. 그랬다면 왜 이제서야 나타났겠나. 허나 장차 큰일에 조금이라도 걸림돌이 되어선 아니 될 것이니...
병조판서(O.L)	큰일이라 하심은...?
지성	(서찰 주며) 안산군(案山君)을 도성으로 데려오시게.
병조판서	(의아한) 예?
지성	내가 안산군을 데려오는 것이 무슨 의미인지 누구보다 주상이 가장 잘 알 것이야.
병조판서	!!! (당황한) 종친이라고는 하나, 방계 출신이고 고작 여섯 살 아닙니까.
지성	어차피 왕은 내가 정하는 것이니, 그저 왕실의 피만 흐르면 되네. 그리고 어리면 어릴수록 좋은 것 아닌가. (눈빛 깊어지며) 감히 내 가족을 이용하려 했을 때는, 이 정도 각오야 서 있었겠지.

S#16.   명도각, 장소운 집무실 안 / N

여화와 수호, 집무실 안에 마주 앉아 있고

여화	지금껏... 오라버니가 살아 있다 믿었습니다.
수호	(보면)
여화	(창포검을 만지며) 오라버니와 제가 무예를 연습하던 곳에 비밀 공

간이 하나 있었는데.. 혼례 전, 그곳에 서찰을 남겨두었습니다. 다시 그곳에 갔을 땐 서찰이 사라지고 이 검이 놓여 있었지요.

수호　　(여화 보면)

여화　　해서, 오라버니가 살아 있다 믿었습니다. (창포검을 보며) 아마도 이 검을 제게 남기려 하셨던 것 같습니다.

여화, 천천히 검을 매만지는데 보면 검집 쪽에 이상한 느낌이 손에 걸리는!!
보면, 검두 끝이 깨져 있다.

INSERT

12부 S#13 수호의 검집에 창포검이 타악! 바닥에 떨어지는. cut!

여화　　!!!

플래시백

S#16-1. 자작나무 숲 / D
3부 S#6에 이어서-
성후, 무술 연습을 마치고 검을 닦고 있는데 여화, 다가오는

여화　　정말 제 검을 만들어주실 건가요?

성후　　(미소 짓는) 너 하는 거 봐서...

여화　　(눈빛 반짝이며) 진짜 멋진 검을 만들어주셔야 합니다.

성후　　그러마. 네게 딱 맞는 비밀스럽고 특별한 검.

여화　　특별한 검이요?

성후　　(미소 지으며) 네가 받으면 알게 될 거다.

설마.. 여화, 부러진 검 끝을 열어보는데 서찰 두 장이 들어 있고!!
익숙한 글씨, 성후의 서찰이다. 서찰을 읽으며 놀라는 여화.

성후(E) 내 하나뿐인 누이, 여화야.. 이 서찰을 읽고 있다는 건, 아마 내가 네 곁에 없다는 뜻일 테니.. 돌아가겠다는 약조를 지키지 못한 못난 오라비를 용서하거라. 지금, 네가 원하는 삶을 살고 있느냐? 네가 하고자 하는 일들을 기꺼이 하며 살아가고 있느냐?

여화, 서찰을 천천히 읽어 내려간다. 한 방울... 두 방울씩 눈물 떨어지고

성후(E) 만약, 세자께서 무사히 보위에 올랐다면 또 다른 서찰 하나를 전해다오. 그리고.. 널 지켜주지 못한 채 무거운 짐만 남기고 떠나는 이 오라비를... 더는 생각 말거라.

눈물을 흘리며 성후의 서찰을 읽던 여화, 마지막 내용에 다른 서찰을 급히 찾고
밀봉되어 있는 다른 서찰에 찍힌 왕의 표식.
그것을 결연한 표정으로 보는 여화와 수호. F.O

S#17. 금위영, 전경 / D

어스름한 새벽녘.

치달(E) 으아아아아악!!!!

피투성이로 쓰러져 있는 필직.

복면*과 치달이 대치하고 서 있고. 복면의 손에 들려 있는 칼에선 피가 뚝뚝 떨어진다.

다급한 발소리와 함께 비찬과 무관들 취조실 안으로 뛰어들어오면

복면, 후다닥 무관들 사이를 헤치고 달아나는.!!!

달아나는 복면과 우왕좌왕하며 뒤쫓는 무관들.

연선, 안절부절못한 채 별채 마당에 서 있는데 석정이 마당으로 들어온다.

후다닥 석정에게 달려가는 연선, 석정의 앞을 막고는

연선	도련님! 아씨가 몸이 좋지 않아 아직 기침하지 않으셨습니다. 일어나시면 말씀드리겠습니다.
석정	(별채 쪽 슬쩍 보고) 언제 일어나실 것 같으냐.
연선	그것이... (눈을 굴리며) 곧일 수도 있고... 종일 못 일어나실 수도 있고..
석정(O.L)	아씨는 새벽에 치성을 드리러 절에 간 것이다.
연선	(당황하며) 예?
석정	뭐 하고 서 있느냐. 아씨가 절에 갔는데 너도 가야 하지 않겠느냐?

*　복면 변장한 수호입니다.

연선	예? (하다) 예에!!

연선, 급히 별채 마당을 나가면 연선의 뒷모습을 걱정스런 표정으로 바라보는 석정.

S#21. 좌상댁. 사랑채 방안 / D

지성, 등청 준비를 하고 있다.

석정(OFF)	잠시 들어가겠습니다.

석정, 문을 열고 들어와 꾸벅 인사하는

지성	무슨 일이냐.
석정	어제 궐에서 있었던 일을 여쭙고자 합니다.
지성	(귀찮은 듯) 알 것 없다.
석정	혹시, 그 차가 독이라는 것을 알고 계셨습니까?
지성	그게 무슨 소리냐! 내가 그걸 어찌 알아!!
석정	만약, 그 차에 독이 있었다는 것을 알고 계셨다면 제가 마시기 전에 말리셨을 겁니까?
지성	...
석정	(지성의 표정을 보고는 착잡하게) 말리지 않으셨겠지요.
지성	(버럭) 고작, 그 따위 것을 물어보러 들어온 것이냐! 진즉 출사하여 조정에서 나랏일을 하고 있어야 할 놈이 아녀자들처럼 쓸데없는 감상에나 젖어 있으니, 대체 언제 정신을 차릴 것이야!!
석정	정사나 나랏일은 몰라도! 제 가족에게 해야 할 도리는 압니다!
지성	부모까지 버리고 제멋대로 살던 놈이 이제 와 무슨 자격으로 가

족을 들먹이느냐! 이 모든 것이 가문을 위함임을 네놈이 알 턱이 없지.

석정 가족의 목숨을 걸고 얻고자 하는 것이 도대체 무엇입니까!!

지성 !!

석정 다시는 어머니와 부인이 힘든 일을 겪지 않길 바랍니다. 아버지 아들로서 드리는 마지막 부탁입니다.

석정, 참담한 표정으로 나가면 지성, 석정이 나간 문을 쳐다보는.

S#22. 명도각, 직원 숙소 안 / D

소운, 황당한 표정으로 보면 그 앞에 색옷을 입은 여화, 씩씩하게 밥을 먹고 있다.

소운 밥을... 참 맛나게 드십니다..

여화 (아삭아삭 씹으며) 먹어야지요! 든든하게 먹고! (의지 넘쳐서) 제가 할 일을 해야지요.

소운 오라버니의 서찰을 주상 전하께 전하기만 하면 되는 거 아닙니까?

여화 그것도 하고, 다른 것도 할 겁니다. (밥을 입에 넣는)

소운 (걱정스러운) 밤새 우는 소리가 들리길래, 몸져 누우시면 어쩌나 그런 걸 걱정했는데, 아직도 제가 아씨를 이리 모릅니다. 또 무슨 일을 벌이실까 그 생각을 했어야 하는데.

여화 (국 쭉! 들이키며) 자! 이제 다녀오겠습니다. (일어나면)

소운 조심하세요! 아직 좌상댁 며느리인데, 그렇게 운종가를 누비시다 누구에게라도 걸리시면 어쩌려고 그러십니까.

여화 걱정 마십시오. 15년을 데리고 산 며느리를 하룻밤 외박했다고

| | 죽이기야 하겠습니까. (밖을 나가는) |
| 소운 | (걱정돼 죽겠고) 그냥 몸져눕기라도 하시지.. 불안해서 살 수가 없네.. |

S#23. 궐, 빈청 안 / D

꿀꺽, 치달 앞에 지성이 서 있다. 그 옆에 병조판서가 있고

지성	(치달 보며) 자네가 나를 보자 했다고.
병조판서	금위영에서 강필직을 잡아두고 있었는데 오늘 아침, 그자가 살해됐습니다.
지성	뭐라? (다시 차분하게 치달 보며) 헌데, 왜 나를 찾아온 것인가.
병조판서	금위대장이 처음 발견했는데 꼭 좌상대감께 직접 드릴 말씀이 있다고.
지성	(치달을 보다가 병조판서 보고) 병판은 그만 나가보시게.
병조판서	(지성 눈치 보다) 예. (밖으로 나가면)
지성	내게 꼭 해야 할 말이 무엇인가.
치달	예, 그것이... 그.. 강필직을 살해한 놈이 누구인지 제가 직접 보았습니다.
지성	?
치달	어젯밤, 복면을 쓴 자가 금위영에 모올래 숨어들어서..
지성	(놀라며) 복면이라고?
치달	그게.. 복면이 강필직을 죽이면서 한 말을 제가 들었사온데... (꿀꺽) 아무래도 대감께 알려드려야 할 것 같아서..
지성	뭐라 하던가?
치달	조성후의 원수를 갚는다, 뭐 이런 말을 하더니.. (소곤) 전하께, 그날의 증좌를 드려 좌상대감도 가만두지 않겠다..고.. (떨리는)
지성	!!! (눈동자 흔들리고)

파스스, 치달, 완전히 널브러져 있고 수호와 윤학, 양쪽에서 치
달을 다독이고 있다.

치달　내 어쩌다 이런 일까지.. 일평생, 안전한 인생이었건만..

윤학　전하께서 금위대장의 공을 절대 잊지 않으실 겁니다.

치달　제가 자식이 여섯이에요. 아직 막내딸은 시집도 못 갔는데... (갑
　　　자기 지성이 떠올라 몸을 부르르) 무서워도 너무 무서워!

수호　걱정 마십시오. 무사히 잘 해결될 겁니다. 오늘 새벽에도 아주
　　　감쪽같으셨습니다.

윤학　(수호 보며) 너야말로 복면 흉내가 감쪽같구나.

수호　강필직은 어찌 되었습니까?

플래시백

S#24-1. 금위영, 마당 / D
종복 하나가 수레를 끌고 오면.
비찬, 멍석에 말린 필직을 수레에 툭, 떨어뜨리고 그걸 보고 있
는 윤학.
수레 안엔 이미 만식이 멍석에 말린 채 누워 있고.
필직, 멍석 안에서 몸부림치다 고개만 간신히 내밀며

필직　이제 꺼내주십시오! 숨 막혀 죽겠습니다!

만식　(필직의 목소리에 놀라) 형..님?

필직　만식이냐?

만식　(울먹이며) 형니임!!!

비찬　(이 둘이 한심한, 윤학보며) 꺼내주지 말고, 그냥 이대로 두고 갈까요?

윤학　나도 지금 그 생각 중이었다.

필직	하라는 대로 하지 않았습니까! 살려주십시오!!
윤학	(필직 보고) 자복을 했으니, 살려는 주되, 평생을 죽을 때까지 다시 백정으로 살아야 할 것이다. 끌고 가라.
필직	(동공지진하며) 좌...좌부승지 나리!! 나리이!!!

수레에 실려 떠나는 필직과 만식.

현재

윤학	(수호 보고) 좌상은 어디로 움직일 것 같으냐.
수호	복면이 저와 한패로 알고 있으니 제게 붙지 않겠습니까.
윤학	(큼) 내가 전하의 최측근이다. 분명 내게 붙을 것이다.
수호	(피식) 나가보면 알겠지요.

S#25. 세책방, 밀실 안 / D

이소, 들어오면 여화, 예를 갖춰 인사한다. 이소, 자리에 앉고 여화 따라 앉아 마주 보는

이소	날 보자 했느냐.
여화	찾고 계시던 제 오라버니 조성후는 이미 좌상의 손에... 죽었습니다.
이소	(비통한 얼굴로) 좌부승지에게 들었다. 자네에겐 정말 미안하구나.
여화	제 오라버니가 지니고 있던 역모의 증좌가 사라졌으니 이제 어찌하실 생각이신지요.
이소	... (답답한 마음으로 여화 보는)
여화	감히 전하께 다시 여쭙습니다. 역모의 증좌를 찾은 그다음엔 무엇을 하실 생각이셨습니까.

이소	좌상을 제거하고, 아바마마의 뜻을 받들어 만백성이 잘 사는 나라를 만들고자 했다.
여화	... 잡지 못한다면 아무것도 하지 않고 그저 기다리실 생각이셨습니까?
이소	... (여화를 보다) 과인이 참으로 비겁하다 생각했겠구나.
여화	전하께서 보위에 오르신 그때부터 저는 조선에서 가장 하찮은 과부의 몸으로 살아왔습니다.
이소	...
여화	하루하루 제가 어떻게 살아왔는지 아십니까..?
이소	(보면)
여화	지아비를 그리고 곡을 하는 것 외에 내가 할 수 있는 일... 그것이 무엇인지 매일 생각하며, 복면을 쓰고 담을 넘었습니다. 오늘 죽더라도, 무언가를 하지 않으면.. 저는 아무것도 아니니까.. 아무것도 하지 않으면 살아 있는 이유가 없으니 어떻게든 살고자 했습니다.
이소	...
여화	전하께서는 그 자리에서 백성을 위해, 오늘 무엇을 해야 하는지 생각하며 매일을 보내셨는지요.
이소	!! 좌상을 잡아, 그날의 진실을 밝히는 일 말고 (울컥) 매일매일 백성을 위해, 임금인 내가 오늘 해야만 하는 일... 그 당연한 것을 잊고 있었어.
여화	(이소 보면)
이소	내, 어리석기 짝이 없는 왕이라.. 참으로 미안하고 부끄럽구나.
여화	(그런 이소를 보다가) 저는 전하께서 성군이 되어주시리라 믿습니다.

이소 보면, 여화 창포검을 이소 앞에 내려놓는다.

여화	전하께 감히 검을 꺼내놓게 되어 송구합니다. 이 검은 제 오라버니가 제게 남긴 유일한 물건입니다. 오라버니의 목숨으로 지켜낸 서찰이 들어 있으니.. (목이 메이지만 참고)
이소	...
여화	부디, 부끄럽고 미안함을 기꺼이 인정하실 수 있는 전하가 되시어 저 같은 백성들이 더 좋은 세상을 살 수 있는 희망을 버리지 않도록... 해주십시오.

여화, 창포검에서 서찰을 꺼내 이소에게 전한다.
여화가 올린 선왕의 서찰을 떨리는 손으로 펴는. 그 위로-

플래시백

S#25-1. 궐, 선왕의 방 (지금 이소의 방) / N (15년 전)
선왕, 식은땀을 흘리며 떨리는 손으로 서안 앞에 앉아 서찰을 쓰고 있는,* 그 위로

선왕(E)	나의 사랑하는 세자, 소야. 내게 만일 변고가 생긴다면, 이는 분명 역적 석지성이 벌인 일이니..

그 옆에 교지와 어패가 놓여 있고
맞은편엔 고개를 조아리고 앉아 있는 흑색 복색 차림의 무사, 성후다.

선왕(E)	부디 세자는 목숨을 보전하여, 반드시 용상에 올라 아비가 끝내 이루지 못하고 떠나는, 만백성이 자신의 꿈을 꿀 수 있는, 새로운 세상을 여는 강건한 군주가 되어야 할 것이다.

* 선왕은 독꽃잎차를 먹은 다음이라 독이 퍼지고 있는 상태입니다.

비통한 표정으로 붓을 내려놓는.

현재

이소, 눈물 흘리며 서찰 어루만지는

이소   소자, 반.드.시. 아바마마의 뜻을 이룰 강건한 군주가 되겠습니다.

S#26.   **궐, 복도 / D**

고요한 복도, 지성과 병조판서 은밀히 이야기를 나누고 있다.

지성   (복잡한 얼굴로) 안산군은 오늘 도성에 도착한다 했는가?

병조판서   예.

지성   일이 급하게 되었으니, 서둘러 매듭을 지어야겠네.

병조판서   (불안한) 어찌하면 좋을까요?

지성   박윤학과 박수호에게 사람을 붙이게. 분명 그자들과 접촉하려
        할 테니. (서늘하게) 복면 쓴 자와 만난다면, 그 자리에서 모두 죽
        여버리게.

병조판서   예, 대감.

지성   절대 아무도 주상에게 접근하지 못하게 해야 할 것이야.

병조판서   예, 감히 궐 안으로는 절대 들어오지 못하도록 하겠습니다.

소운, 연선(E)   안 됩니다! / 안 돼요!!

S#27.   **명도각, 장소운 집무실 안 / D**

여화, 귀에 끼고 있던 도토리 버즈를 빼며 소운과 연선을 바라

본다.

여화	한 명씩만 하자, 둘이 동시에 소리 지르니까 다 들리잖아.
연선	궐 담을 넘다니요?
소운	그건 홍길동도 안 했습니다.
여화	그래? 그럼, 내가 첫 번째가 되겠구나.
연선	아씨이!!
여화	걱정 말거라. 내 그- 뭐냐, 휘영청 밝은 달이면 지붕 위를 날아다니는 뭐 그런 거라며.
연선	죽어도 안 됩니다! 그냥, 전하께 서찰인지 증좌인지 가지고 대감 마님 잡아가라 그러세요!
여화	서찰 한 장으로 잡을 수 있다면 얼마든지 잡을 수 있었겠지. 그것만으로는 안 될 것이다. 그리고... 아버님의 마지막을 내 눈으로 봐야 하지 않겠느냐.
연선, 소운	(보면)
여화	반드시... 그 치욕과 분노는 내 손으로 만들어드릴 것이다.

S#28. 거 리 / N

수호와 윤학, 거리를 천천히 걷는데 뒤로 누군가 미행하는 모습이 살짝 보이는

수호	다섯쯤은 더 되어 보입니다. (속닥)
윤학	나는 전혀 기척을 못 느끼겠는데, 다섯이나 돼..?
수호	(진지하게) 형님.
윤학	응?
수호	그래도.. 검은 쓸 줄 아시지요?

윤학	나는 이 나라 좌부승지다! (수호 힐끗) 내 본디 문관인 걸 잊었느냐?
수호	(피식)
윤학	걱정 말거라. 그래도 내 몸 하나는 건사할 수 있으니.

그때 복면*을 쓴 누군가가 훅 다가오고 수호와 윤학, 놀라는 척하고 !!

윤학	(비찬에게) 이것이 무엇이냐.
비찬	(뚝딱거리며) 이것을, 주상 전하께, 전해주십시오!

비찬, 가슴에서 서찰을 꺼내 윤학에게 전하려는 순간. !!
수호와 윤학을 쫓던 자들이 우르르 몰려오고 비찬, 수호와 윤학
자객들과 부딪치는 !!
몇 번의 합을 맞춘 상태에서 비찬, 자객들에게 서찰을 빼앗기고
수호, 자객들을 거의 제압하는데 서찰을 빼앗은 자객 한 명을
보내준다.
자객들, 후다닥 도망가면 윤학과 수호, 비찬 자객들 뒷모습을
보고 아무 일 없다는 듯
셋이 나란히 반대 방향으로 걸어가며.

S#29. 궐, 전경 / N

S#30. 몽타주

S#30-1. 궐, 이소의 방 안 / N

비찬입니다.

이소와 윤학, 마주 앉아 은밀히 이야기 중이다.

이소 (어두운 표정으로) 좌상의 움직임이 심상치가 않네. 과연 아바마
마의 서찰만으로, 좌상을 잡을 수 있겠는가.

윤학 전하, 소신과 그자들을 믿어보시지요.

두 사람의 단단한 표정에서. F.O

S#30-2. 궐, 빈청 안 / D
화면 밝아지면, 다급한 발걸음으로 빈청 안으로 들어오는 병조
판서.
비찬에게서 뺏어온 서찰 지성에게 건네면
지성, 미소 지으며 병판의 어깨를 칭찬하듯 두드려주고는,
서찰*, 펴보곤 바로 찢어버리는. 이내 빈청 밖으로 걸음을 옮기고.

S#30-3. 궐, 이소의 방 안 / D
이소와 윤학 마주 앉아 있는데, 상선 문을 열고 들어오는

상선 (이소에게 다가와 낮은 목소리로) 전하, 좌상이 편전으로 들었나이다.

이소, 윤학에게 고개 끄덕이면 윤학, 일어나 나가는.

S#31. 궐, 소편전 안 / D
이소 용상에 앉아 있고. 지성, 이소를 똑바로 보며 서 있는데.

*   [좌의정 석지성에 의한 역모가 임박했음을 세자에게 알린다.] 선왕의 서찰을 가장한 가짜 서찰
입니다.

지성의 옆으로 어린 남자아이(6세, 안산군)가 어리둥절하게 서 있다.

안산군, 이소에게 공손하게 절하는

안산군 (천진하게) 주상 전하, 안산군 전하께 문안드리옵니다.

이소   (굳어진 얼굴로 시선 돌려 차갑게 지성 보며) 좌상! 갑자기 이게 무슨 짓이오? 안산군을 어찌 여기에 데려오신 겁니까?

지성   이제라도 전하께서 보위를 지키려는 굳은 의지를 보여주셔야 소신도 전하를 보필할 수 있겠다는 뜻을 전하기 위해서입니다.

이소   굳은 의지라니요?

지성   (서늘하게) 지체 없이 대비마마를 폐.위.하셔야 합니다. 감히 전하를 독살하려 한 호판부인이, 죽음으로 안고 간 죄상을 대비마마께 확실하게 물으셔야지요!!.

이소   (격노하며) 좌상!!!!!

지성   아니면 지금이라도 이 어린 안산군에게 보위를 물려주시겠습니까?

하는데 윤학, 편전으로 천천히 걸어 들어오는

윤학   전하! 대신들을 모두 들라 했습니다.

지성   (어이없는) 갑자기 대신들을 왜 부르는가? 아직 전하와 내 얘기가 끝나지 않았네.

이소   (윤학 보며) 들라 하라!

하면 대신들 우르르 몰려 들어오고,
대신들 들어오다, 지성 옆에 멀뚱히 선 안산군을 보고 웅성웅성

영의정	(의아한) 좌상, 이분은 안산군이 아니신가?
지성	(대꾸 않고) 허면 전하, 제 뜻은 충분히 전했사오니, 이만 안산군을 모시고 나가보겠습니다.
윤학	(단단하게) 멈추십시오, 좌상대감!
지성	(윤학 보면)
윤학	좌상대감을 만나러 온 분이 있습니다.
지성	?

이때, 대신들 사이로 곱게 한복을 차려입은 여화가 나무상자를 들고 들어온다.
지성, 경악하고 병조판서와 대신들 모두 놀라는 !!
윤학, 희미하게 미소 지으며 여화를 바라보는데

영의정	전하! 어찌 편전에 아녀자를 들이신 겝니까!
지성	(여화 보고 경악) 네...네가.. 어떻게...
여화	(단정하게 이소 앞에서 인사하고 무릎 꿇은 채 앉는)
대신들	!!! (웅성웅성)
이소	조씨부인은 어찌 이곳에 들었는지 말해보라.
여화	저는 좌의정 석지성대감의 며느리입니다.
지성	(버럭) 여기가 감히 어디라고 온 것이냐!
여화	그리고 15년 전, 선왕 전하의 마지막 밀명을 받았던 금군 조성후의 누이입니다.
대신들	("밀명이라니." 웅성웅성)
여화	저는!! 15년 전, 오라버니가 사라진 후, 석씨 가문의 혼담으로 시집을 왔고 혼례 날 지아비가 죽어 그간 수절 과부로 살았습니다.
지성	(여화 보며) 당장 그 입을 다물거라!!

여화	(꿋꿋이 말을 이어가는) 그간, 하늘이 내린 명재상이자 인자하신 시아버지를 두어 수절 과부의 삶이 그리 나쁘지만은 않았습니다.
병조판서	(안절부절) 전하.. 어찌 한낱 아녀자의 하소연을 신료들을 불러 듣게 하시나이까...
여화	예, 한낱 아녀자인 저는 사사로이 제 시아버지를 이 자리에서 발고하고자 합니다.
대신들	!!! (놀라 여화 보고 있는)
여화	첫째, 제 오라비인 조성후를 찾기 위해, 저를 볼모 삼아 며느리로 들이고 조성후를 살해한 죄. 둘째, 전 내금위장 임강의 집안을 몰살한 죄.
지성	(격노하며) 그만!!

대신들 웅성웅성 "임강?" "전 내금위장이면.. 임강 아닌가." "무뢰배 손에 식솔들이 모두 죽은 거 아니었나."
그때 윤학 눈짓하면, 내관 둘이 편전 문을 열고 대신들 사이로 수호 걸어 들어온다.

수호	전 내금위장 임강의 아들, 임현제, 그날의 증인으로 들어 주상 전하를 뵈옵니다. (무릎 꿇는)
지성	!!! (놀라는)

대신들 웅성웅성 "가족 모두 몰살당했다 하지 않는가." 쑥덕쑥덕.

형조판서	(놀라) 저자는 대제학의 양자, 박수호 아닙니까?
영의정	... 좌부승지! 자네의 아우 아닌가?
이소	(여유롭게) 좌부승지, 이게 어찌 된 일인지 설명해주게나.

윤학	15년 전, 선왕 전하께서 승하하시던 날 밤, 소신 어명을 받아 죽어가던 내금위장의 어린 아들을 구해 저희 집으로 데려왔습니다.
늙은대신1	(수호 보며) 임강 같은 충신이 그런 참변을 당해, 내 참으로 가슴이 아팠는데... 이렇게 아들이 살아 있다니...

지성의 주변으로 대신들 웅성거리는데 지성, 주변 대신들의 반응 보고 표정 심각해지는

여화	마지막으로 선왕 전하를-
지성(O.L)	닥치거라! (하며 다가가 여화의 뺨을 확 내려치고) 네 진정 집안에서 쫓겨나고 싶은 것이냐!
여화	(풀썩 옆으로 쓰러졌다 독하게 꼿꼿이 다시 앉으며) 아버님, 저는 이 자리에 죽고자 온 것입니다. 고작 쫓겨나는 것이 두렵겠습니까. (서늘하게) 역모를 하여 이제 그 가족 모두를 참형에 처하게 한 죄!
모두	???
여화	(상자 안에서 창포검을 꺼내고) 이 검은 제 오라버니가 남긴 물건입니다. 이 안에! 좌의정 석지성이 역적이라는 선왕 전하의 유언이 담겨 있습니다. (선왕의 서찰 꺼내 보이는)
지성	!!!
여화	좌의정 석지성은 선왕 전하를 독살하고, 선왕의 교지를 받은 전 내금위장 임강과 제 오라비 조성후를 죽였습니다. 제가! 저기 서 있는 임현제가! 그리고 이 서찰이 그 증좌입니다.
모두	!!
여화	저는 역모를 한 좌의정 석지성의 며느리로 제 시아버지와 함께 이 자리에서 그 죗값을 달게 받겠나이다.
늙은대신1	(놀라 부들부들 떨며) 좌상!! 이게 지금 무슨 말입니까. 선왕 전하께서 독살을 당하셨다니요! 임강을 죽였다니요!!

대신들 "말씀해보세요." "며느리가 목숨을 내놓고 저 말을 할 리가 없지 않습니까." "호판부인도 독차를 마시고 죽었다는데 그 소문이 사실입니까." 웅성웅성

지성   (대신들 돌아보며) 그래서... 사실이 그렇다 한들 뭐가 문제라는 겐가? 모든 것이 종묘사직을 위해서였네!! 고심 끝에 내가 선왕을 없애지 않았다면 지금 이 나라 꼴이 어찌 되었겠는가?

         대신들, 서로 눈치 보며 잠시 정적이 흐르는데

여화   (피식) 아버님, 이제 그만하시지요.

         여화, 벌떡 일어나 소매에서 복면을 꺼내 얼굴을 가리고 지성 앞에 바짝 다가서면
         !!! 지성, 깜짝 놀라 뒤로 물러나는 !!

         INSERT
         12부 S#13 지성에게 칼을 들이대는 여화.

지성   (창백해지며) 너... 너는!!
여화   예, 아버님 접니다. 제가 그날 그냥 아버님의 목을 베었어야 했나 후회하게 만들지 마십시오.
지성   네가 어찌.. 어떻게..
여화   (이소 보며) 전하, 어서 어명을 내려주십시오. 제가 따로 아버님과 할 얘기가 많아서 말입니다.
이소   (추상같이) 여봐라! 당장 역적 석지성을 추포하라!!

금군들, 우르르 몰려와 지성을 잡으면

지성   놓아라! (대신들 보며) 다, 이 나라의 근간인 우리 사대부를 지키
         고자 한 것이네. 우리가 대대로 이어온 자리이며, 우리 자손들
         이 가져야 마땅할 자리를 지켜낸 것뿐이란 말일세!!
대신들   (당혹스러운 얼굴로 다들 외면하면)
지성   (끌려 나가다 여화보고) 도대체 너는 누구냐!!
여화   누구인지 잊으셨습니까? (빙긋) 좌상댁 며느리 조여화입니다.

S#32.   의금부. 옥사 전경 / N

S#33.   의금부. 옥사 안 / N

꼿꼿이 앉아 있는 지성 앞에 여화 들어와 선다.

지성   (여화 보고 서늘하게) 도대체 언제부터 숨기고 다닌 것이냐!
여화   언제부터인 게 뭐 그리 중요합니까, 이깟 얼굴 하나 숨긴 게. 아
         버님이 한 일에 비하면 아무것도 아닌데..
지성   (믿기지 않는 듯) 그럴 리가 없다. 네가 어찌 복면일 수 있단 말이
         냐. 너는 분명... 종일 집 안에만 있었는데.. 담 밖으로도 못 나가
         는 네가 어찌 복면을 쓰고 그 많은 일을 했단 말이냐!
여화   아버님이 선왕 전하를 살해하고, 그 죄를 숨기고자 강필직과 호
         판부인의 뒷배가 되어주시는 동안, 밤마다 담을 넘어 그자들과
         목숨 걸고 싸운 것이 바로 아버님의 며느리였습니다.
지성   (보면)
여화   그리고 그 많은 일 중 단 하나, 아버님을 제 손으로... 이 검으로

직접 벌하지 않은 것을 다행으로 여기십시오.

지성   (부들부들)

여화   제가 국법보다 몸이 먼저 앞서 나가는 사람인데, 이번 한 번은...
지엄한 국법으로 아버님의 죗값을 치르는 걸, 꼭, 지켜볼 것입
니다.

여화, 저벅저벅 옥사 밖으로 나가면 허탈하게 앉은 지성의 모습
에서. F.O

S#34.   추국장 / D

화면 밝아지면, 추국장 중앙에 단정하고 깨끗하게 죄인 같지 않
은 모습으로
꼿꼿하게 무릎을 꿇고 앉아 있는 지성,
상석에 이소 앉아 있고, 그 옆으로 대신들이 쭉 서 있고 지성, 고
개 들어 이소 보고 있는

이소(E) 죄인 석지성은 선왕의 독살을 교사하고, 교지를 훼손하였으며
내금위장 임강과 그 식솔들을 몰살하고 조성후를 살해하여 역
모의 증거를 인멸하였고.

S#35.   좌상댁, 안채 방 안 / D

이소의 대사 위로- 방 안에 앉아 있는 금옥의 모습이 오버랩되며

이소(E) 조성후를 살해하여 역모의 증거를 인멸하였다.

석정이 다급하게 문을 열고 들어와 말을 전하면 충격 받아 옆으로 휘청하는 금옥.

추국장 한 편에서 지성을 바라보고 있는 여화, 수호, 윤학.

이소   이에 죄인 석지성을 삭탈관직하고 천민으로 강등시켜 먼 섬에 유배, 도형에 처하며 죽는 날까지 자신의 죄를 참회하며 노역하도록 명을 내릴 것이니 당장 시행하도록 하라!

이소의 눈에 여화가 들어온다.

여화(E)   전하께 청이 하나 있습니다.

플래시백

S#36-1. 궐, 이소의 방 안 / D
이소 방 앞에 여화가 앉아 있다.

여화   전하, 감히 청이 있어 이리 뵙기를 청했나이다.
이소   무엇이든 말하게. 언제든 자네의 말은 내 귀 기울여 들을 것이니.
여화   전하, 감히 청하옵건데 아버님의 죄로 인해 이미 상처 입은 다른 가족들을 구명해주시옵소서.
이소   (보면)
여화   제가 평생 아버님에게 속아왔듯, 그분들은 모두 이 일과는 무관합니다.
이소   자네 말대로 아무것도 몰랐던 식솔들이 무슨 잘못이 있겠나. 임금을 시해한 일은 삼족을 멸해야 하는 대역죄가 맞겠으나, 이 일에 가장 공이 큰 자네의 부탁이니, 내 기꺼이 그 청을 들어주 겠네.

여화   성은이 망극하옵니다.

현재
여화, 수호, 윤학, 이소 모두 지성을 보는 모습에서. F.O

S#37.   **명도각, 전경 / D**

연선(E)   정말 너무한 거 아닙니까?

S#38.   **명도각, 장소운 집무실 안 / D**

연선, 소운 앞에서 씩씩대고 소운, 한숨 푹, 쉬고 앉아 있는

연선   기별 부인이라니요!! 여태 과부로 살았는데 기별 부인으로 남 은 평생을 살아야 한다니요!!

소운   (한숨 푹) 상황이 이런 걸, 낸들 어쩌겠니. 집에 갇혀 종일 곡을 하 던 양반이, 이혼했다, 낙인까지 찍힐 판인데... (하다) 집에서 나 오면 명도각이나 함께 키워볼까 했더니...

연선   과부나 기별 부인이나 어차피 조선 땅에서 취급도 못 받잖아요.

소운   (안쓰럽고) 이 고생 고생을 하고 결국 이름도 없이 살 것을...

연선   (벌떡 일어나며) 청나라든 어디든! 제가 아씨 데리고 도망갈 겁니 다! (문 벌컥 열며) 이게 다! 좌상대감댁 때문- (딸꾹!)

집무실 앞에 석정이 서 있다.

연선	(딸꾹!) 도..도련님..
석정	(민망하다, 이내) 그렇잖아도 내, 부인이 어찌할지 궁금해 찾아왔네만.. ... 부인은 어디 갔소?
소운	아침 일찍 나가셨는데 어딜 갔는지 저도 모릅니다.
윤학(OFF)	무슨 일이길래, 다들 모여 있습니까.
석정	(뒤돌아보면 자신의 뒤에 윤학이 멀끔하니 서 있다)
연선	(놀란 토끼 눈으로 윤학을 보는)
소운	좌부승지 나리께선 어쩐 일이십니까?
윤학	(연선 보고 큼, 한 번 헛기침) 부인의 거취가 나도 궁금해서... (석정 보고 어색하게 인사하는)

S#39. 여화의 옛집, 앞 / D

여화, 자신의 옛집 앞에 서 있다.

S#40. 여화의 옛집, 마당 / D

끼이익, 문을 열고 들어가면 나름대로 정갈하게 정리되어 있는.
여화, 마당에 서서 집을 한 바퀴 둘러보고, 마루에 올라앉아 문을 바라보는데.

INSERT

3부 S#6 성후 밖으로 나가는 뒷모습.

문이 열리며 여화의 옛집 안으로 수호가 들어오는 !!

여화	(일어나 수호를 향해 서며) 여긴 어쩐 일이십니까?

| 수호 | 여기 와 계실 것 같아서. |
| 여화 | (미소 짓는) |

〈시간 경과〉
여화와 수호, 마루에 나란히 앉아 있다.

여화	오래전, 나리께서 제게 질문 하나 했던 걸 기억하십니까?
수호	(보면)
여화	만약, 오라버니의 행방을 알게 되고, 좌상의 죄를 모두 밝히고 나면 그다음에 어찌 살 거냐, 제게 물으셨습니다.
수호	생각해...보셨습니까?
여화	(고개 끄덕이며) 모든 게 끝나고 난 다음에 나는 누구로 살지. 무엇으로 살지.. 어느 집안의 며느리, 누군가의 부인 말고. 아! 달 휘영청 그것도 말고.
수호	(미소 짓는)
여화	헌데 이 모든 일이 끝나도 전, 죽을 때까지 석씨 집안의 며느리라는 게 바뀌지 않는다는 걸 깨달았습니다. 만약, 이혼을 하게 되더라도 사대부가의 엄연한 며느리였으니 처지가 과부랑 별반 다르지 않을 겁니다.
수호	그게 무슨 말입니까.
여화	엄연히 나랏법이 그러니 어쩔 수 없지요.
수호	전하께 말씀드려-
여화(O.L)	이미 저희 가족을 구명해주신 것만으로도 어려운 일이셨을 겁니다. 전하께서 저 하나 때문에 국법을 바꾸실 수야 있겠습니까.
수호	(당황하는) 부인...
여화	(밝게 웃으며) 그러니 이제 나리도 그만 나리의 길을 가십시오.

수호	그렇게는 못합니다.
여화	(보면)
수호	부인이 복면을 썼건, 과부였건, 기별 부인이건 전 아무 상관없습니다. (단호히) 부인 곁에 있겠습니다. 아니 그대와 함께하겠습니다.
여화	(애처롭게 수호를 바라보는)

S#41. 명도각, 장소운 집무실 안 / D

명도각 집무실 안에 어색하게 앉아 있는 윤학.
카메라 틸업하면 옆에 석정에 활유, 꽃님까지 함께 앉아 있다.
윤학 빼고 다 같이 한숨 폭.

윤학	(낮은 한숨 따라 쉬며) 국법이 그러하니 어쩌겠습니까.
연선	나리! 우리 아씨 정말 억울합니다. 15년간, 과부로 살면서 밥 한 끼, 고작 한 끼 먹으며 날마다 곡을 하고, 밖엔 나가지도 못하고!
소운	... 정녕 방도가 없는 겁니까. 아무리 그래도 (석정 힐끗) 그 집에 더 이상 있을 수는 없는 일인데...
윤학	전하께서도 안타깝게 여기지만, 어쩔 수 없습니다.
꽃님	(슬쩍 손을 들고) 근데... 궁금한 것이 있습니다.
모두	(보면)
꽃님	우리 아씨는 주씨후배님을 한 번도 못 보고, 혼인을 했다 했는데... 그렇게도 혼인을 할 수 있나요?
석정	!!!
꽃님	(해맑게) 원앙도 암수 한 쌍인데, 혼자서는 혼인을 못하지 않습니까?

모두, 꽃님을 바라보는 데서. F.O

S#42.   거리 전경 / D

S#43.   궐, 앞 / D

의미심장하게 궐 앞에 서 있는 석정, 수문장들 앞에 서서 크게

석정   여기! 사기를 친 자를 발고하러 왔소!
수문장들 (어리둥절하게 서로 시선 교환하는)
석정   (손을 묶으라는 듯 손을 쑥 내밀며) 뭐 하시오! 어서 나를 잡아가시오!

S#44.   금위영, 집무실 안 / D

수호, 집무실 안에 앉아 생각에 잠겨 있는데 비찬, 급하게 뛰어
들어온다.

비찬   나리! 종사관 나리!! 밖에 좀 나가보십시오.
수호   무슨 일이냐.
비찬   좌상댁 아드님이 스스로를 발고하겠다며 다짜고짜 궐 앞에서
       난리도 아니랍니다!
수호   ?? 죄목이 뭐라더냐.
비찬   뭐라더라? 와이프가 있는 죄라던데?
수호   와... (무슨 소리지?) 뭐??

사람들이 웅성웅성 모여 있는 궐 앞, 모두의 시선 끝에 석정이 서 있다.
그 앞에 난감한 표정의 치달과 홍미로운 표정의 이경이 서 있다.
저편에서 수호와 비찬까지 뛰어오면

치달 (달래듯) 그러니까- 예조에 가서 발고할 일을 왜 궐 앞에서 이러는가-

석정 (치달의 만류에도 불구하고 사람들 향해 큰 소리로) 내 혼인이 처음부터 잘못됐다는 것을 사람들에게 알리기 위함이오!

이때 저편에서 뛰어오는 연선, 꽃님과 활유, 그리고 소운까지

석정 이 혼인은 처음부터 잘못된 사기 혼인이었소.

모두 ????

석정 내가 연모에 눈이 멀어 청나라로 도피했던 것인데 아버지가 그걸 알고도 조가 여화를 며느리로 들였으니 이는 명백히! 사기 혼인입니다.

수호 !!!!

석정 청나라에서 혼인을 해, 이미 와이프가 있는 몸으로.

사람들 ??? (와... 뭐?)

석정 (정정하며) 부인이 있는 몸으로!

사람들 (이해했다는 듯) 아아-

석정 정처가 둘일 수 없기에 이 혼인을 없던 일로 해야 합니다.

수호 (갑자기 석정의 멱살을 잡고) 허면, 엄연히 살아 있는, 아니 혼인한 지 아비 때문에 그 불쌍한 여인이 과부로 힘들게 살았단 말입니까!

석정 켁켁! 이것 좀 놓고!! 나도 몰랐소! 허나, 모른다고 그 여인에게

죄를 짓지 않은 건 아니니! 저로 인해 고통 받았을 여인에게 자유를 주십시오오!

이소(OFF)　기꺼이 윤허하네!

사람들, 궐문 쪽을 바라보면 이소와 윤학이 서 있다.

이소　내 재미난 구경이 있다길래, 잠시 나와봤는데...
치달　(화들짝 놀라며) 주사앙! 즈은하아!!

"전하!!" 사람들, 다들 엎드리는

이소　내, 예조에 일러 이 혼인을 무효로 하겠네.
석정　성은이 망극하옵니다!

그 광경을 지켜보다 돌아서서 가는 여인*의 뒷모습에서

수호(E)　부인이 사라지다니요!!

S#46.　명도각, 장소운 집무실 안 / D
수호, 놀란 얼굴로 소운을 보고 있다.

소운　(서찰 건네며) 이것 한 장 남기고 떠나셨습니다.
수호　(다급하게 서찰 펴는데)

*　S#47과 연결되는 복장의 여화입니다(장옷을 써서 시청자들에게도 여화인 줄 모르게 했으면 좋겠습니다).

여화(E)	잘 살 테니 내 걱정은 마십시오.
수호	이게... 답니까?
연선	(고개 끄덕) 어젯밤 집에서 나와 명도각으로 올 때까지만 해도 아무 낌새가 없으셨는데...
수호	정말 달랑 이 한 마디를 남기고 떠났단 말입니까?
소운	혼인이 무효가 된 것을 알고나 가신 건지...

수호, 급하게 뛰어나가는.

S#47.   길가 / D

한적한 길, 한 손에 장옷을 걸치고 단정한 색옷*을 입고 걸어가고 있는 여화.

플래시백

S#47-1. 여화의 별채, 방 안 / N
별채 안에 물건들이 정리되어 있다. 한쪽에 짐 보따리가 놓여있고.
그 앞에 여화와 석정, 마주 앉아 있는

석정	(여화의 보따리를 보며) 오늘 이것들을 다 가져가면 이 집엔 다신 안 오는 겁니까.
여화	예...
석정	(머뭇머뭇) 명도각에서 지내는 게 불편할 수도 있고, 거처를 마련하기 전까진 여기서 머무르셔도... (여화 보고) 안 되겠소?

---

*   고급지고 화려한 비단 색옷이 아닌 평범한 여인들이 입을 법한 단아하고 편해 보이는 색옷 정도로 생각했습니다.

여화	(그런 석정을 보며) 부부의 연은 하늘이 내린다 했는데... 15년 만에 돌아온 지아비가.. 그쪽이어서 참으로 다행이었습니다. 고맙습니다.
석정	(삐죽 슬퍼지고) 잘 사시오. 자유롭게!! 가끔 밤에 마주치면 더 좋고.
여화	(의아하게 보면)
석정	(복면 제스처) 내 멋진 사람을 좋아하오.
여화	(미소 짓는)

S#47-2. 여화의 별채, 마당 / N

여화, 방에서 나오는데 문 앞에 금옥이 서 있고 !!!
애틋한 눈으로 여화를 바라보는 금옥, 여화 내려와 금옥에게 다가간다.

금옥	미안하다... 아가.. 이 말밖에 할 수 있는 말이 없어.. 미안하구나..
여화	어머님..
금옥	(목이 메이고)
여화	매일을 원망도, 슬퍼도 하고 미워도 했습니다.
금옥	... (차마 여화의 얼굴을 보지 못하고)
여화	그래도 저는 어머님이 계셔서... 어머님과 함께여서.. 그 긴 세월을 견뎠습니다.
금옥	(여화 보며 눈물 흘리는)
여화	제가.. 어머님이 제게 남은 유일한 가족이라 여겨도 된다.. 허락해주시겠습니까? 어디에 가 살아도 제게 어머니가 있다.. 의지해도 되겠습니까?
금옥	(고개 끄덕) 그럼... (여화의 손 꼭 잡고) 부디.. 그간 힘든 세월.. 다 잊고.. 잘 살거라.. 웃으면서.. 그렇게 잘 살거라...
여화	꼭.. 그리하겠습니다. (미소 지으며) 꼭 그리 살겠습니다.

여화, 눈물이 맺힌 눈으로 씩씩하게 걸어가는.

S#48. 길. 일각 / N

여화를 찾아 헤매는 수호, 방금 여화가 지나간 곳을 스치듯 지나가는.

플래시백

S#48-1. 여화의 옛집, 마당 / D
S#40에 이어서-

여화	누군가의 며느리.. 누군가의 부인.. 누군가의 정인.. 이제 그런 소리는 듣고 싶지 않습니다. (수호 보며) 언젠가 나리께서 말씀하지 않으셨습니까. 다른 사람 말고, 내 걱정 먼저 하라고. *(씩씩하게)* 그렇게 살아보겠습니다. 그러니 나리도 이제 제 걱정 마시고 나리만 생각하면서.. 웃으며 사십시오.
수호	(보면)
여화	나리 웃는 얼굴이 얼마나 보기 좋은지 아십니까? 허니, 이제는 남들처럼 평범하게 사실 방법을 찾으십시오.

현재

수호	그리 살고 있겠습니다. ... 그리 살며 기다리겠습니다. (슬프게 웃어 보인다)

먼 곳을 보며 하염없이 서 있는 수호의 모습에서. F.O

S#49. 운종가, 전경 / D

〈자막 - 1년 후〉

S#50. 운종가 거리, 점미병 매대 앞 / D

점미병 매대 앞에 꽃님과 활유, 점미병 하나씩 손에 쥐고 있고
꽃님, 천자문을 옆에 꼭 끼고 있다.

활유   벌써 천자문도 다 뗐다며?

꽃님   네! 좌부승지 나리가 다음 달엔 소학을 가르쳐준다 하셨습니다!

활유   도대체 글공부는 왜 그리 열심히 하는 것이냐?

꽃님   언젠가 아씨처럼 훌륭한 사람이 되고자 하는 것입니다. (하다)
오라버니! 점미병 하나 더 사주세요!!

활유   주씨 가져다주게?

꽃님   (배시시 웃으며) 네.

S#51. 명도각, 장소운 집무실 안 / D

화연 상단 도방이 된 연선, 소운 옆에 앉아서 분주하게 월간 장
부를 보고 있다.
문 드르륵, 열리면 활유, 포장된 점미병을 들고 들어와 앉는

활유   (점미병 보자기 풀며) 누이, 지난달보다 이문이 2500냥이나 더 났
습니다.

소운   (활유에게) 누이라니? 이젠 상단 도방님..이라 불러야지. (흐뭇하
게) 연선이가 들어온 후, 매달 이문이 커지니, 당장 상단을 물려
줘도 되겠구나.

연선	그런 말씀 마십시오. 아직 한참 멀었습니다.

하인(OFF)	좌부승지 나리께서, 도방님을 찾아오셨는데요.

소운	(피식) 전에는 종사관 나리가 여기로 매일 출근을 하더니, 이젠 좌부승지가 매일 오니, 여기가 명도각인지, 궐인지 모르겠구나.

연선, 순간 설렘 가득한 얼굴로 일어서는.

S#52.   북촌 골목 / D

연선, 윤학과 나란히 걸어가고 있다.

연선	뜻하는 대로 되셨습니까?
윤학	윤허를 받기 매우 힘들었다만, 겨우 한량으로 살 수 있게 되었다.
연선	(피식) 나리의 꿈이 한량이었다니... 재미있습니다.
윤학	골치 아픈 조정을 떠나 평온히 사는 것이 오랜 염원이었다. (하다) 네 꿈이라던 한양의 기와집은 골랐느냐.
연선	몇 군데 마음에 드는 곳은 있습니다만.. 딱 여기다 싶은 데가 아직 없어서...
윤학	좋은 집이 하나 있긴 한데... 마당엔 늘 햇살이 가득하고, 사시사철 꽃이 피는 곳이다.
연선	(관심 보이며) 어디 있는 집입니까?

S#53.   윤학의 집, 마당 / D

윤학을 따라 들어온 연선.

연선	.... 여긴, 나리의 댁 아닙니까?
윤학	(멋쩍게 미소 지으며) 한번 둘러보겠느냐.

연선, 윤학을 따라 집 안을 둘러보는 행복 가득한 모습에서.

S#54. 금위영, 집무실 안 / D

관복을 입은 치달, 뿌듯한 표정으로 한 손엔 보자기로 싼 백자를 든 채

이경과 함께 들어서면. 집무실 안에 있던 비찬, 치달 보고 일어나 꾸벅 인사하며

비찬	(해맑게) 오셨습니까?
이경	비찬아!! (쪼르르 달려가 비찬의 옆에 딱 붙어서는)
치달	(못마땅하게 고개 끄덕이며 책상 위에 백자 올려놓는) 챙겨오라는 건 챙겨왔는가?
이경	(무슨 소리지? 하는 표정으로 보면)
비찬	예! (품에서 종이 하나를 꺼내 건네는) 여기 있습니다!
이경	이게 뭡니까? (휙 낚아채 펴보면) 사주단자 아닙니까? (치달 보는)
치달	(다시 낚아채) 혼기가 꽉 차 흘러넘치다 못해 범람을 했는데에- 여즉, 혼인을 미뤄왔으니 이젠 결단을 내려야겠지. 암 그래야겠지이!!
비찬, 이경	고맙습니다!! / 안 됩니다, 아버지!! (심란한)
치달, 비찬	(띠용 이경 보는)
비찬	그게 지금 무슨 말씀이십니까?!
이경	소녀, 혼인을 하면 남은 평생 부부로만 지낼 것인데. (비찬 가리키며) 저는 연애를 더 즐기고 싶단 말입니다!

이경, 사주단자를 뺏어 품에 안고 뛰쳐나가면 비찬과 치달, 황당한 표정인데
이때 금위대장복을 입은 수호가 집무실 안으로 들어온다.
밖으로 나가는 이경의 뒷모습을 의아한 표정으로 잠시 보다 집무실 안으로 시선 돌리면

수호   (치달 보고 반갑게 인사하며) 병판대감님! 무슨 일 있었습니까?

비찬   (한숨 푹) 금위대장님은 모르시는 게 낫습니다.

치달   (비찬 어깨 토닥이며 씨익 웃는) 여즉 적응 안 하고 뭐 했는가. 이 정도 각오는 했어야지.

수호   (비찬 보며 미소 짓다, 치달 향해) 병조의 일이 바쁘다 들었습니다. 이리 나와 계셔도 괜찮으십니까?

치달   (아! 청송 백자 보자기를 풀며) 이게 청송에서 장인이 직접! 만든 건데에- 금위대장이 된 걸 축하하는 기념으로 내 직접! 준비했네!

수호   (미소 짓는)

치달   (어깨 으쓱) 이 귀한 백자 구하느라 내 을마나-

이때! 급히 들어오는 수하1.

수하(O.L)   (급하게) 금위대장님!! 아녀자를 납치하는 일당의 근거지를 알아냈습니다.

수호   어디냐!! (급하게 뛰어나가는)

비찬   혼자만 가는 게 어딨습니까!! 같이 가요!! (후다닥 뛰어나가다 멈춰 치달에게 꾸벅 인사하고 나가면)

치달   (꿈벅꿈벅) 나도... 가고 싶은데... 쩝..

S#55. 명도각, 매대 앞 / D

여인들이 몰려 있는 매대 앞, 석정이 여인들에게 입담을 발휘하고 있다.

석정 휘영청! 달이 뜨는 밤이면 홀연히 나타나던 복면 이야기를 들어보았소?

여인들 알다마다요! / 그게 누군데? (웅성웅성) / 사라진 지 한참 됐지?

석정 캄다운! (조용해지면) 이제부터 그 여인에 대한 이야기를 해주겠소.

여인1 여인? 그자가 여인이었어요?

여인2 (안 믿는) 에이- 무술이 그리 화려하다던데? 설마아-

석정 나는 그 여인을 밤에 피는 꽃이라 부르오! (씨익 웃는)

S#56. 북촌 거리 / N

가쁜 숨소리를 내며 정신없이 달리고 있는 한 여인.
보면, 칼자루를 쥐고 히죽대며 다가오는 무뢰배 세 명.
어디 도망갈 테면 가봐라- 낄낄대며 여인 쪽으로 점점 가까이 다가오고.
막다른 골목. 여인 더 이상 도망가지 못한다.

여인 살..살려주세요...

무뢰배들 낄낄 웃으며 여인 쪽으로 걸어가고 있는데, 타악! 뭔가에 맞은 듯
무뢰배1 쓰러지고 !! 보면, 복면을 쓴 여화가 날 선 모습으로 서있다.

무뢰배2, 3 넌 누구냐!! (하며 칼을 꺼내 들고)

여화   평화로웠던 도성을 다시 시끄럽게 만든 게 네 놈들이었구나?

         하며 무뢰배2, 3을 제압한 여화.
         그때, 무뢰배들의 대장인 듯한 덩치 큰 남자가 나타나고 무뢰배
         들 덩치 뒤로 숨으면

여화   (살짝 난감한 듯) 에이, 도성에 막 도착했는데... 첫날부터 너무 격
         하게 반기는 거 아닌가?

         여화, 목을 이리저리 풀고 덩치에게 달려드는데

비찬(OFF) 금위대장님!!

         덩치와 무뢰배들, 금위대장이라는 소리에 놀라 서로 눈치 보다
         가 달아나고
         여화도 도망가려고 획! 도는데 수호와 마주친 여화. !!!

수호   (여화에게 점점 다가오며) 대체 누구길래 얼굴을 가리고 도성 한복
         판에서 칼을 휘두르는 것이냐.

여화   (점점 뒤로 물러나고)

수호   이 나라 금위영을 믿지 못하고 도성 치안을 걱정해서 돌아온 것
         인지.. 아니면.. 돌아온 다른 연유가 있는 것인지..

여화   (점점 뒤로 물러나며) 금위영을 못 믿어서는 아니오!

         여화 뒤로 물러날 곳 없이 벽에 막히고

수호   (씨익 웃고) 다시 내 눈에 띄었으니, (여화 복면 벗기며) 이제 절대
        내 눈 밖을 벗어나지 못하십니다.
여화   제가 쉽게 잡힐 사람은 아니지만, (하고 웃으며 손을 내밀고) 기회
        를 드리지요.

        수호, 여화의 손을 잡아 제 품 쪽으로 확 당기자 여화, 순간 휘청
        하는데
        여화의 등을 받쳐 안는 수호. 시선을 맞추는 두 사람의 모습에
        서. 엔딩.

- 끝

1씬

"제가 아무것도 하지 못해,
그저 죽을 날만 기다리는 사람이 될까 봐…
살아 있는 것만으로도 죄인인 내가,
어떻게든 살고자 하는 것입니다.
그러니… 제게도 살 기회를 주시겠습니까."

　이미 수호가 자신의 정체를 알고 있다고 판단한 여화는 스스로 얼굴을 드러내며 신분을 밝히게 됩니다. 좌상댁 맏며느리, 조여화... 그냥 좌상댁 맏며느리입니다, 라고 소개해도 될 법한 상황이지만 여화는 자신의 이름까지 밝히며 주체적인 정체성을 드러냅니다. 사실 여화는 오라버니 조성후의 영향을 받으며 자랐습니다. 할 수 있는 일이 있다면 여인이라도 기꺼이 하길 바랐던 성후의 가치관이 여화의 과부 인생에도 크게 작용했던 것입니다. 지아비를 그리고 곡을 하는 것 외에 아무것도 해서는 안 되는 그저 죽어야만 가치 있는 삶이 아닌, 어떻게든 나로 살고자 담을 넘는 여화의 간절함이 녹아 있는 대사입니다.

33씬 '조선 시대의 로미오와 줄리엣'

본격적인 '석정'의 등장씬이라 볼 수 있습니다. 처음 이 드라마를 기획하면서부터 '수절하는 과부에게 남편이 살아 돌아온다면'이라는 시작점에서 출발했던 캐릭터였습니다. 꼬리에 꼬리를 물고 고민한 끝에 파란 눈의 여인을 사랑한 조선판 로맨티스트 캐릭터가 나왔고 그 인물이 바로 '석정'입니다. 캐릭터에 살짝 변주를 주기 위해 사극에 현대적인 인물을 가져왔고 아버지 석지성과 대척점에 두었습니다. 사대부의 나라를 만들고자 했던, 위아래 반상의 법도가 명확했던 석지성과는 달리 석정은 선배라는 이유로 아이에게도 존댓말을 쓰고 예를 갖춥니다. 영길리국(영국)의 여인과 불같은 사랑을 했던 석정이었기 때문에 당시 셰익스피어의 〈로미오와 줄리엣〉 이야기를 들었을 것입니다. 그 이야기가 조선 여인들에게 고작 '열녀문' 이야기로 전락해버릴 거라는 생각은 꿈도 꾸지 못한 채 말이죠. (여담이지만, 석정의 서사를 앤 마린과의 사별로 두었다가 문화적 차이를 이겨내지 못하고 결국 헤어진 설정으로 바꾸었습니다. 아버지에게도 죽은 자식 취급 받는 석정이 사별을 감당할 수 없을 것 같아서요.)

선왕   윤학아. 과인이 세자를 지킬 수 없게 되더라도.
        너는 곁에 남아 세자의 안위를 지켜다오.
윤학   예. 전하. 약조하겠나이다.

　　윤학이 어떤 연유로 임금 이소와 수호를 15년간 지키게 되었는지 그 사연이 그려진 회상씬입니다. 선왕이 당부한 말에 약조했던 한 마디를 긴 세월 꿋꿋이 지켜낸 윤학의 한결같은 충심과 따뜻한 성정을 알 수 있던 씬이었고, 드라마에 등장하지 않았지만 그 약조를 든든히 뒷받침한 윤학의 아버지 대제학의 성품까지 미루어 짐작할 수 있는 씬이었습니다. 비감 어린 선왕과 윤학의 약조가 애틋해서 울컥했던 장면이었습니다.

4씬 '연선의 이야기'

이 장면은 연선 역의 박세현 배우님의 매력이 돋보인 장면입니다. 단순히 목소리만 흘러나오는 대본에 연선이를 입체적으로 표현해준 애드리브가 너무 재미있었던 장면이었어요. 가편집본을 보면서 참 많이 웃었던 장면이기도 합니다.

20씬

"괜한 오해는 지금 내가 하고 있다만."

연선을 좋아하는 마음을 자각하고 있던 윤학이 질투의 감정으로 연선에게 물어보는 대사입니다. 윤학이 오해를 오래 품지 않고 사실을 바로 확인했기에 연선이 수호를 좋아하는 게 아니라는 것을 단박에 알게 되었고, 수호가 지키고자 하는 이가 여화임을 눈치채는 단초를 제공하게 됩니다.

23~31씬 '운종가 씬'

8부에서 가장 큰 시퀀스입니다. 운종가 곳곳에서 만나야 할 사람들과 만나지 말아야 할 사람들이 분명했고 석정의 존재를 석지성이 눈치채게 되는 장면이기도 합니다. 여기서 여화는 살아 돌아온 남편과 처음 대면하게 되죠. 이 큰 시퀀스를 촬영하느라 감독님과 촬영팀, 모든 스태프분들이 고생을 많이 하셨다는 이야기를 전해 들었습니다. 이 자리를 빌어 감사드립니다.

35씬

> "호조판서에 적합한 인물을 찾는 것은
> 소신이 할 일이옵니다.
> 전하가 할 수 있는 일과 해서는 안 될 일을
> 잘 구분하셔야 합니다.
> 그것이 겸손함의 근본이오니,
> 그 마음을 잃지 않는다면,
> 전하의 치세가 그리 짧진 않을 것이옵니다"

 나약하고 나른해만 보이던 임금 이소가 이전과는 조금 달라졌다는 것을 감지한 석지성이 서늘하게 경고하는 대사입니다. 표면적으로는 예의를 갖춘 듯 말하고 있지만 언제라도 임금을 갈아치울 수 있다는 지성의 오만함이 그대로 배어 있는 대사였고, 김상중 배우님과 허정도 배우님의 긴장감 있는 눈빛까지 더해져 그 분위기를 너무나도 멋지게 보여주셨던 장면이었습니다.

57씬

"반쪽짜리라도 피를 나눈 누이라고
염려가 되어 한 말이었는데…
절 한시도 동생으로 여기시지 않는 걸 확인했으니
제 마음이 이리 편할 수 없습니다."

이번 작품에서 '악인에게 어떤 정당성도 부여하지 말자'가 작가실에서 나온 결론이었지만 필직과 난경의 서사는 참으로 불행하지 않을 수 없습니다. 한 번도 자신을 동생이라 여기지 않았던 난경, 그런 난경에게 조금이나마 인정을 받고자 했던 필직을 그리면서 조재윤 배우님께서 연기해주신 이 장면을 보고 울었던 기억이 있습니다.

9씬

"…전, 나리도, 걱정됩니다, 많이."

신분 차라는 높은 벽에서 주저하던 연선이 자신의 마음을 윤학에게 표현한 씬입니다. 사당에서 발견된 부채 사건에서 여화를 보호하려다 위기에 빠진 연선을 도와주면서, 누군가를 걱정하는 것에는 반상의 법도가 따로 없다며 단호하고도 견고하게 말해주었던 윤학. 그런 윤학의 따스한 마음에 화답하는 연선의 대사입니다.

63-1씬

"그래… 좌상이 아바마마를 죽인 것을 증명하기 위해선
내, 비겁한 짓도 기꺼이 해야겠지.
아들이 눈앞에서 죽는 걸 두고 볼 아비는 없을 테니."

15년 전 과거의 진실을 밝히기 위해 비겁한 짓도 기꺼이 하고자 했던 이소의 결심은, 죄 없는 사람의 희생을 끝내 눈감을 수 없는 이소의 바른 성정 때문에 멈출 수밖에 없었습니다. 그런 바른 임금이기에 이소가 꿈꾸는 다음 세상은 더 나아질 거란 희망도 가질 수 있는 것이겠지요. 장장 6페이지가 넘는 다과연 씬은 이 드라마에서 가장 긴 씬이었고, 모든 주인공들이 등장하고 서로의 감정이 정점에서 부딪히는 씬이라, 대본을 쓸 때뿐 아니라 촬영 날도 긴장을 하며 컴퓨터 앞에 앉아 촬영 현장에서 오는 실시간 연락을 기다렸던 기억이 납니다. 그날따라 아침에 비가 엄청 쏟아졌었는데, 하루 종일 이 씬을 찍으셨던 배우분들과 감독님, 스태프분들의 헌신과 노고가 느껴져 방송 화면을 볼 때 긴장과 감동으로 절로 숙연했던 기억이 지금도 납니다.

66씬

"저는 생각해보았습니다.
제 부모의 원수를 갚고, 전하의 명을 다하면
그때는… 제가 당신을 위해서만 살아도 되지 않을까…
그리 생각했습니다.
그러니, 저는 최선을 다해 이 일을 마무리 지을 테니,
부디 그날이 올 때까지 조금도 다치시지 않길 부탁드립니다"

수호가 처음으로 여화에게 고백다운 고백을 하는 장면입니다. 수호의 감정이 잘 느껴지고 여화에 대한 존중이 잘 묻어나길 바라며 고민했던 지점이었는데요. 자신을 구하기 위해 달려온 여화의 감정에 대한 확신, 그리고 여화가 이 일로 인해 다치지 않길 바라는 수호의 감정을 이종원 배우님이 잘 살려주셨습니다.

25씬 '이소와 여화의 만남'

〈밤에 피는 꽃〉이라는 드라마의 주제를 담아냈던 장면이라고 생각합니다. 절대 권력을 가진 왕 이소와 조선에서 가장 하찮은 과부의 몸으로 살았던 여화의 대화 전체를 드라마 통틀어 명장면으로 꼽고 싶습니다(물론, 촬영장에서 가장 고생한 편전씬 또한 작가가 애정하는 씬이기도 합니다).

25-1씬

"만백성이 자신의 꿈을 꿀 수 있는,
새로운 세상을 여는 강건한 군주가 되어야 할 것이다."

죽음을 앞둔 선왕이 당시 세자였던 이소에게 남기는 마지막 서찰을 쓰는 장면입니다. 죽음을 앞두고 사력을 다해 글을 적어나가는 선왕이 나오는 화면에 사선으로 글씨가 쓰여지는 식으로 연출되어 그 간절함이 더욱 큰 감동과 전율로 밀려왔습니다. 대본 속의 글이 영상으로 구현될 때 가질 수 있는 강력한 힘과 큰 울림을 체험했던 멋진 씬이었습니다.

53씬

연선, 윤학 러브 라인을 분량상 상세하게 그려내지 못한 작가로서의 아쉬움이 후반부에 있었습니다. 이 장면은, 모든 일이 마무리된 지 1년 후 어엿한 상단의 도방이 된 연선과 번거로운 조정을 드디어 떠난 윤학의 행복한 마침표를 보여주는 장면입니다. 처음 이 드라마를 시작할 때부터 한양의 기와집을 사려는 당찬 포부를 가진 연선의 행복한 집은 결국 윤학과 함께하는 집이 된다는 해피 엔딩을 결정하고 시작한 터라, 마지막 윤학의 대사를 어찌할까 오랜 시간 고심 끝에 나온 따뜻한 대사입니다. 어릴 적 읽던 동화책의 행복한 결말처럼 '그들은 오래오래 행복하게 잘 살았습니다'를 보여주고 싶었는데, 윤학을 따라온 연선이 대문 앞 그늘에서 윤학의 집, 마당의 환한 햇살 속으로 걸어 들어가는 모습으로 만들어주셔서 울컥했습니다. 그들이 비로소 행복해졌다는 안도감이 왔던 장면이었습니다.

48씬

"누군가의 며느리. 누군가의 부인. 누군가의 정인…
이제 그런 소리는 듣고 싶지 않습니다.
언젠가 나리께서 말씀하지 않으셨습니까.
다른 사람 말고, 내 걱정 먼저 하라고.
그렇게 살아보겠습니다.
그러니 나리도 이제 제 걱정 마시고 나리만 생각하면서.
웃으며 사십시오"

55씬

"나는 그 여인을 밤에 피는 꽃이라 부르오"

'여화'라는 꽃이 모두의 마음속에 피어나길 바라면서 마지막 회를 집필했습니다. 환경과 상황에 매이지 않고, 오로지 자신이 할 수 있는 일을 기꺼이 했던 여화처럼 각자의 인생에서 아름다운 꽃을 피워내시길 바랍니다.

이하늬 이종원 김상중 이기우

김미경 서이숙 박세현 조재윤 오의식 김광규 허정도 윤사봉 정용주 우강민 이우제
남권아 이루비 정소리 (아역)정예나

기획 MBC **mbc**
제작 베이스스토리 *BASE STORY* 필름그리다 >GRIDA 사람엔터테인먼트 ☆SARAM ENTERTAINMENT
극본 이샘 정명인
연출 장태유 최정인 이창우

기획 남궁성우 **제작** 김정미 **프로듀서** 이월연 양소영 **제작총괄** 박수영 **기획PD** 표희선
촬영 김성한 조민철 정순동 황진동 **조명** 김용삼 박순홍 **키그립** 박득운 김민구
동시녹음 정무훈 권건우 **무술** 허명행 유미진 **미술** 신승준 **소품** 송강열
음악 전창엽 **사운드** 박준오 **편집** 최민영 최경윤 **DI** 김은영 **VFX** [WYSIWYG STUDIOS]

촬영 1st 정현우 주광호 김태훈 배정윤
촬영팀 박경진 정소영 장창민 송기창 고성석 김주연 김규진 박종윤 신새벽 이현길 김영철 최민석
김혜미 박홍근
조명 1st 서동옥 서진석
조명팀 최혜민 배병규 김건웅 이강주 김유림 박재현 유규상 강수빈 김산 강하린
발전차 김민호 이승훈 강태윤 **추가발전차** 김남호 **조명크레인** 이우점
그립팀 정우천 김성규 유민서 김상현 김판중 정명원 오종혁
동시녹음팀 김영수 김기환 양진욱 박서영 **무술팀** 백남준 장정민 권병철
미술팀 양정우 한승범 이인석 이현준 **세트팀** 황광식 지윤현 김성권 김선식 박홍규
소품팀 김경진 이대종 안용범 변미희 손유림 김두영 이상헌 박영만 **소품차량** 박상준
특수소품 엄세용 이태욱 박정빈 강대환 구용우 조경문 김설희 김도연
의상디자인 이수아 이영재 **의상팀** 정소영 엄준봉 현희선 유민희 임희현 신명주
의상지원 오선정 한시연 **의상차** 구희선 한국녕
분장팀 권혁기 김혜인 김유주 원수현 장수민 임다정 **분장차** 이광모 전동희 류명주 이수은

미용팀 김새봄 박규리 강민서 한혜린 **가발** 이진아 강현수 **미술행정** 우설아

특수효과 도광섭 도광일 연승규 용현호 한어령 정영도 박민

캐스팅디렉터 김세영 조은진 **아역캐스팅** 나정혁 김지환

보조출연 이정훈 강승범 유재윤 우정환 김용진

지미집 정석원 김종윤 **드론** 배서호 **DIT** 박장근 김가빈 유승희 권지혜 권예지 조혜빈 장세은

스틸 박영솔 이현진 **메이킹** 손성진 이승호 고은별 **종합편집** 김대원 **내부FD** 유원정

DI assistant 조은성 정수빈 **편집보조** 김정우 우희진 **OST제작** [뮤직레시피]

음악효과 조남욱 김동수 **음악** 제이시즌 마마고릴라 조남욱 안수완 김현준 조병현 구자완 이용윤

김광희 이원희 **Sound** 이승우 탁지수 이정석 구동현 박성호

타이틀&모션그래픽 김혜림 유재호 김민재 박창우

VFX 김재훈 이승재 신현혁 김은중 박슬기 김영화 박세빈 최강훈 이그린 안태경 김우리 이정은

황이문 노두환 김영윤 경채현 전채리 **VFX외주협력** [Blink pictures Lofuts]

MBC홍보마케팅 송효은 **MBC콘텐츠솔루션** 최지원 **MBC제작운영** 차선영

MBC디지털콘텐츠편집 이하나 이연지 **iMBC웹기획/운영** 손지은 최소정 **iMBC웹디자인** 이경림

iMBCSNS 김하은 정연화 **iMBC메이킹** 양지훈 **iMBC실시간클립** 최아영 유이수

마케팅대행 이상문 박가은 **외주홍보** 노윤애 이승연 노희원 **티저** 박상권 우정연 우선호

대본인쇄 이세희 **포스터** 박시영 유현진 이승righ 주예나 김민선 김정우 **포스터출력** 윤정확

연출봉고 송우진 **차량지원** 주봉수 장지민 **스태프버스** 김태석 김기우

촬영봉고 이강현 김영하 정동열 조천수 **진행봉고** 유용일 이명섭 이명기 **분장버스** 정석민

역사자문 박광일 전향이 **타이틀캘리/서예자문** 김장현 **한자언문번역** 이주형 **사군자교육** 김선두

승마팀 최성근 김영모 송명석 **스토리보드** 유현 [베이스스토리]

제작행정 이지영 정주연 [필름그리다] **제작** 장태유 **제작총괄** 이영준

제작행정 송기화 [사람엔터테인먼트] **제작** 이소영 **제작행정** 강대욱

로케이션 강예성 이창현 홍경수 **SCR** 송수진 이은정 **보조작가** 박원경

제작PD 김형우 이승준 박주영 조광현 **라인PD** 권수빈 이주현 송아연

FD 강동민 허난희 황윤아 이다인 강예전 장형준 이정우 정주현 김선재

조연출 왕정민 이하영 김연우 정승용

콘텐츠사업 최윤희 **출판콘텐츠기획** 김정혜

제작지원 문화체육관광부•한국콘텐츠진흥원 경상북도 청송군

제작협조 경상북도 경북문화재단 콘텐츠진흥원 청송사과 청송백자 전주천년한지관 한국전통문화

전당 코지앤코지 이브자리•슬립앤슬립 승승장구뚝배기 나래솔 한태림한과 율아트 한국민화뮤지엄

궁중복식연구원 가원공방

밤에 피는 꽃 2

1판 1쇄 인쇄	2024년 5월 15일
1판 1쇄 발행	2024년 6월 4일
지은이	이샘 정명인
발행인	황민호
본부장	박정훈
책임편집	강경양
기획편집	이예린
마케팅	조안나 이유진 이나경
국제판권	이주은
제작	최택순
발행처	대원씨아이㈜
주소	서울특별시 용산구 한강대로15길 9-12
전화	(02)2071-2094
팩스	(02)749-2105
등록	제3-563호
등록일자	1992년 5월 11일
ISBN	979-11-7245-318-3 04810
	979-11-7245-316-9 (set)

ⓒ2024 엠비씨씨앤아이 / 대원씨아이